Milliardenschwer und unverhüllt

EIN MILLIARDÄR VOLLER LEIDENSCHAFT

Marcus

J. S. SCOTT

Ebenfalls von J. A. Scott

Ein Milliardär voller Leidenschaft – Die Serie:

Entfesselte Leidenschaft (Buch 1 der Serie erzählt
die Geschichte von Simon und Kara)

Das Herz des Milliardärs ~ Sam (Buch 2)

Die Erlösung des Milliardärs ~ Max (Buch 3)

Der Milliardär und sein Spiel ~ Kade (Buch 4)

Ein Milliardär außer Kontrolle ~ Travis (Buch 5)

Ein Milliardär ohne Maske ~ Jason (Buch 6)

Milliardenschwer und ungezähmt ~ Tate (Buch 7)

Milliardenschwer und ungebunden ~ Chloe (Buch 8)

Milliardenschwer und unerschrocken ~ Zane (Buch 9)

Milliardenschwer und unerkannt ~ Blake (Buch 10)

Milliardenschwer und unverhüllt ~ Marcus (Buch 11)

Die Sinclairs – Die Serie:

Kein gewöhnlicher Milliardär ~ Dante (Buch 1)

Der verbotene Milliardär ~ Jared (Buch 2)

Weihnachten mit dem Milliardär ~ Grady (Eine Sinclair-Novelle)

Der Milliardär mit dem gewissen Etwas ~ Evan (Buch 3)

Die Stimme des Milliardärs ~ Micah (Buch 4)
(ab Mitte Dezember 2017 erhältlich)

Die Walker-Brüder – Die Serie:

Lass los! (Buch 1)

Vertrau mir! (Buch 2)

Rette mich! (Buch 3) **(ab Ende Januar 2018 erhältlich)**

Inhalt

Prolog 1
Kapitel 1 22
Kapitel 2 32
Kapitel 3 40
Kapitel 4 48
Kapitel 5 56
Kapitel 6 64
Kapitel 7 71
Kapitel 8 81
Kapitel 9 89
Kapitel 10 98
Kapitel 11 106
Kapitel 12 113
Kapitel 13 122
Kapitel 14 130
Kapitel 15 135
Kapitel 16 143
Kapitel 17 148
Kapitel 18 155
Kapitel 19 162
Kapitel 20 169
Kapitel 21 176

Kapitel 22 183
Kapitel 23 189
Kapitel 24 200
Kapitel 25 210
Kapitel 26 217
Kapitel 27 225
Kapitel 28 234
Epilog 244
Biografie 255

Prolog

Dani

Vor einem Jahr …

Ich wusste, dass ich sterben würde.

Es war lediglich eine Frage der Zeit, wie lange ich noch zu leben hatte, bis mich die Rebellen, die mich entführt hatten, exekutieren würden.

Ich litt unter solchen Schmerzen, dass ich dankbar war, wenn ich das Bewusstsein verlor. Ich hatte keine Ahnung, wie lange ich bereits gefangen gehalten wurde. Mir kam es wie Jahre vor und es schien mir, als ob ich bereits eine Ewigkeit in diesem dauerhaften Zustand der Schmerzen, der Entbehrungen und der Erniedrigung lebte. Ich hatte versucht, die Anzahl der Tage im Auge zu behalten, die an mir vorüberzogen, doch wahrscheinlich waren mir einige entgangen.

Wie lange befand ich mich nun schon in dieser entsetzlichen Misere?

Eine Woche?

Zwei?

Hatte ich mich in der Anzahl der Tage mehr geirrt, als ich dachte?

Der Tod wäre eine Erlösung. Ich bin mir nicht sicher, ob ich noch weitere Folter ertragen kann. Ich werde hier nicht herauskommen. Die Vereinigten Staaten werden sich nicht auf einen Handel mit den Terroristen einlassen und ich werde niemals flüchten können. Selbst wenn ich die Gelegenheit dazu hätte, würde mir die Kraft fehlen.

Eigentlich wollte ich überhaupt nicht sterben, aber ein Mensch kann nur eine gewisse Menge an Leid ertragen, bevor er auf Erlösung hofft, selbst wenn diese seinen Tod bedeutet.

Wenigstens war es spät in der Nacht, ein kleiner Zeitabschnitt des vierundzwanzig Stunden Tages, der mir willkommen war, denn die Terroristen schliefen. Dies war die einzige Zeitspanne, in der ich nicht befürchten musste, dass sie sich entschlossen, zu mir hereinzuspazieren und mich zu quälen.

Ich hatte mich mitten auf dem verschmutzten Boden zu einer Kugel zusammengerollt und versuchte verzweifelt, nicht an Nahrung, Wasser oder die Tatsache zu denken, dass sich jeder Zentimeter meines Körpers anfühlte, als ob er als Sandsack beim Boxen benutzt worden wäre.

Mit allem, was mir geblieben war, klammerte ich mich an die Tatsache, dass mein Opfer ein paar Teenagern ermöglicht hatte, sich über die Grenze zurück in Sicherheit zu begeben. Wahrscheinlich würde ich sterben müssen, damit ein paar Jugendliche leben konnten.

Das war ein fairer Handel, richtig? Wenn man sich für das eine oder andere entscheiden musste – was in meinem Falle zutraf – war es besser, wenn ein Erwachsener starb als eine Gruppe Kinder.

Das Problem bei meinen Überlegungen bestand aber darin, dass ich keinesfalls sterben *wollte*. Mein Überlebensinstinkt wollte, dass wir *alle* am Leben blieben.

Leider sagte mir jedoch das kleine bisschen Verstand, das mir geblieben war, dass das nicht möglich war.

Ich versuchte, tief Luft zu holen, doch jeder Atemzug verursachte mir Schmerzen. Vorsichtig atmete ich aus und versuchte, mich damit zu trösten, dass mir im Moment ein paar einsame Stunden gegönnt waren und ich höchstwahrscheinlich bis zum Tagesanbruch von einer Störung verschont bleiben würde.

Kaum hatte ich mir eingeredet, für ein paar Stunden sicher zu sein, als sich plötzlich eine große Hand auf meinen Mund presste. Ich wehrte mich gegen meinen Angreifer, entschlossen, mich nicht ohne Kampf bezwingen zu lassen, auch wenn mir nur wenig Kraft geblieben war.

Ich kämpfte immer.

So war ich eben gestrickt.

Die Nacht gehörte mir allein; nur sie bot mir die Chance nachzudenken – falls ich bei Bewusstsein bleiben konnte – und es ärgerte mich, dass mir die wenigen Stunden der Ruhe geraubt wurden.

Ich war es leid, den Rebellen als Vergnügungsobjekt zu dienen, wann immer sie Lust verspürten, mich zu quälen. Ich wünschte, sie würden mich einfach töten und dem ein Ende bereiten. Dann würde die Kämpferin in mir für immer schweigen.

»Danica. Ich bin es, Marcus Colter. Ich bringe dich hier raus. Verhalt dich ruhig!«

Das barsche Flüstern drang schließlich in meinen trägen Verstand. *Marcus Colter?* Was zum Teufel machte er *hier*?

Ich musste mich fragen, ob ich mittlerweile unter Wahnvorstellungen litt. Marcus war ein international agierender Geschäftsmann, ein Milliardär im Maßanzug. Nun ja, er schien allerdings stets in den gefährlichsten Gebieten der Welt aufzutauchen. Doch warum sollte er ausgerechnet in diesem lausigen Lager erscheinen, wo ich gefangen gehalten wurde?

Sofort hörte ich auf, mich gegen ihn zu wehren, als ich erkannte, dass er versuchte, mir zu helfen. »Marcus?«, fragte ich kraftlos, sobald er meinen Mund freigegeben hatte.

Er sagte kein Wort, gab mir jedoch mit einer deutlichen Geste zu verstehen, jegliches Geräusch zu vermeiden. Trotz des Dämmerlichts in meinem Gefängnis konnte ich das recht gut erkennen.

Eigentlich mochte ich Marcus Colter nicht. Wenn wir in zivilisierter Umgebung aufeinandertrafen, kam es stets zu einem Streit. Doch in diesem Augenblick gab mir seine Stimme einen Hoffnungsschimmer und ich betrachtete ihn eher als einen Freund als einen Widersacher.

Ich spähte angestrengt in die Dunkelheit, um seine Gesichtszüge zu erforschen, doch ich sah nichts als einen Schatten, einen Mann, der ganz in Schwarz gekleidet war.

Als er mich vom Boden aufhob, leistete ich keinerlei Widerstand. Mit der Kraft, die mir noch geblieben war, schlang ich meine Arme um seinen Hals und verhielt mich so ruhig wie möglich. Vorsichtig trug er mich zwischen den Zelten hindurch, weg von dem Ort, an dem ich meinen letzten Atemzug zu tun gedacht hatte.

Ich vergrub mein Gesicht an seinem Hals und saugte seinen Duft in mich hinein wie ein Schwamm, dem nach Wasser dürstet. Er roch nach Sicherheit und Freiheit, und nach allem, was ich in den Händen der Rebellen durchgemacht hatte, wirkte sein Geruch unwiderstehlich auf mich.

Es kam mir vor, als ob der Fußmarsch Stunden gedauert hätte, bis wir einen Jeep erreichten. Schnell sprang Marcus in den Wagen und nahm mich auf seinen Schoß. Im selben Moment, in dem wir unseren Platz eingenommen hatten, setzte sich das Fahrzeug in Bewegung.

Ich konnte nicht sprechen. Das lag nicht nur daran, dass mich mein trockener Mund und meine aufgesprungenen Lippen daran hinderten, sondern das Geschehen als solches erschien mir äußerst ... unwirklich und raubte mir die Sprache.

Wurde ich wirklich gerettet oder litt ich unter Wahnvorstellungen?
Mein Verstand war so verwirrt, dass ich es einfach nicht wusste.

Ich hatte nicht erwartet, meine Freiheit zurückzuerlangen, sondern mich mit der Tatsache abgefunden, nie mehr aus dem Lager herauszukommen, in dem ich gefangen gehalten worden war.

Ich wusste lediglich, dass ich sehnlichst *hoffte*, dies sei die Wirklichkeit. Doch es ergab keinen Sinn.

Und warum war Marcus Colter hier?
Einst hatte er eine private Befreiungstruppe unterhalten, um international Gefangene zu befreien, doch diese Gruppe war vor einiger Zeit aufgelöst worden. Mein Bruder Jett war bei der schicksalhaften Mission verletzt worden, die gleichzeitig die letzte für Marcus und seine private Rettungsorganisation gewesen sein

sollte. Meine Rettung konnte ich mir nur so erklären, dass er die Truppe wieder zusammengebracht hatte.

Ich hielt es nicht für unmöglich, dass er eine Gruppe fähiger Männer zusammengestellt hatte. Doch mein Bruder stand definitiv nicht zur Verfügung, ebenso wenig wie ein paar andere, die bei dem Hubschrauberabsturz verwundet worden waren, der das Ende für die PRO bedeutet hatte.

Ich wollte ihm danken, dass er sein Leben riskiert hatte, um meines zu retten, doch ich konnte die Worte nicht über die Lippen bringen. Vielleicht hatte ich ihn immer dafür gehasst, was er meiner älteren Schwester Harper angetan hatte. Doch der Vorfall lag nun über ein Jahrzehnt zurück und ich *war* dankbar, dass Marcus Colter sich über die Grenze nach Syrien eingeschlichen hatte, um mich zu retten. Die Aktion war beinahe selbstmörderisch, trotzdem hatte er es gewagt.

Ich stöhnte leise vor Schmerz, als der Jeep unvermittelt anhielt, Marcus mich aus dem Fahrzeug hob und mich an jemanden in einem Hubschrauber übergab.

Ich habe es geschafft. Ich werde leben.

Die Erkenntnis, dass ich nicht durch die Hand meiner üblen Peiniger sterben würde, war fast zu viel für mich.

Tränen der Erleichterung liefen mir die Wangen hinab, doch ich war so schwach, dass ich mich nicht bewegen konnte. Aufgrund von Entbehrungen und Foltern arbeitete mein Geist nur träge, doch ich wusste, was ich wissen musste:

Ich war in Sicherheit.

Einige Tage später fühlte ich mich bereits viel besser. Ich hatte gerade mit Harper telefoniert und sie wissen lassen, dass ich noch am Leben war und dass ich mit jedem Tag körperlich stabiler wurde.

Vielleicht musste ich wirklich noch ein paar Pfund zunehmen, doch mit meiner Vorliebe für Junkfood würde ich schnell mein altes Gewicht wiedererlangen. Ich bekam Infusionen, um meinen Flüssigkeitshaushalt zu regulieren, und mein Gehirn funktionierte endlich wieder.

Ich legte mein Handy auf das Nachttischchen und murmelte vor mich hin: »Ich muss unbedingt hier raus.«

Nichts hasste ich mehr als Krankenhäuser und ich hielt mich bereits länger in der großen medizinischen Einrichtung in Istanbul auf, als ich akzeptieren konnte.

In Wahrheit wollte ich so schnell wie möglich den Mittleren Osten hinter mir lassen und auf amerikanischen Boden zurückkehren.

»Führst du wieder Selbstgespräche?«, dröhnte Marcus Colters Stimme, als er durch die Tür meines Krankenhauszimmers stolzierte.

Ich wünschte, ich hätte ihm widersprechen können, doch bevor er ins Zimmer gekommen war, war ich vollkommen allein gewesen, und es war nur zu offensichtlich, dass ich mein Telefongespräch beendet hatte. Zugegeben, ich neigte dazu, mit mir selbst zu reden, da ich normalerweise allein war. »Ich langweile mich«, erwiderte ich. Das schien zwar eine lahme Entschuldigung zu sein, entsprach jedoch zumindest *teilweise* der Wahrheit.

Seitdem ich ins Krankenhaus eingeliefert worden war, hatte ich mein Bett nur noch verlassen, um die Toilette aufzusuchen. Ich war es nicht gewohnt, müßig zu sein. Mein Beruf als Auslandskorrespondentin brachte es mit sich, dass ich viel reiste und beinahe jede Minute des Tages beschäftigt war.

Ich blickte zu Marcus auf, der jetzt neben meinem Bett stand, und bemerkte, dass er in seinem maßgeschneiderten Anzug und der Krawatte, die zu seinen grauen Augen passte, genauso gut aussah wie immer.

»Du wirst es überleben«, brummte er mit wenig Mitgefühl. »Du musst hierbleiben, bis sich dein Zustand gebessert hat. Du musst kräftig genug sein, wenn du die Reise antrittst.«

Wie gewöhnlich hätte ich ihm am liebsten den selbstgefälligen Ausdruck aus dem Gesicht geschlagen. Unglücklicherweise hatte ich in der Vergangenheit genau diesen Gesichtsausdruck zu oft gesehen. Überall, wo ich hinging, schien sich Marcus ebenfalls aufzuhalten.

Wenn es irgendwo auf der Welt einen Brennpunkt gab, musste ich mich niemals fragen, ob Marcus auftauchen würde oder nicht. Es war unvermeidlich, obwohl ich keine Ahnung hatte, *warum* er stets an den beschissensten Orten der Welt erschien. Als Journalistin hatte ich gute Gründe, mich immer dort aufzuhalten, wo es Ärger gab. Marcus jedoch war Geschäftsmann und führte zudem keine Rettungsaktionen mit der PRO mehr durch. Also warum tauchte er stets inmitten allen Elends auf, das sich auf diesem Planeten ereignete?

»Es geht mir viel besser«, widersprach ich. »Ich bin kräftig genug.«

Marcus zog arrogant eine Braue in die Höhe. »Bevor du auch nur den Ausgang erreichen könntest, wärst du bereits zusammengebrochen«, stellte er fest. »Du bist immer noch zu schwach.«

Ich hätte ihn gern herausgefordert, indem ich aufgestanden und aus dem Krankenhaus marschiert wäre, doch ich hing immer noch an der Infusion. Außerdem wusste ich bereits, welche Anstrengung es mich kostete, aufzustehen und das Badezimmer aufzusuchen. Und das hatte ich schon oft tun müssen, da ich mit Flüssigkeit vollgepumpt wurde. Ich kreuzte die Arme vor meiner Brust. »Ich will nach Hause, Marcus. Falls nötig werde ich einen meiner Brüder bitten, mich abzuholen.«

Mir war bewusst, dass ich mich wie ein undankbares Miststück benahm, aber in Wahrheit war ich wirklich nervös und ängstlich. Im Moment raubte mir die Furcht meine Kraft und ich konnte nichts gegen die Albträume unternehmen, von denen ich heimgesucht wurde, oder gegen die Angst, die Rebellen könnten mich irgendwie ausfindig machen.

Er schüttelte den Kopf. »Sie würden es nicht tun. Ich habe bereits mit all deinen Familienangehörigen gesprochen. Niemand wird dich aus dem Krankenhaus herauslassen, bevor dein Zustand nicht stabil ist. Es ist eine verdammt lange Reise in die Staaten. Du brauchst mehr Zeit, um kräftiger zu werden.«

Ich seufzte gereizt, denn ich wusste, er bluffte nicht. Marcus war nicht der Typ, der *nicht* jedes Wort, das er äußerte, zuvor auf die Waagschale legte. Wenn er behauptete, mit meiner Familie gesprochen zu haben, so *wusste* ich, dass er die Wahrheit sagte.

Ehrlich, ich war mir im Moment über meine Gefühle gegenüber Marcus Colter nicht sicher. Mein Telefongespräch mit Harper hatte verblüffende Tatsachen ans Tageslicht gebracht, die den ältesten der Colter-Brüder von dem Vorwurf entlasteten, sich gegenüber meiner Schwester Harper wie ein Arschloch verhalten zu haben. Es fiel mir schwer zu glauben, dass es *Blake*, Marcus eineiiger Zwillingsbruder, gewesen war, der vor über einem Jahrzehnt mit meiner älteren Schwester geschlafen und ihr das Herz gebrochen hatte. Das war einer der Gründe dafür, dass es mich so verstört hatte, Marcus Colter zu sehen, doch war das keineswegs der einzige Grund.

Marcus konnte sich wie das bei Weitem sturste, zynischste, lästigste Arschloch verhalten, das mir je begegnet war, und er hatte sich nicht im Geringsten geändert, seitdem ich ihn zum letzten Mal getroffen hatte.

Wie dem auch sei, er *hatte* mir das Leben gerettet.

Zuvor hatte mir die Geschichte mit Harper stets einen ausreichenden Grund geboten, ihn nicht zu mögen. Jetzt war ich mir nicht sicher, wie ich mich ihm gegenüber verhalten sollte. Also gut, manchmal konnte er immer noch das Arschloch raushängen lassen, doch außer seinem übertriebenen männlichen Ego hatte ich wirklich keinen Grund mehr, ihn zu hassen.

»Also wann kann ich gehen?«, fragte ich ihn ärgerlich. »Ich werde noch einen Krankenhauskoller bekommen, wenn ich hier noch länger bleibe.«

»Dein Flüssigkeitshaushalt ist gerade erst wieder in Ordnung gebracht. Es wird mindestens noch eine weitere Woche dauern.«

Ich verdrehte die Augen. »Ich muss doch lediglich in einem Flugzeug sitzen, um nach Hause zu gelangen.«

Wirklich, nichts wollte ich mehr, als aus dem Mittleren Osten hinauszugelangen und in die USA zurückzukehren. Dort würde ich mich sicherer fühlen, doch wollte ich Marcus nicht erzählen, wie nervös und ängstlich ich war. Theoretisch befand ich mich an einem sicheren Platz und ich wollte nicht töricht oder paranoid erscheinen.

Wir beide hatten bis jetzt unsere Gefechte stets auf neutralem Boden abgehalten. Dieses Gebiet war mein Revier, der Ort, an dem ich den größten Teil meiner Zeit als Korrespondentin verbrachte. Jetzt stellte er die Szenerie für den Großteil meiner Albträume.

Marcus warf eine große Tasche, die er mitgebracht hatte, auf mein Bett neben meine Hüfte. »Hier ist etwas, das dir die Langeweile vertreiben wird.«

Neugierig durchwühlte ich die Reisetasche und fand einige Bücher, die ich hatte lesen wollen, ein Kartenspiel, etwas von meinem Lieblingsjunkfood und ein kleines Schachspiel. »Spielst du Schach?«, erkundigte ich mich. »Ich kann ja wohl schlecht allein spielen.«

Er nickte. »Ja.«

»Woher wusstest du, dass ich Schach spiele?«, wollte ich wissen.

Er zuckte mit den Schultern. »Vielleicht hat Jett es erwähnt.«

Ich lächelte. »Keiner meiner Brüder kann es mehr mit mir aufnehmen.«

»Ich werde gewinnen. Wie immer«, erklärte Marcus arrogant.

Aufmerksam musterte ich ihn, während ich eine Tüte Chips öffnete und mir einen nach dem anderen in den Mund stopfte, als ob ich verhungern würde. Ich spürte den salzigen Geschmack auf meiner Zunge und stöhnte beinahe vor Befriedigung. Marcus klappte den kleinen Kasten auf und begann, das Schachspiel aufzubauen. Er strahlte Energie aus, Beherrschung und eine kräftige Dosis Selbstvertrauen, was noch nett ausgedrückt war, wenn man ihn nicht unbedingt ein arrogantes Arschloch nennen wollte. Doch das bedeutete nicht, dass ich jemals die Tatsache vergessen konnte, dass seine bloße Anwesenheit den Raum mit Spannung füllte.

In der Vergangenheit hatten wir wenig mehr miteinander unternommen, als uns Wortgefechte zu liefern, und jetzt wusste ich nicht, wie ich mit ihm kommunizieren sollte, jetzt, da ich erfahren hatte, dass nicht er derjenige gewesen war, der mit Harper geschlafen und sie so tief verletzt hatte.

»Chips?«, fragte ich und bot ihm die geöffnete Tüte an.

Er runzelte die Stirn. »Nein danke. Ich meide vorverarbeitete Lebensmittel und übertriebenen Salzkonsum. Das Zeug ist schlecht für dich.«

Ich zuckte mit den Schultern und zog die Tüte zurück. Er hatte die Gelegenheit vertan. Ich konnte gierig sein, wenn es um meine Näschereien ging. »Wenn ich alles aufgeben wollte, was nicht gut für mich ist, wäre das Leben langweilig.«

Nachdem ich so lange unter Nahrungsmangel gelitten hatte, wollte ich jedes bisschen Essen, das ich ergattern konnte, genießen, ob es nun gesund war oder nicht.

»Dein Bruder Jett redet genau solchen Unsinn«, bemerkte Marcus angewidert.

»Ich denke, das liegt in der Familie«, scherzte ich.

»Das nehme ich auch an.«

»Glaubst du, dass Harper und Blake doch noch zusammenfinden werden, jetzt, da das zehn Jahre alte Missverständnis endlich behoben ist?« Ich wollte meine Schwester glücklich sehen und war mir ziemlich sicher, dass Blake der einzige Mann auf der Welt war, der Harper zur Ruhe bringen konnte. Während der zehn Jahre nach ihrer Trennung hatte sich Harper ganz ihrer Karriere als Architektin verschrieben und niemals hatte ich bei ihr ein Interesse an einem anderen Mann bemerkt.

»Ich habe nicht die geringste Ahnung«, erwiderte Marcus, während er sich seiner Anzugjacke entledigte und die Hemdsärmel aufrollte. »Ich versuche, mich nicht in die Angelegenheiten anderer Leute einzumischen, besonders nicht in die meiner Familienangehörigen, wenn es deren Liebesleben betrifft.«

Ich veränderte meine Lage und setzte mich im Bett auf, um das Schachbrett einsehen zu können. »Sie liebt ihn«, stellte ich zuversichtlich fest. »Ich glaube nicht, dass sie jemals damit aufgehört hat.«

»Ich glaube, Blake geht es auch nicht anders«, gab Marcus zu.

Ich nickte. »Dann bin ich mir sicher, dass sie ihre Probleme lösen werden.«

»Das hoffe ich«, sagte Marcus mit scheppernder Stimme. »Denn falls das nicht geschieht, wird er wie ein Pubertierender Trübsal blasen.« Da ich mich für die schwarzen Spielfiguren entschlossen hatte, drehte ich das Brett herum. »Ich glaube nicht, dass es dir egal ist, ob dein Zwillingsbruder glücklich ist oder nicht.«

»Ich habe nicht gesagt, dass es mir egal ist«, erinnerte er mich. *Also ist es ihm doch wichtig, aber er versucht, sich nicht einzumischen?* Wenn ich mir mein Urteil aufgrund Marcus' Haltung nach außen bilden sollte, wäre ich versucht zu glauben, dass er sich einen Dreck um andere schert und sich nur um sich selbst kümmert. Doch seine Taten erzählten etwas ganz anderes. Sobald Harper ihn aufgesucht und ihm von meiner Entführung erzählt hatte, hatte Marcus seinen Bruder aufgefordert, das Missverständnis aufzuklären. Mit Absicht hatte er die beiden zusammengebracht, dessen war ich mir sicher.

»Also wärst du glücklich, falls das geschehen würde?«, hakte ich nach.

Marcus antwortete nicht sofort. Er hatte seinen Blick auf das Schachbrett gerichtet, da ihm mit den weißen Figuren der erste Spielzug zufiel, was ihm einen leichten Vorteil bot.

»Unabhängig davon, was du vielleicht über mich denkst, möchte ich, dass mein Bruder glücklich ist«, erwiderte er schließlich schlicht.

Schnell fand ich heraus, dass es mich mehr Energie kostete, als ich aufbringen konnte, Marcus irgendwelche Informationen abzuringen. Zu meinem Unglück war er ein hervorragender Schachspieler und nachdem er mich besiegt hatte, bereute ich es zutiefst, ihm einen Vorteil eingeräumt zu haben.

Obwohl er Gott sei Dank nicht der Typ war, sich zu sehr mit seinem Sieg zu brüsten, ärgerte ich mich.

Als ich das Krankenhaus schließlich verlassen konnte, war beinahe eine Woche seit meiner Einlieferung vergangen. Mein Heilungsprozess war zwar noch nicht abgeschlossen, doch ich war äußerst erleichtert, als sich Marcus' Flugzeug endlich in die Luft erhob, um mich in die Staaten zurückzubringen.

Tate Colter, Marcus' jüngerer Bruder und Pilot bei meiner Rettung, war gestern Morgen abgereist, begierig darauf, zu seiner Frau zurückzukehren. Daher hatte ich seitdem auf seine unterhaltsame Gesellschaft verzichten müssen. Ich mochte Tate und war ihm ebenso dankbar wie Marcus, dass er sein Leben riskiert hatte, um mich zu retten, und mir während meiner Genesung Gesellschaft geleistet hatte. Leider hatte ich keine Gelegenheit gehabt, mich bei dem Rest der Truppe zu bedanken, da ich noch zu krank gewesen war, als sie abgereist waren, doch war ich ihnen allen wirklich dankbar.

Ich lehnte mich gegen die lederne Kopfstütze, als Marcus' Jet auf Flughöhe aufstieg. »Danke, dass ihr gekommen seid, um mich da rauszuholen«, stieß ich atemlos hervor.

Nicht einmal hatte ich über meine Erlebnisse mit den Entführern gesprochen. Ich beantwortete zwar Fragen, doch hatte ich nicht darüber reden wollen. Bis jetzt nicht. Ich hatte mich bei Tate bedankt, bevor er abgereist war, und ich wusste, dass ich Marcus etwas dafür schuldete, dass er für jemanden, den er kaum kannte, ein solch hohes Risiko eingegangen war.

»Versuch einfach nur, nicht erneut in eine brenzlige Situation zu geraten«, antwortete Marcus mir vom Nebensitz. »Ich verstehe zwar, warum du es getan hast, doch hättest du wissen müssen, dass du wahrscheinlich in den sicheren Tod liefst, als du die Grenze überquert hast.«

Wir stießen auf Turbulenzen, während das Flugzeug immer noch stieg, und ich grub meine kurzen Fingernägel in die ledernen Armstützen. Vor diesem Heimflug war ich niemals ein nervöser Passagier gewesen, doch jetzt entdeckte ich sehr bald, dass mich meine Erfahrungen in der Gefangenschaft verändert hatten. »Ich habe nicht wirklich darüber nachgedacht, bevor ich ging«, gestand ich Marcus. »Meine Angst um die Kinder, die vor mir die Grenze überschritten hatten, ließ mich alle Vorsicht vergessen. Ich wollte sie einfach nur da rausholen. Ich habe mir nicht die Zeit genommen, die Konsequenzen zu erwägen.«

Ja, vielleicht *hatte* ich leichtsinnig gehandelt, aber immerhin hatte das die Teenager gerettet.

Falls ich noch einmal vor die Wahl gestellt worden wäre, sie sterben zu sehen oder zu riskieren, die Rebellen abzulenken, indem ich selbst die Grenze überquerte, hätte ich immer wieder dasselbe getan.

»Denk das nächste Mal über die Gefahr nach – bevor du handelst«, knurrte er. »Du hast deine ganze Familie zu Tode geängstigt. Harper stand vollkommen neben sich und deine Brüder waren bereit, die Grenze zu überqueren und dich selbst zu suchen, was sie alle das Leben gekostet hätte.«

»Es ist ja nicht so, als hätte ich es darauf *angelegt*, entführt zu werden«, erklärte ich empört.

»Ein paar Tage länger in Gefangenschaft hätten dich wahrscheinlich umgebracht«, antwortete Marcus stur.

»Sie sprachen bereits darüber, mich zu töten«, gab ich in nervösem Tonfall zu und erwähnte so meine Häscher zum ersten Mal von mir aus.

»Du hast sie verstehen können?«

Ich nickte, als er mir seinen Blick zuwandte. »Ja. Ich spreche ein wenig Arabisch, habe das aber nie durchblicken lassen. Da sie nicht mehr auf Lösegeld hoffen konnten, hatten sie keinen Grund mehr, mich leben zu lassen. Ich nehme an, dass es ihnen auch keinen Spaß mehr gemacht hat, mit mir zu spielen. Ich war bereits zu zerschlagen, um den Kampf aufzunehmen und so ein Schauspiel zu bieten.«

»Du siehst besser aus«, bemerkte er heiser in freundlicherem Tonfall. »Was hast du mit deinen Haaren gemacht?«

Ich fuhr mir mit den Fingern durch meinen kurzen Bubischnitt. »Nichts. Der Friseur hat lediglich den Schnitt korrigiert und meinem Haar seine natürliche Farbe wiedergegeben.«

Als ein Mann, der Wert auf Details legt, hatte Marcus im Krankenhaus für alle Annehmlichkeiten gesorgt, einschließlich jemandes, der sich um meine Haare kümmerte und versuchte, all die Risse und aufgeplatzten Stellen meiner Haut zu heilen.

»Du bist ein Rotschopf?«

»Ja«, gab ich zu. »Ich dachte, als Auslandskorrespondentin wäre es vielleicht von Vorteil, mir die Haare blond zu färben. Rothaarige ziehen eine Menge Aufmerksamkeit auf sich, besonders in fremden Ländern, wo diese Haarfarbe kaum anzutreffen ist. Ich wollte in der Menge untertauchen, anstatt wie eine bunte Kuh aufzufallen. Niemand sollte meine Identität herausfinden.«

Marcus schien zufrieden mit meiner Antwort, denn er schwieg für ein paar Minuten. Er war kein Mann, der sprach, nur um sich reden zu hören, ein Charakterzug, für den ich im Augenblick dankbar war.

Als das Flugzeug seine Flughöhe erreicht hatte, sagte ich zu Marcus: »Ich denke, ich werde versuchen, eine Weile zu schlafen.« Ich war erschöpft, und das nur von der leichten körperlichen Tätigkeit dieses Tages. Ich war lediglich aus dem Krankenhaus entlassen worden und hatte mich zu Marcus' Jet begeben. Und dennoch fühlte ich mich, als hätte ich den ganzen Tag mit schwerer Arbeit zugebracht.

Er öffnete seinen Laptop und antwortete, ohne mich anzusehen. »Das Schlafzimmer liegt im Heck. Schlaf solange du willst. Es ist eine lange Reise.«

»Danke.« Ich öffnete meinen Sicherheitsgurt und machte mich auf den Weg in den hinteren Teil des großen Fliegers.

All meine Brüder besaßen Privatflugzeuge, daher war es für mich nicht ungewöhnlich, den hohen Standard an Bequemlichkeit und Luxus zu sehen. Trotzdem fühlte es sich sonderbar an, die einzige Passagierin in solch einem großen Flugzeug zu sein.

Der Schlafbereich war mit einem großen Doppelbett und einem angeschlossenen Badezimmer ausgestattet. Dorthinein begab ich mich sofort, um meine Kleidung gegen ein Nachthemd zu tauschen. Ohne überrascht zu sein, hatte ich meinen Koffer neben der Schlafzimmertür entdeckt. Marcus verlangte offenbar von seinem Personal besondere Effizienz, was sie ohne Frage auch einhielten.

»Bist du fertig im Bad?« Der Klang von Marcus' Stimme neben mir im Schlafzimmer ließ mich beinahe aus der Haut fahren. Ja, ich wusste, dass er noch an Bord war, trotzdem hatte er mich erschreckt. Im Augenblick brauchte es nicht viel, um mich aufzuschrecken.

Ich nickte. Das Badezimmer besaß zwei Türen. Eine stellte die Verbindung zum Schlafzimmer her, die andere befand sich außen, gleich neben der Schlafzimmertür. Mit einem verstohlenen Blick stellte ich fest, dass letztere geschlossen war. Marcus wollte sich also nur höflich davon überzeugen, ob ich fertig war.

Ich versuchte, meine Nerven zu beruhigen, und schalt mich für meine Nervosität. Dann sah ich zu Marcus auf, um ihn sehen zu lassen, dass ich nicht irre war.

Seine scharfen, sich ständig verändernden Augen musterten mich so durchdringend, dass es sich anfühlte, als ob sie meine Seele aufbrechen würden.

Ohne den Blick von mir zu nehmen, sagte er: »Ich wollte mich etwas erfrischen.« Er machte eine Pause, bevor er sich erkundigte: »Hey, geht es dir gut? Du siehst wirklich blass aus.«

»M-mir geht es gut«, log ich leichthin.

In Wahrheit fühlte ich mich keineswegs gut. Mein Körper wurde langsam kräftiger, doch mein Verstand funktionierte noch nicht so gut, wie ich es gewohnt war. Augenscheinlich war ich äußerst schreckhaft und es schien, als ob meine Gedanken unvermeidlich immer wieder zu der Zeit meiner Gefangenschaft zurückkehrten. *Ich bin in Sicherheit. Ich bin in Sicherheit.*

Ich fragte mich, ob ich wohl tatsächlich mit der Zeit glauben würde, dass niemand mir mehr wehtun würde, wenn ich das Mantra für geraume Zeit ständig wiederholen würde.

»Schwachsinn«, fluchte Marcus. »Du wirkst so, als ob du dich kaum aufrecht halten könntest.«

Er kam näher und drängte mich mit seinem massigen Körper gegen die Wand, als ob er bereit sei, mich aufzufangen, falls ich stürzen würde.

»Ich bin müde«, gab ich zu, während ich weiterhin zu ihm aufsah. Als er seitlich neben mir je eine Hand auf die Wand legte und mich dazwischen in der Falle hielt, versuchte ich, eine panische Reaktion zu unterdrücken.

»Was noch, Danica? Was bedrückt dich? Ich kenne diesen Ausdruck auf deinem Gesicht. Den habe ich schon während anderer Rettungsaktionen gesehen.«

Marcus war im Augenblick mein einziger Vertrauter, entweder erzählte ich ihm also, was mit mir los war, oder ich hielt es in mir verschlossen. Ich entschied mich für das Erstere. »Ich kann nicht aufhören, daran zu denken, was geschehen ist. Ich war mir so verdammt sicher, dass ich sterben würde, Marcus. In diese Welt zurückzukehren und zu wissen, dass niemand mir mehr wehtun wird, kommt mir ziemlich unwirklich vor. Ich bin glücklich. Wirklich. Aber die Angst wird bleiben.« Ungeschickt brachen die Worte aus mir hervor.

»Das ist vollkommen normal«, erklärte er mir. »Du kannst eine solche Marter, wie du sie hast durchmachen müssen, nicht überleben, ohne eine gehörige Portion Beunruhigung und Ängstlichkeit zu entwickeln. Möchtest du darüber reden?«

Ja!

Nein!

Oh verdammt, ich wusste nicht, was ich wollte. Vielleicht *sollte* ich darüber reden, wollte es aber ganz sicher nicht, besonders nicht mit Marcus. Ich war zu sehr gewohnt, ihm gegenüber auf der Hut zu sein. Wie auch immer, er war der einzige Gesprächspartner, der mir im Moment zur Verfügung stand.

»Eigentlich nicht«, murmelte ich. »Das ist Vergangenheit. Ich möchte einfach nur wieder ich selbst sein.«

»Es tut mir leid, dass wir nicht schneller bei dir waren«, knurrte Marcus. »Du warst diesen Hurensöhnen zu lange ausgeliefert.«

»Du hast mein Leben gerettet«, erinnerte ich ihn. »Und du und die Rettungsmannschaft habt ein erhebliches Risiko auf euch genommen. Ich bin einfach nur dankbar, dass ihr gekommen seid, bevor ich tot gewesen wäre.«

Marcus hob eine Hand an mein Gesicht und ich wich automatisch zurück. Doch er strich einfach nur über meine zerschrammte Haut. »Die Arschlöcher werden für jedes Mal, an dem sie dich berührt haben, bezahlen, Danica. Ich schwöre es.«

Ich schüttelte den Kopf. »Ich bezweifle, dass sie je gefunden werden.«

»Doch, das werden sie«, widersprach Marcus. »Wahrscheinlich sind sie bereits alle tot. Im selben Moment, in dem wir das Gebiet verlassen hatten, wurde das Militär informiert, sodass sie einen Luftangriff auf die Rebellen einleiten konnten.« Er schwieg einen Augenblick, bevor er fortfuhr: »Sie sind alle tot. Hilft dir das?«

Half es mir zu wissen, dass meine Peiniger wahrscheinlich nicht mehr lebten? Ich war mir nicht sicher, ob das einen Unterschied machte. »Ich weiß es nicht«, antwortete ich ehrlich. »In meinem Kopf sind sie noch nicht tot, Marcus.«

Seine Berührung meiner gepeinigten Haut war zärtlich und sein Duft und seine Wärme waren berauschend. Mir vorzustellen, Marcus würde mich beschützen, half mir. Mein Geist konzentrierte sich vollkommen auf ihn und die Art, wie er mich wieder normal fühlen ließ.

»Du bist in Sicherheit, Dani. Niemand wird dir je wieder wehtun«, sagte er mit einem wilden Stöhnen.

Zögernd legte ich ihm meine Arme um den Hals und zitterte schon bei dem beiläufigen Kontakt meiner Finger mit seinem Nacken. »Danke«, flüsterte ich und verlor mich in seinen energiegeladenen grauen Augen.

Langsam senkte er den Kopf und gab mir so genügend Zeit, ihn zurückzuweisen, falls ich es gewollt hätte. Doch ich *wollte*, dass er mich berührte. Ich *wollte* mich lebendig fühlen.

Der Kuss war sanft, ein schmeichelndes Zusammentreffen zweier Münder. Marcus versuchte, mir etwas abzubetteln, was er nicht mit Worten tun konnte.

Er legte seine Arme um mich, während er meinen Mund eroberte, und seine Hände glitten an meinem Rücken hinunter und landeten auf meinen Pobacken.

In derselben Sekunde, in der er mich an sich drückte und mein spärlich bekleideter Körper mit seinem zusammentraf, verlor ich das Gefühl für die Geborgenheit, seine Hitze und die Zärtlichkeit seines Kusses. Seine deutlich spürbare Erektion presste sich gegen meinen Unterleib und ich geriet in Panik, vergaß alles außer meiner instinktiven, aus dem Bauch kommenden Reaktion.

Meine Hände fuhren zu seinem Brustkorb und ich begann, ihn zu kratzen, um von ihm loszukommen. Gleichzeitig entriss ich ihm meine Lippen, unfähig, die Erinnerungsfetzen zu ertragen, die durch meinen Kopf tobten. »Nein! Bitte! Nicht!«

»Dani!«, sagte Marcus mit fester Stimme und schüttelte mich leicht. »Was zum Teufel ist geschehen? Öffne deine Augen!«

Als seine Befehle endlich in meinen verwirrten Geist eindrangen, öffnete ich die Augen. Ich hatte nicht einmal gemerkt, dass ich sie geschlossen hatte, um die Erinnerungsblitze abzuwehren Doch diese spontane Reaktion hatte sie lediglich verstärkt.

»Marcus?« Sein Gesicht erschien in meinem Blickfeld. »Oh Gott! Es tut mir leid.«

»Entschuldige dich nicht für etwas, an dem du keine Schuld trägst! Ich frage dich noch einmal … Geht es dir gut?«

Die Tränen flossen mir die Wangen hinunter, als ich zu ihm aufblickte. »Nein«, antwortete ich. »Ich glaube nicht, dass es mir *gut* geht. Im Augenblick bin ich mir nicht sicher, ob ich jemals wieder normal sein werde. Ich fühle mich wie eine Gefangene in meinem eigenen Körper. Das macht mir Angst.«

»Ich weiß. Das wird sich bessern. Aber ich kann dir nicht helfen, wenn du nicht darüber reden willst, was geschehen ist.« Er zögerte und taxierte mich mit seinem Blick. »Du hast gesagt, du seist nicht sexuell angegriffen worden, doch ich glaube, du lügst.«

Ich löste mich aus Marcus' Griff und wischte mir die Tränen aus dem Gesicht. »Es fällt mir schwer, über diese Zeit zu reden«, erwiderte ich wahrheitsgemäß. »Ich wurde erniedrigt und zusammengeschlagen, bis ich mich nicht einmal mehr verteidigen wollte. Doch ich konnte einfach nicht aufhören, mich zu wehren. Ich will nicht, dass *irgendjemand* erfährt, was mir widerfahren ist. Ich will das nicht immer und immer wieder durchleben.«

All meine Gefühle schienen mit aller Macht an die Oberfläche zu drängen. Ich fuhr fort, meinen Rücken Marcus zugewandt. »Es war wie ein schrecklicher Albtraum, dem ich nicht entkommen konnte, noch nicht einmal in wachem Zustand. Besonders wenn ich bei Bewusstsein war und ziemlich aufmerksam. Zu Beginn mussten sie mich mit mehreren Männern halten, während sie mich vergewaltigten. Nach einiger Zeit brauchten sie immer weniger. Als ich schwächer wurde, konnten sie mich zunehmend leichter benutzen und quälen.«

»Warum hast du mir das nicht erzählt?«, wollte Marcus in scharfem Tonfall wissen und drehte mich zu sich herum, damit ich ihn wieder ansehen musste.

Jetzt brach meine ganze Wut aus mir heraus. »Ich wollte es *niemandem* erzählen. Was würde es schon für einen Unterschied machen? Sie werden ja doch nicht der Gerechtigkeit unterstellt und vor Gericht gebracht. Jeder meiner Brüder würde die Terroristen umbringen wollen.«

Marcus' Miene war zornig. »Scheiß drauf! Ich will sie töten, nur weil sie dich berührt haben. Glaub mir, wenn sie nicht bereits tot wären, würde ich das eigenhändig erledigen.«

Ich schlang mir die Arme um den Leib, um mich zu trösten. »Kannst du meine Geheimnisse für dich behalten?«, fragte ich mit rauer Stimme. »Es gibt wirklich keinen Grund, warum irgendjemand davon wissen sollte.«

»Du brauchst eine Therapie, Danica«, wandte Marcus heiser ein.

»Aber ja, ich kann deine Geheimnisse wahren. Was du den Leuten erzählst, liegt ganz bei dir.«

Ich setzte mich aufs Bett, denn meine Beine gaben vor Angst unter mir nach. Ich wollte mit jemandem reden, aber nicht mit jemandem aus meiner Familie. Er hatte Recht. Nach allem, was geschehen war, würde ich wahrscheinlich eine Therapie benötigen, doch mit meiner Familie wollte ich all dies nicht teilen. Die Scham und die Erniedrigung saßen zu tief. Sie alle hielten mich für verrückt, mich in Aufruhr und Kriegszonen zu begeben. Ich wollte nicht, dass sie Kenntnis von allen Konsequenzen erlangten, die meine Arbeit mit sich bringen konnte. Das würde sie nur in große Sorge versetzen, wenn ich nach einiger Zeit meinen Job wieder aufnehmen würde.

Marcus entledigte sich seiner Anzugjacke und warf sie über eine kleine Garderobe. Dann setzte er sich auf einen Stuhl neben das Bett. »Ich höre dir zu, Danica. Du bezeichnest mich vielleicht nicht als einen Freund, doch ich bin hier, um dir zu helfen, falls du mich brauchst.«

Er wirkte gefasst und offensichtlich bereit, meine Geschichte anzuhören.

Den Schmerz.

Das Entsetzen.

Den Ekel und die Demütigung, die ich empfunden hatte, als ich so oft vergewaltigt und geschlagen wurde, dass ich nicht mehr zählen konnte, wie oft es geschah. Und wie ich mich jedes Mal, wenn die Rebellen mit meinem Körper fertig waren, gefragt hatte, ob es *das letzte* Mal gewesen war.

Ich versuchte, den Kloß in meiner Kehle hinunterzuwürgen, als ich Marcus' unlesbare Miene betrachtete. Da ich mir nicht sicher war, ob ich ihm in die Augen blicken konnte, während ich ihm all meinen Erfahrungen mit den Terroristen offenbarte, langte ich über meinen Kopf und schaltete die Leselampe aus, bevor ich mich mit gekreuzten Beinen in die Mitte des Bettes setzte.

Vielleicht würde ich Marcus *nicht* von *jeder kleinen Einzelheit* meiner Gefangenschaft berichten *können*, doch mir war bewusst, dass ich mich öffnen und etwas von meiner Wut und Angst herauslassen musste, indem ich offen darüber redete.

Zufrieden, dass ich im Dämmerlicht seinen Gesichtsausdruck kaum erkennen konnte, begann ich zu erzählen ...

Wie versprochen hörte Marcus mir aufmerksam zu. Gelegentlich gab er mir zu verstehen, dass meine Gefühle als vollkommen natürlich anzusehen waren, wenn man berücksichtigte, was ich durchgemacht hatte.

Als der Flug sich seinem Ende zuneigte, hatte ich mich gesammelt und verabschiedete mich in aller Kürze von dem Mann, der mir Trost gespendet und mein Vertrauter gewesen war. Dann begab ich mich nach Washington, D.C., wo ich meine Schwester traf.

Ein Jahr sollte vergehen, bevor wir uns wiedersahen, und wieder würde er mich von jemand anderem wegholen, doch diesmal unter vollkommen *anderen* Umständen ...

Kapitel 1

Marcus

Heute ...

»Was zum Teufel mache ich hier eigentlich?«, brummelte ich gereizt vor mich hin, als ich mich den verschmutzten Gehweg in einem von Miamis raueren Stadtteilen entlang schleppte.

Das Viertel war nur dämmrig beleuchtet und meine Umgebung wirkte zunehmend heruntergekommen. Seit zwei oder drei Jahren war ich nicht mehr in Miami gewesen und es verblüffte mich stets, dass der Speckgürtel so abrupt enden konnte und man sich nach einem relativ kurzen Fußweg in einem Sumpf wiederfand.

Nicht dass es mir etwas ausgemacht hätte. Meinen Wagen hatte ich mitsamt Fahrer bereits einige Häuserblöcke hinter mir zurückgelassen, in einem der besseren Viertel. Denn mein schon etwas älterer Chauffeur konnte sich einen Anstieg seines Blutdrucks nicht leisten. Und außerdem hatte ich dringend einen klaren Kopf bekommen müssen, bevor ich auf Danica treffen wollte. Daher begrüßte ich den Fußmarsch.

Ich sorgte mich keineswegs um meine persönliche Sicherheit. Ich kannte mindestens hundert verschiedene Arten, böse Jungs umzubringen. Und außerdem trug ich eine geladene Glock unter meiner Anzugjacke. Falls sich jemand mit mir anlegen sollte, würde ich dafür sorgen, dass er sich wünschen würde, nie geboren worden zu sein. Verdammt, im Moment würde ich einen anständigen Kampf sogar willkommen heißen. So sauer war ich.

Ein- oder zweimal hatten Dani und ich uns in derselben Stadt in Europa aufgehalten, hatten uns aber nicht wirklich gesehen. Also gut, ich hatte *sie* gesehen, doch sie hatte *mich* tatsächlich nicht gesehen. Ich hatte von ihrem jeweiligen Aufenthaltsort Kenntnis, weil ich es mir zur Aufgabe gemacht hatte, sie im Auge zu behalten und ihre berufsbedingten Reisen zu verfolgen. Es hatte mich nicht wirklich überrascht, als sie bald nach ihrer körperlichen Genesung ihre Arbeit als Reporterin wieder aufgenommen hatte. Wieder war sie an Brennpunkten auf der ganzen Welt anzutreffen. Das einzige Gebiet, in dem ich sie *nicht* gesehen hatte, war der Mittlere Osten.

Dann, vor ein paar Monaten, hatte ich weder ihren Weg verfolgen können, noch war ich in der Lage gewesen, ausschlaggebende Informationen zu bekommen, wohin sie zum Zwecke der Reportage reiste.

Jetzt wusste ich warum.

Vor ein paar Tagen hatte ich mich in Seattle aufgehalten und bei Jett Lawson vorbeigeschaut, um zu sehen, ob er sich erholte. Obwohl unsere letzte gemeinsame Mission mit der PRO bereits einige Jahre zurücklag, musste er sich immer noch Operationen unterziehen, um einige seiner Verletzungen zu beheben. Zu diesem Zeitpunkt handelte es sich jedoch lediglich noch um kosmetische Operationen, die einige seiner Narben kaschieren sollten. Dank seiner üblen ehemaligen Verlobten würden Jetts emotionale Wunden leider nicht so bald heilen.

Doch die Sorge meines Kumpels hatte nicht seinem eigenen Liebesleben und seiner ehemals Versprochenen gegolten, als ich ihn besuchte. Stattdessen hatte Jetts ganze Aufmerksamkeit dem neuen Freund seiner Schwester Danica gegolten.

»Hurensohn!«, fluchte ich verärgert, als ich mich dem Häuserblock näherte, in dem sich die Bar versteckte, die ich suchte. »Wie zum Teufel konnte sie sich auf einen Versager wie diesen Gregory Becker einlassen?« Becker war ein reiches Arschloch, doch es war zweifelhaft, ob sein Reichtum aus seinem legalen Geschäft stammte. Lange hatte er bei der CIA als verdächtig gegolten, doch bis jetzt konnte ihm niemand auch nur irgendeine Schuld durch handfeste Beweise oder Informationen nachweisen.

Ich blieb unter einer dämmrigen Straßenlaterne stehen und zog das Foto hervor, das Jett mir gegeben hatte, bevor ich Seattle verließ, eine Aufnahme aus einer regionalen Zeitung in Miami. Ein Farbfoto von Danica neben Becker, sein Arm um ihre Taille geschlungen, beide ziemlich glücklich in die Kamera blickend, aufgenommen auf einer Wohltätigkeitsveranstaltung, die das Arschloch vor ein paar Wochen organisiert hatte.

Es gab weitere Fotos von weiteren Veranstaltungen, die Dani an Beckers Seite zeigten. Als Jett Danica gefragt hatte, was sie in Miami machte und ob sie sich wirklich mit Becker traf, hatte sie ihrem Bruder gesagt, sie würden miteinander ausgehen und es wäre nicht sonderlich ernst. Egal was Jett seiner kleinen Schwester erzählt hatte, offensichtlich schenkte sie seinen Warnungen bezüglich Becker keine Beachtung. Wahrscheinlich gab es keinen einzigen wohlhabenden Geschäftsmann, der Gregory Beckers Ruf nicht kannte. Ständig kursierten Gerüchte über seine Beteiligung an Menschenschmuggel, illegalem Waffenhandel und umfangreichen Drogengeschäften. Außerdem ließ er einen Großteil seines Schwarzgeldes Rebellentruppen in Syrien zukommen. Letztere Information war nicht öffentlich bekannt, ich hatte sie von der CIA erhalten.

Wie zum Teufel konnte sich Dani auf jemanden einlassen, der mit seinem Geld Rebellengruppen unterstützte, ähnlich denen, die sie gefangen gehalten und so grausam gequält hatten?

Zugegeben, Danica war nicht in die Welt des internationalen Handels involviert, doch über Becker *musste* sie Bescheid wissen.

Falls sie seine schmutzigen Geheimnisse nicht schon zuvor entdeckt haben sollte, so hatte Jett sich gewiss nicht zurückgehalten, ihr alles über den neuen Mann in ihrem Leben zu erzählen. *Mist! Vertraute sie nicht einmal ihrem eigenen Bruder?*

Jetts Sorge um seine kleine Schwester hatte mich hier nach Miami geführt, obwohl ich eigentlich woanders hätte sein sollen. Ich sagte mir immer und immer wieder, ich sei nicht meinetwegen hier, doch ich wusste, das war eine Selbsttäuschung. Aus irgendeinem Grund hatte ich niemals mehr den gehetzten Ausdruck in Danis Augen vergessen können, den ich wahrgenommen hatte, als wir uns nach ihrer Rettung auf dem Weg nach Hause in die Staaten befanden.

Es war idiotisch von mir gewesen zu versuchen, sie damals im Flugzeug zu küssen. Verdammt, selbst jetzt wusste ich nicht, was mich geritten hatte, sie anzurühren. Doch aus irgendeinem Grund hatte ich mich nicht zurückhalten können.

Unglücklicherweise hatte ich nicht gewusst, dass die ganze Bande sie immer und immer wieder vergewaltigt hatte. Die Art, wie sie sich gegen mich gewehrt hatte, und die Tatsache, dass ich bei ihr eine voll ausgeprägte Panikattacke ausgelöst hatte, verursachten mir seither Schuldgefühle.

Wie auch immer, der Moment, bevor es geschehen war, der Augenblick, in dem sie mir vertraut hatte, bevor ich die Kontrolle verlor – die Chemie, die zwischen uns vibriert hatte, hatte mich dazu getrieben.

Nein, ich würde nicht vortäuschen, dass meine Gefühle für Dani brüderlich seien und ich allein wegen Jett hier war.

Ich bin hier, weil ich sie nicht vergessen kann.

Zur Hölle, aus irgendeinem Grund hatte ich noch nicht einmal mit einer anderen Frau zusammen sein können, seitdem ich Danica geküsst hatte. Wie abgefuckt war das denn?

Ich hatte zwar niemals *Beziehungen* unterhalten, doch ein gesundes Sexbedürfnis hatte ich eigentlich immer verspürt und es wäre ganz nett gewesen, dieses wiederzuerlangen. Es hatte nur eines Kusses bedurft, um mich quasi zu kastrieren. Seitdem ich die Weichheit von Danis Lippen auf meinen gespürt hatte, hatte ich keinen Versuch mehr unternommen, irgendeine Frau zu ficken. Das Verlangen, mit einer Frau zu schlafen, existierte quasi nicht. Ich war zu besessen von *ihr.*

Ich sagte mir, dass ich ihr nicht *hinterherlief* oder irgendeine Art von Beziehung mit ihr suchte. Ich versuchte lediglich, ihren Hintern zu retten ... schon wieder.

Plötzlich richteten sich meine Nackenhaare auf und das lenkte mich von meinen beschissenen Gedanken ab.

Hastig schob ich das Foto in meine Tasche zurück und drehte mich herum, denn ich wusste bereits, dass ich verfolgt wurde.

Es war beinahe enttäuschend, dass mein eventueller Räuber keine große Herausforderung darstellen würde.

Er war noch jung, vielleicht vierzehn oder fünfzehn Jahre alt, und war weit davon entfernt, mein Gewicht oder meine Größe von über einem Meter achtzig zu erreichen.

Der Punk sprach mit einem Ton, der bedrohlich klingen sollte, es jedoch nicht war. Nicht für mich. »Geben Sie mir Ihre Brieftasche oder ich stoße Ihnen diese Klinge ins Herz, Mister!«

Ja, ich hatte ein wandelndes Ziel für Raub oder Überfall abgegeben, wie ich so zu später Stunde in einem Maßanzug durch ein weniger angenehmes Viertel von Miami geschlendert war. Trotz alledem, dieses kleine Arschloch war entweder dreist oder von Drogen umnebelt, wenn er dachte, ich würde ihm einfach so meine Brieftasche überreichen. »Auf keinen Fall«, knurrte ich sauer. »Schlag doch zu, Göre!«

Er hob drohend seinen Arm und fuchtelte wild mit dem Messer herum. »Sie glauben, ich sei ein Kind? Ich töte jeden Tag Leute wie Sie, Alter«, erwiderte er selbstgefällig.

Falls ich gelacht hätte – was ich nicht tat – hätte ich wahrscheinlich gekichert. Doch ich zeigte keinerlei Gefühle – niemals. Aber der Kleine vor mir war einfach zu amüsant. Er erinnerte mich an einen Halbstarken, der zu viele Gangsterfilme gesehen hatte.

Ich streckte meinen Arm aus und in weniger als einem Sekundenbruchteil hatte ich sein Handgelenk umklammert und drückte auf einen Nerv an seinem Unterarm, bis er gezwungen war, die Waffe loszulassen, die mit metallischem Klappern auf den betonierten Gehweg aufschlug. Ich drückte ihn gegen das kalte Metall der Straßenlaterne, das Gesicht gegen den Pfahl gepresst, und hielt ihm die Mündung der Glock, die ich vorsichtshalber bei mir trug, gegen die Schläfe.

»Sie tun mir weh«, beschwerte sich das Kind nervös.

Ich trat nahe an ihn heran und sagte an seinem Ohr: »Eine Kugel im Kopf würde viel mehr wehtun. Geh nach Hause, lass die Drogen aus dem Körper und hör auf zu stehlen, um deine üblen Gewohnheiten zu finanzieren!«

»Ich lebe in einem Waisenhaus«, protestierte er mit ängstlicher Stimme, als ich die Mündung der Waffe ein bisschen fester gegen seine Schläfe drückte, in der Hoffnung, ihm noch mehr Angst einzujagen.

»Dann kannst du dich verdammt glücklich schätzen, ein Dach über dem Kopf zu haben«, knurrte ich. »Nutze das und hör auf, ein kleines Arschloch zu sein! Wenn du so weitermachst, bist du tot, bevor du auch nur offiziell Alkohol trinken darfst.«

Ich ließ ihn los, stellte jedoch meinen Fuß auf das am Boden liegende Messer, bevor er es sich schnappen konnte. »Ich sagte, geh nach Hause!«, warnte ich ihn verärgert.

»Wer zum Teufel sind Sie? Ich habe Sie noch niemals hier in der Gegend gesehen«, fragte der Junge zögernd.

»Jemand, mit dem du dich bestimmt nicht anlegen willst«, antwortete ich vage.

Das Miststück drehte sich herum und rannte, bis es außer Sicht war. Ich stieß das Messer tief in die Büsche am Gehwegrand, nur für den Fall, dass er zurückkommen würde, um es sich zu holen. Ich wollte ihm die Sache keineswegs erleichtern.

Der Junge war ein Rüpel von der Sorte, die ich hasste. Wahrscheinlich hätte ich die Polizei rufen sollen, damit sie ihn ins Gefängnis steckten, doch ich hatte mich um Wichtigeres zu kümmern. Und obwohl es wahrscheinlich nur Wunschdenken war, würde der Punk sich vielleicht eines Tages aus dem Sumpf ziehen.

Das Problem bestand aber darin, dass er offensichtlich von etwas abhängig war. Die Verzweiflung eines Süchtigen war nicht schwer zu erkennen. *Verdammt!* Ich hasste es zu sehen, wie sich ein so junger Kerl sein Leben mit Drogen vermasselte.

Ich schob die Waffe in ihr verborgenes Holster und schloss meine Jacke. Ich hatte die Glock noch nicht einmal entsichert. Der Junge mochte zwar ein jugendlicher Krimineller gewesen sein, aber niemals hätte ich einen Jungen erschossen, der wahrscheinlich noch nicht einmal alt genug war, um zu wählen. Mein Ziel hatte darin bestanden, ihn zu Tode zu ängstigen.

Ich glättete meine Anzugjacke, die zu meinen liebsten gehörte. Dann setzte ich meinen Weg zum Ende des Häuserblocks fort, wo mein Ziel lag.

Als ich dort ankam, musste ich feststellen, dass es sich bei der Bar um eine wahre Spelunke handelte. Im Fenster blinkte eine Leuchtreklame wie die Lichter eines Christbaums.

»Wirklich stilvoll«, brummte ich vor mich hin und hatte Schwierigkeiten, mir Dani in dieser Umgebung vorzustellen.

Trotzdem, hier verabredete sie sich mit Becker. *War diese miese Kneipe alles, was der Halunke Dani bieten konnte?* Verdammt, Danica war eine Lawson, eine Frau, die mehr Geld besaß, als sie jemals ausgeben konnte. Und *hier* gaben sich die beiden Turteltäubchen ihr Stelldichein?

Jett hatte mir erzählt, wo seine Schwester abends hinging. Ich fragte mich, ob er wusste, dass die Spelunke ein wahres Nest für Prostituierte und Drogendealer darstellte.

Wahrscheinlich ... nicht. Mein Kumpel wäre wahrscheinlich außer sich, wenn er wüsste, dass seine Schwester in dieser Kaschemme herumhing.

Ich schüttelte den Kopf, als ich durch das Fenster spähte. Wenn Jett es gewusst *hätte*, wäre er hier gewesen, obwohl er sich gerade von seiner jüngsten Operation erholte. Danis Bruder bekäme einen Herzinfarkt, wenn er wüsste, dass sie auch nur einen Fuß in diese Umgebung und, noch schlimmer, in dieses Rattenloch von einer Bar setzte.

Durch das große, äußerst verschmutzte Frontfenster musterte ich aufmerksam das Innere des kleinen Clubs. Becker konnte ich nicht erkennen, aber schließlich entdeckte ich eine Frau, die allein an der Bar saß. Ihre Haarfarbe verriet sie, die tiefroten Strähnen waren mittlerweile lang genug, um ihre Schultern zu streifen.

Ich verzog das Gesicht, als ich ihren kurzen, schwarzen Lederrock bemerkte und das knappe grüne Top, das kaum ihre Brust bedeckte.

Ihre schwarzen hochhackigen Schuhe mit Bleistiftabsätzen hatte sie auf der untersten Sprosse des Barhockers abgestellt und sie nippte bedächtig an einem cremigen Getränk mit einer Sahnehaube.

»Was zur Hölle tust du da, Danica? Du gehörst mit absoluter Sicherheit nicht hierher«, stieß ich mit rauer Stimme hervor.

Die Kleidung, das Lokal, der Freund ... alles stimmte nicht. Die Danica, die ich kannte, wollte nichts mehr, als einer Geschichte hinterherjagen, von der sie glaubte, dass sie veröffentlicht werden musste. Um sich ihre Arbeit zu erleichtern, kleidete sie sich stets in Jeans und T-Shirt.

Niemals trug sie wie im Moment mehrere Schichten Make-up.

Sie hatte es nicht nötig.

Hatte es niemals nötig gehabt.

Dani Lawson war von Natur aus entzückend, auch ohne Make-up und mit jeder Haarfarbe, in der es ihr gefiel, ihre Haare zu färben.

Beschützerinstinkte wallten in mir auf, Emotionen, die ich definitiv nicht empfinden wollte, die ich aber nicht unterdrücken zu können schien.

Im Unterschied zu Jett war meine Besessenheit, über Dani zu wachen, alles andere als platonisch, obwohl ich sie niemals gefickt hatte.

Wie gewöhnlich stand mein Schwanz in Bereitschaft, nur weil ich Dani beobachtete, wie sie an der Bar saß. Neben meiner Familie stellte sie meine einzige Schwäche dar und deshalb unterhielt ich eine gewisse Hassliebe zu dem jüngsten Lawson-Sprössling.

Wenn ich ehrlich zu mir selbst hätte sein wollen – was ich wirklich nicht war – hätte ich zugeben müssen, dass ich vom ersten Augenblick, in dem ich sie kennengelernt hatte, etwas für sie empfunden hatte. Vielleicht hatten wir uns deshalb ständig gestritten, bevor ich sie im Mittleren Osten gerettet hatte. Gewiss,

F. A. Scott

sie *war* dem Missverständnis unterlegen gewesen, dass ich das Herz ihrer älteren Schwester gebrochen hatte. Oder vielleicht war ich auch grundsätzlich ein Arschloch und sie hatte kein Problem, für sich selbst einzustehen. Sie war die einzige Frau, die mir ohne Weiteres die Stirn bot, wenn ich sie ärgerte, und gelegentlich hatte sie sich tatsächlich über mich lustig gemacht.

Mir hatte das definitiv nicht gefallen, aber ich hatte sie zähneknirschend für ihr ausgesprochen selbstbewusstes Auftreten bewundert.

Ich erinnerte mich noch gut an die Erfahrungen während ihrer Gefangenschaft, von denen sie mir auf dem Rückflug von der Türkei in die USA erzählt hatte. Damals hatte sie sich stark von der Frau unterschieden, die ich zuvor gekannt hatte. Ihre Verletzlichkeit hatte mich praktisch zerstört, weil ich wusste, wie sie gewesen war, bevor sie entführt wurde.

Meine Fäuste ballten sich vor Wut, als ich mich an ihren verängstigten, ausdrucksvollen Blick erinnerte, und ich konnte mir nicht vorstellen, wie sie es überhaupt geschafft hatte, die emotionale und körperliche Folter zu überleben.

Meine Augen musterten aufmerksam die Umgebung des Clubs, nur um sicherzugehen, dass Becker nicht bereits hier war, um Danica zu treffen. Nicht dass mir das Sorgen bereitet hätte, doch ich wollte vorbereitet sein, falls ich auf mehr Widerstand treffen würde als nur von Danis Seite, wenn ich hineinging, um sie von diesem Ort wegzuholen.

Ich hatte Jett versprochen, seine Schwester aus der Gefahrenzone und weg von diesem teuflischen Ort zu bringen. Dani gehörte nicht hierher und mit was auch immer für verrücktem Schwachsinn Becker sie fütterte, das musste ein Ende haben.

Als ich die Stufen zu der Glastür hinaufstieg, sah ich einen Betrunkenen zur Bar wanken. Er benutzte die stabile Oberfläche, um sich daran abzustützen.

»Rühr sie nicht an! Wag es nicht, sie anzurühren!«, knurrte ich, als ich die Tür aufstieß.

Gerade als ich die Bar betrat, gellte Danicas Schrei durch den widerlichen Raum.

Auf Danicas Hintern lag eine Hand, die nicht meine war, und jeder, der sie *dort* berührte, falls nicht ich selbst es war, war vollkommen unakzeptabel. Der sturzbetrunkene Mann war doppelt so groß wie sie und als sich seine Finger um ihr Handgelenk wanden, um sie vom Barhocker zu ziehen, verlor ich vollkommen die Kontrolle über meine rationalen Fähigkeiten. Das war mir noch niemals zuvor widerfahren, doch als ich vorwärts stürmte, ihm meine Faust ins Gesicht rammte und beobachtete, wie er dumpf auf dem schmutzigen Boden aufschlug, fühlte ich mich verdammt gut.

Kapitel 2

Dani

Ich hasste diese Bar.
Ich hasste dieses Stadtviertel.
Ich hasste meine Kleidung, den Nutten-Rock und das Top.
Und ich hasste *wirklich* den krankhaft süßen Drink, an dem ich nippte.

Doch ich wollte unbedingt Greg Becker treffen und wusste, dass er irgendwann hier eintreffen würde. Er verspätete sich fast immer, daher wusste ich, dass ich mich in Geduld üben musste.

»Hey, kleine Dame«, sprach mich ein hochgewachsener, betrunkener Mann an, der an die Bar taumelte. »Ein süßes Ding wie du sollte nicht allein sein. Wie viel?«

Meine Nackenhaare sträubten sich, als der Kerl durch meinen engen Lederrock hindurch in meine Pobacken kniff und mir sein Gesicht so nahe kam, dass ich seinen üblen Atem riechen konnte.

Ich hätte damit rechnen sollen, dass mich die Kerle anquatschen. Schließlich halte ich mich in einer Bar auf, in der die meisten Frauen Prostituierte sind. Hier ergattern sie den Großteil ihrer Freier.

Trotzdem kreischte ich laut auf, als die Hand meine Pobacken umfasste und noch fester zudrückte.

»Ich stehe nicht zur Verfügung«, stellte ich in warnendem Tonfall fest und bereitete mich darauf vor, seine Hand von meinem Körper zu entfernen. Er war so betrunken, dass er wahrscheinlich vornüberfallen würde, wenn er sich nicht mehr abstützen konnte. Ich bekam niemals die Gelegenheit, meine Theorie zu testen und seine Hand abzuschütteln. Eine überdurchschnittlich große Faust landete im Gesicht des Betrunkenen, der wie ein gefällter Baum zu Boden stürzte.

Mein Kopf flog herum, um zu sehen, wer mich gerettet hatte.

Ich musste ein zweites Mal hinschauen.

Marcus? Was zum Teufel machte er hier?

»Lass uns gehen!«, knurrte er, nahm mich bei der Hand und zog mich ungeschickt vom Barhocker.

Ich stolperte über den bewusstlosen Mann zu meinen Füßen und konnte mich kaum zurückhalten, ihm nicht einen meiner Pfennigabsätze in die Genitalien zu rammen. »Ich kann nicht gehen. Ich bin mit jemandem verabredet«, protestierte ich.

»Nicht mehr«, erwiderte er mit rasselnder Stimme.

Er hatte mich bereits draußen vor die Tür gezogen, als ich meine Absätze in den Boden grub und versuchte, ihm meine Hand zu entziehen. Marcus war teuflisch stark und ich würde gezwungen sein, ihm zu folgen, falls er mich weiter hinter sich her zerren würde. »Was machst du hier?«, fragte ich atemlos, als ich ihn zwar für einen Augenblick am Weitergehen hindern, ihm aber nicht meine Hand entwinden konnte.

»Ich werde dich dorthin zurückbringen, wo du hingehörst!«

»Ich gehöre *hierher*. Ich bin verabredet, Marcus. Ich kann nicht einfach gehen. Ich muss Greg sehen.«

»Ist nichts von dem, was dir Jett erzählt hat, bei dir angekommen?«, erwiderte Marcus steif. »Becker ist ein Arschloch und ein Krimineller, verdammt nochmal.«

»Ich weiß, was Jett gesagt hat, bin jedoch anderer Meinung«, erwiderte ich sauer. »Um Gottes willen, ich bin alt genug, um zu entscheiden, mit wem ich ausgehe.«

»Nicht wenn du die falsche Wahl triffst«, widersprach er mit schneidender Stimme.

Ich hasste seine arrogante Stimme, doch gleichzeitig liebte ich sie. Der Tonfall, das Selbstvertrauen und die deutliche, keinen Spaß verstehende Botschaft seines tiefen Baritons waren allein Marcus Colter zu eigen, doch das, was er sagte, ärgerte mich maßlos.

Noch einmal zerrte ich an meiner gefangenen Hand, doch ich konnte mich nicht befreien. Marcus' Griff war zwar fest, schmerzte jedoch nicht. »Und wer bist du, dass du dir anmaßen kannst zu entscheiden, ob meine Wahl richtig oder falsch ist?«

»Sie ist falsch«, stellte er knapp fest. »Lass uns gehen!«

Ich musste entweder hinter ihm her stolpern oder mit dem Gesicht voran auf dem Gehweg landen. Da ich eine Lebenskünstlerin war, folgte ich ihm.

Ich verfluchte mich, dass ich meinem Bruder Jett so viel erzählt hatte. Offensichtlich hatte er Marcus an seiner Stelle hierhergeschickt, weil er es missbilligte, dass ich mich mit Becker traf. Das hatte ich weder erwartet noch gefiel es mir.

»Marcus, ich muss zurückgehen«, verlangte ich. »Greg wird jeden Moment in seiner Bar auftauchen.«

»Ihm gehört das Dreckloch?«, erkundigte er sich, ohne seinen Schritt zu verlangsamen.

»Sie ist nicht so schlecht«, log ich. »Es ist ein freundliches, einheimisches Lokal.«

»Ja. Eine einzige große Familie von Kriminellen und Nutten«, knurrte er.

»Nicht jeder wird reich geboren«, schoss ich zurück, während ich versuchte, mit ihm Schritt zu halten.

»Nein. Das ist wahr. Aber Becker ist reich. Der Hurensohn hat es nicht nötig, sich dort mit dir zu verabreden, und außerdem könnte er dich aus seinen unehrlichen Geschäften heraushalten.«

Ich schwieg einen Augenblick, bevor ich fragte:»Was bringt dich dazu anzunehmen, er sei unehrlich?«

Er wurde ein wenig langsamer, als er sich zu mir herumdrehte und das Gesicht verzog.»Augenscheinlich bist du die Einzige, die *nicht* weiß, dass er ein Betrüger und ein Landesverräter ist.«

Ich ignorierte seine Anschuldigungen.»Bleib stehen! Bitte! Ich muss zurückgehen.«

»Wir werden von hier verschwinden und dann wirst du mir erst einmal genau erzählen, wie ihr zwei euch kennengelernt habt.«

»Ich kann nicht mit dir gehen.« Jetzt begann ich, mich heftiger zu wehren. Ich verdrehte meinen Arm und hoffte, das würde ihn zwingen, meine Hand loszulassen.

»Hör auf damit! Du wirst dir nur wehtun«, verlangte er.

»Ich werde nicht mit dir gehen«, wiederholte ich.

»Doch, das wirst du«, widersprach er.

Ein erschrockener Schrei entwich meinem Mund, als Marcus sich plötzlich vorbeugte, mich hochhob und über seine Schulter warf.

Ich hämmerte auf seinen Rücken ein, ziemlich sicher, dass mein Hintern wahrscheinlich unter meinem kurzen Rock hervorlugte.

»Lass mich runter!«, forderte ich, jetzt wirklich wütend, weil er mich fortschleppte wie ein Höhlenmensch seine Beute.

Ohne Anstrengung trug sein stählerner Körper mein Gewicht. Er bewegte sich mit ausgreifenden Schritten, mit denen er innerhalb kürzester Zeit große Entfernungen zurücklegen konnte, und ignorierte meine Proteste. Das Einzige, das ich sehen konnte – wenn ich nicht meinen Nacken überdehnen wollte – war sein mit einer Anzugjacke bekleideter Rücken.

Verdammt! Das war unmöglich. Ich *musste* in die Bar zurückgelangen!

»Hallo George! Wir sind bereit, zum Penthouse zurückzukehren«, hörte ich Marcus zu jemandem sagen, den ich nicht sehen konnte.

»Ja, Sir«, erwiderte der andere Mann, der offensichtlich George hieß. Seine Stimme verriet nicht die Spur von Verwunderung, dass sein Boss mit einer über die Schulter geworfenen Frau zum Wagen zurückkehrte.

»Uff!« Die Luft wurde mir aus den Lungen gepresst, als mein Rücken auf das weiche Leder eines Autositzes traf. In meinem Kopf drehte sich alles, als ich, nachdem ich kopfüber getragen worden war, so plötzlich wieder eine aufrechte Stellung einnahm. Ich bemühte mich, mein Gleichgewicht wiederzufinden.

Marcus stieg auf der anderen Seite ein und nahm den freien Platz neben mir auf dem Rücksitz ein.

Noch bevor ich einen klaren Kopf bekommen konnte, hatte sich der Wagen in Bewegung gesetzt.

»Verdammt!«, fluchte ich, strich mir das Haar aus dem Gesicht und richtete mich im Sitz auf. »Weißt du eigentlich, dass du mich gerade entführt hast?«

»Du hast mir keine andere Wahl gelassen«, erwiderte Marcus lässig.

Ich holte tief Luft und atmete bedächtig aus, um meine Nerven zu beruhigen. »Du hattest eine Wahl. Du hättest mich einfach in Ruhe lassen können. Ich bin eine erwachsene Frau. Ich habe ganz allein die ganze Welt bereist. Ich kann für mich selbst entscheiden.«

Ich hatte immer noch nicht herausfinden können, warum Marcus sich überhaupt in Miami aufhielt und in Gregs Bar aufgetaucht war. Der einzige Grund, den ich mir vorstellen konnte, war mein Bruder.

»Jett hat sich Sorgen gemacht«, gab er dann auch prompt zu.

Ich seufzte. Meinem jüngsten Bruder Kummer zu bereiten war das Letzte, was ich wollte. Jett hatte so viel durchgemacht und verdiente ein bisschen Frieden. »Er braucht sich keine Sorgen zu machen. Ich bin erwachsen. Schon seit Jahren.«

»Warum bist du hier, Danica? Was ist aus deinem Beruf geworden? Du hast schon seit Monaten die USA nicht mehr verlassen«, erkundigte er sich mit rasselnder Stimme.

Ich belog ihn nicht. »Ich brauchte eine Pause. Die Orte, an denen ich eigentlich hätte sein müssen – ich kann im Moment einfach nicht dorthin gehen.«

Nach dem, was mir zugestoßen war, hatte ich eine Therapie benötigt, die ich noch nicht beendet hatte. Ich war nicht in der Lage, ohne Angst meine Arbeit als Berichterstatterin im Mittleren Osten wieder aufzunehmen, der immer meine große Leidenschaft gegolten hatte. Da ich meine Angst nicht hatte überwinden können, hatte ich schließlich den Sender verlassen, um als unabhängige Reporterin auf eigene Faust mein Glück zu versuchen. Meine Schwester Harper war der Meinung, ich triebe mich zu sehr an, meine Arbeit wieder aufzunehmen, und wahrscheinlich hatte sie teilweise sogar Recht, doch die Entführung hatte mich unwiderruflich verändert. Ich würde *niemals* mehr die gleiche Frau sein, die ich vor meiner Geiselnahme gewesen war.

»Du solltest dir so viel Urlaub nehmen, wie du brauchst. Niemand erwartet von dir, dass du dich zwingst, jetzt schon wieder zu arbeiten.«

»Ich wollte mich ablenken. Ich konnte es nicht aushalten, mit meinen eigenen Gedanken allein zu sein«, gab ich zu. »Aber ich habe es nicht geschafft. Ich bin nicht mehr derselbe Mensch und weiß nicht mehr, wer ich überhaupt bin.«

Im dunklen Inneren des Wagens hörte ich Marcus' heisere Stimme antworten: »Du bist noch dieselbe, Danica. Im Inneren hast du dich nicht geändert. Du siehst die Welt um dich herum lediglich mit anderen Augen.«

Ich lehnte meinen Kopf gegen die Nackenstütze und fragte mich, ob Marcus Recht hatte. Vielleicht hatte ich mich wirklich nicht verändert. Vielleicht stimmte das, was Marcus sagte. Vielleicht konnte ich die Welt jetzt nicht mehr mit der gleichen Unschuld betrachten, die für mich so typisch gewesen war. »Ich hoffe es«, erwiderte ich wehmütig.

»Bei Gregory Becker wirst du nicht finden, was du brauchst«, warnte er mich.

»Das weiß ich noch nicht«, erklärte ich bestimmt. »Ich kenne ihn noch nicht einmal besonders gut.«

»Du musst ihn auch nicht besser kennenlernen«, erwiderte Marcus steif.

»Du verstehst nicht«, wandte ich mit zittriger Stimme ein.

»Dann erklär du es mir doch«, schlug er trocken vor. »Ich kann nämlich nicht erkennen, was jemanden wie ihn attraktiv erscheinen lässt.« Er zögerte, bevor er fragte: »Schläfst du mit ihm?«

»Was?« Ich war mir nicht sicher, ob ich richtig gehört hatte.

»Schläfst. Du. Mit. Ihm?«, wiederholte er heiser und grimmig.

»Nein!«, platzte es aus mir heraus, ohne überlegt zu haben. »Außerdem ist es nicht deine Angelegenheit, mit wem ich schlafe«, fügte ich hinzu.

»Ich mache es aber zu meiner Angelegenheit.«

»Wegen Jett«, riet ich.

»Nein. Weil ich mehrere Leben aufs Spiel gesetzt habe, um deinen Hintern zu retten. Das habe ich bestimmt nicht getan, damit du jetzt dein Leben an einen Versager wie Gregory Becker verschwenden kannst.«

»Es ist *mein* Leben«, gab ich schnippisch zurück. Marcus besaß eine Begabung, alles zu verkomplizieren.

»Mach Schluss mit ihm!«, befahl er. »Willst du wirklich einen Mann wie ihn heiraten? Mein Gott, Dani, er ist ein Krimineller. Bis jetzt wurde er lediglich noch nicht geschnappt. Und du wirst dich inmitten des ganzen Chaos wiederfinden oder durch die Hand seiner Feinde sterben. Du bist ihm doch vollkommen gleichgültig. Sonst hätte er dich nicht in einer Spelunke voller Betrunkener und Prostituierter warten lassen.«

»Ich werde ihn nicht heiraten«, verteidigte ich mich. »Ich verabrede mich lediglich mit ihm. Das ist alles.«

»Keine Verabredungen mehr. Keine Treffen mehr in seiner Bar. Nichts von alledem. Sag ihm, dass du dich nicht mehr für ihn interessierst, und sieh zu, dass du vorwärtskommst!«, knurrte Marcus.

»Stopp!« brüllte ich plötzlich an den Fahrer gewandt. Überraschenderweise brachte er den Wagen zum Stehen.

»Was hast du vor, Danica?« Marcus langte zu mir hinüber und hielt mich am Handgelenk fest.

Ich schüttelte seine Hand ab. »Ich bin zu Hause. Meine Eigentumswohnung befindet sich in dem Gebäude direkt hinter uns.«

»Ich wusste nicht, dass du hier eine eigene Unterkunft besitzt.«
»Das wusste ich von dir auch nicht«, erwiderte ich und öffnete die
Wagentür. »Doch augenscheinlich ist das so.«

Die Umgebung war gut beleuchtet, trotzdem konnte ich Marcus'
Gesichtsausdruck nicht erkennen, als er sich über den Rücksitz in
meine Richtung beugte. »Ich wohne nicht weit von hier, daher werde
ich in der Nähe sein. Dies ist eine anständige Gegend. Halte dich
fern von Beckers Revier!«

Ohne zu antworten, schloss ich die Wagentür und stöckelte so
schnell es mir meine hohen Absätze erlaubten auf die Eingangstreppe
meines Wohnhauses zu.

Marcus stieg zwar nicht aus dem Fahrzeug, blieb aber solange,
bis ich die Sicherheitskontrolle hinter mir gelassen und das Gebäude
betreten hatte.

Als ich in meiner Wohnung angelangt war und durchs Fenster
blickte, war Marcus verschwunden.

Kapitel 3

Marcus

»Seit wann besitzt Danica eine Eigentumswohnung hier in Miami?«, fragte ich Jett. Ich hatte den Lautsprecher meines Mobiltelefons eingeschaltet, so blieben meine Hände frei, um mich meiner Krawatte zu entledigen.

Die sich über ganze Wände erstreckenden großen Fenster meines luxuriösen Penthouses boten bei Tageslicht einen spektakulären Blick auf den Strand. Doch nun in der Dunkelheit war es sehr gut möglich, dass mich irgendein Nachbar dabei beobachten konnte, wie ich mich bis auf die Unterwäsche auszog, doch das war mir vollkommen gleichgültig.

Es war Sommer und verdammt heiß und feucht in Südflorida. Ich wollte unbedingt meine verschwitzten Kleider loswerden. Zähneknirschend gestand ich mir ein, dass ich außerdem meinem armen Schwanz eine Pause gönnen musste. Seitdem ich Danica in dem knappen Oberteil und dem engen Lederrock gesehen hatte, war mein Schwanz steinhart. Unglücklicherweise konnte ich das Bild nicht mehr aus meinem Kopf verdrängen, wie sie mit kaum bedecktem Hintern aus meiner Limousine gehüpft war.

»Tatsächlich gehört die Eigentumswohnung meinen beiden Schwestern, ihr und Harper, denn sie lieben den Strand«, informierte mich Jett.

Ich löste meine Krawatte und warf sie über einen Stuhl. »Im Moment hält sie sich in ihrer Wohnung auf«, sagte ich und begann, die Knöpfe meines Hemdes zu öffnen. »Aber ich bin nicht sicher, ob sie dort bleiben wird. Ich verstehe einfach nicht, was an diesem Becker so anziehend wirkt.«

»Das weiß ich auch nicht«, erwiderte Jett. »Ich weiß lediglich, dass Dani sich seit ihrer Entführung verändert hat.«

»Inwiefern verändert?«

»Es mag sich vielleicht sonderbar anhören, aber sie scheint ... traurig zu sein. Früher hatte sie mehr Spaß als wir anderen. Jetzt sehe ich sie nicht einmal mehr lächeln.«

Wenn ich darüber nachdachte, hatte ich sie auch nicht mehr lächeln sehen. Obwohl wir beide gearbeitet hatten, wenn wir in der Vergangenheit aufeinandergetroffen waren, hatte sie das damals nicht gehindert, zu lächeln und zu lachen. Ich kannte sie als eine lebhafte Frau, doch nun schien sie ein Schatten ihrer selbst zu sein. Zwar konnte sie immer noch recht unverschämt auftreten, doch jetzt hatte sie scharfe Ecken und Kanten. »Sie muss sich verändert haben, Jett. Man kann nicht solch eine Erfahrung wie Danica durchmachen, ohne als eine veränderte Person daraus hervorzugehen.«

Ich erzählte Jett nicht, dass Danica mir bereits erklärt hatte, dass sie sich anders *fühlte* und dass sie sich nicht mehr sicher war, *wer* sie überhaupt war.

Aus irgendeinem Grund bekümmerte mich das. Innerlich war Danica derselbe Mensch, doch sie wirkte unglaublich ... argwöhnisch. Sie betrachtete die Welt aus anderen Augen, als einen weitaus furchterregenderen Ort. Obwohl ich verstand, warum sie jetzt so empfand, verabscheute ich die Tatsache, dass sie nicht mehr in der Lage war, Orte und Menschen mit der gleichen Neugier zu betrachten, die damals so charakteristisch für sie gewesen war.

Obwohl sie ein teuflisch freches Mundwerk besaß, war die Unschuld, die sie einst an den Tag gelegt hatte, verschwunden, was ich sehr bedauerte. Eben dieser Umstand weckte meine Beschützerinstinkte und ich war fest entschlossen, ihr dabei zu helfen, den Sinn für die Wunder dieser Erde wiederzuerwecken, der einst so sehr zu ihrem Wesen gehört hatte.

»Vielleicht ist alles, was wir über Becker gehört haben, nur dummes Gerede«, überlegte Jett laut. »Was, wenn er doch ein anständiger Kerl ist? Ich würde mich wie ein Arschloch fühlen, wenn ich versuchen würde, Dani von jemandem zu trennen, den sie mag, wenn dessen einzige Schuld darin besteht, Gesprächsgegenstand von Gerüchten zu sein.«

Endlich hatte ich alle Knöpfe geöffnet, zerrte mir ungeduldig das Hemd vom Körper und warf es über denselben Stuhl, auf dem bereits meine Krawatte gelandet war.

Was zum Teufel konnte ich Jett erzählen? Niemand außer meiner Familie wusste, dass ich als Spezialagent für die CIA arbeitete. Ich durfte ihm nicht verraten, dass die Behörde seit Jahren versuchte, Beweise gegen Becker zu sammeln, und dass sie eines Tages über genügend Material verfügen würden, um Becker zu verhaften. Er war der Schlimmste der Schlimmsten, ein Kerl, der reich geworden war, indem er andere Menschen zu Süchtigen und Prostituierten machte, und das zudem noch oft gegen ihren Willen. Ich war mir ziemlich sicher, dass der Verdacht, Becker finanziere Terroristen, berechtigt war. Bis jetzt hatten wir lediglich den Beweis noch nicht finden können, der seine Verbindung zu den Rebellen ohne Zweifel bestätigte.

»Nein, so ist es auf keinen Fall«, erwiderte ich schließlich. »Becker ist ein Arschloch.«

»Wie ich es hasse, so gelähmt zu sein«, bemerkte Jett frustriert. »Ich wäre jetzt gern mit dir dort. Doch morgen muss ich mich einer weiteren kleineren Operation unterziehen. All diese Mühe nur für den Versuch, mich wieder repräsentabel aussehen zu lassen. Verdammt, ich weiß doch, dass ein paar dieser Narben niemals heilen werden. Wahrscheinlich werde ich auch in Zukunft hinken, wenn ich müde bin.«

Ich konnte seinen Ärger beinahe durch die Telefonleitung hindurch spüren und wie immer überwältigten mich maßlose Schuldgefühle. »Ich wünschte, ich hätte dich niemals in die PRO aufgenommen.« »Ich bereue es nicht, Marcus. Wir haben viel Gutes getan, eine Menge Leben gerettet. Und nicht zuletzt hat es mich davor bewahrt, eine Frau zu heiraten, die lediglich mein Geld wollte. Doch selbst *sie* konnte meine Verletzungen nicht tolerieren, obwohl es ihr ein Vermögen eingebracht hätte.«

Ich stieg aus meiner Hose, warf sie auf den Stuhl und flegelte mich, nur in Boxershorts gekleidet, in die weiße Ledercouch. »Der bist du glücklich entwischt«, stimmte ich zu und verzog das Gesicht. »Trotz alledem fühle ich mich beschissen, dass ich dich in die PRO aufgenommen habe. Ich habe dich schließlich angeworben.«

Jett hatte sich zur falschen Zeit am falschen Ort aufgehalten. Als unser Hubschrauber abstürzte, hatte jeder, der auf der attackierten Seite gesessen hatte, einige Quetschwunden abbekommen, da schwere Ausrüstungsgegenstände und anderes Gepäck auf sie hinabgefallen waren. Jett hatte es am schwersten getroffen. Er hatte auf der falschen Seite *und* auf dem falschen Platz gesessen. Ich selbst hatte nur leichtere Verletzungen erlitten, was mir wahnsinnige Schuldgefühle beschert hatte, als ich gesehen hatte, dass einige meines Teams weitaus schwerer verletzt worden waren. Die anderen hatten sich erholt, doch Jett würde niemals wieder der Gleiche sein und das fraß an mir.

Seine inneren Verletzungen waren so schwer gewesen, dass eine Zeit lang niemand gewusst hatte, ob er es schaffen würde. Als klar war, dass er überleben würde, stellte sich heraus, dass dies nicht ohne Zugeständnisse geschehen konnte. Sie hatten meinen Kumpel und Kameraden wieder zusammengeflickt, doch sein Bein würde er niemals mehr wie früher benutzen können und außerdem hatte er eine Menge Narben davongetragen.

»Ich würde heute nicht anders handeln«, erwiderte Jett gedankenverloren. »Abgesehen davon brauchtest du mich. Ich bin der beste Informatiker, den du bekommen konntest.«

Ich brach in lautes Gelächter aus – was recht ungewöhnlich für mich war – doch ich wusste, er sprach die Wahrheit. Viele Erfolge der PRO hatte ich nur Jett zu verdanken. Er war ein verdammtes Genie, was Internettechnologie und Programmierung betraf. Ich erhob mich, um mir ein Bier aus dem Kühlschrank zu holen. Während ich die Flasche öffnete, erwiderte ich:»Du hast mich überzeugt. Auf dem Gebiet gibt es niemand Besseren als dich.«

»Verdammt richtig«, witzelte Jett.

»Woran arbeitest du gerade?«, erkundigte ich mich neugierig.

»An nichts Besonderem«, antwortete er verdrießlich.»Ich hatte nicht viel Zeit. Aber die laufenden Projekte für die Firma machen gute Fortschritte.«

Jett besaß ein unglaublich großes Unternehmen für Computertechnologie und Netzsicherheit und führte stets mehrere Projekte zur gleichen Zeit aus. Glücklicherweise erlaubte sein Beruf es ihm, von seinem Zuhause in Seattle aus zu arbeiten.

»Konzentriere dich auf deine Genesung!«, riet ich ihm.»Ich denke, du bist reich genug.«

»Nicht so vermögend wie du«, widersprach er.»Allerdings ist es mir niemals um Geld gegangen.«

Jetts Eltern waren bei einem Autounfall ums Leben gekommen und hatten ihren Kindern Milliarden Dollars hinterlassen, so wie es uns ähnlich auch mit meinem Vater ergangen war.»Aber du liebst deine Arbeit«, gab ich zur Antwort.

»Liebst du deine Arbeit nicht, Marcus?«

Ich trank einen Schluck Bier, bevor ich mich wieder ins Sofa fallen ließ. Es machte mir nichts aus, den internationalen Konzern meines Vaters zu leiten, doch ich konnte nicht behaupten, dass dem meine Leidenschaft galt.»Mir blieb keine Wahl. Als mein Vater gestorben war, musste ich so bald wie möglich das Ruder übernehmen. Ich war der Älteste.«

Sobald wir unseren Vater verloren hatten, fühlte ich mich gezwungen, mich um sein Erbe zu kümmern. Leider stellte sich heraus, dass die Leitung des Konzerns meines Vaters erforderte, viel zu reisen, sobald ich alt genug war. Bevor ich die Schule beendet hatte, waren Manager mit der Aufgabe betraut, doch auf diese Weise lief das Unternehmen nicht so gut wie zu Lebzeiten meines Vaters. So begab ich mich auf Reisen, um sicherzustellen, dass unsere internationalen Geschäfte in unserem Sinne betrieben wurden. Ich löste alle Probleme selbst.

Manchmal jedoch, wenn ich mich zu gut um die Firma kümmerte, konnte ich mich des Gefühls nicht erwehren, den Bezug zu meiner Familie zu verlieren. Da ich so oft fort gewesen war, hatte ich so viel verpasst. Chloe hatte eine Beziehung unterhalten, in der sie misshandelt worden war, und ich hatte es erst entdeckt, nachdem sie alles hinter sich gehabt hatte. Schritt für Schritt hatte ich mich von meinem eineiigen Zwillingsbruder Blake entfernt, der jetzt US-Senator war. Und auch Tate und Zane hatten schwere Zeiten erlebt. Und wieder einmal hatte ich mich nicht viel darum kümmern können.

Ich vermisste sie alle wirklich sehr, aber nach meiner langen Abwesenheit wusste ich nicht, wie ich wieder an ihrem Leben teilnehmen konnte. Für meine Arbeit bei der CIA war es allerdings am besten so.

»Also, es ist ja keineswegs so, als hättest du keine Zeit, jeglicher Berufung zu folgen, die du verspürst«, erwiderte Jett schließlich.

Im Moment war das Einzige, dem ich folgen wollte, seine hinreißende, dickköpfige, rothaarige Schwester. Doch das konnte ich ihm wohl schlecht unter die Nase reiben.

»Ja«, stimmte ich ihm deshalb bewusst unverbindlich zu. »Ich werde noch mindestens einige Tage länger hierbleiben und Dani im Auge behalten. Ich will sichergehen, dass sie nicht wieder mit Becker anbändelt.«

Jett schwieg einen Augenblick, bevor er erwiderte: »Du weißt, falls sie das doch tut, können wir nicht viel dagegen unternehmen, außer sie zu entführen. Ich möchte sie zwar beschützen, aber sie verdient auch ihren Freiraum. Wenn sie ihn unbedingt will, kann ich sie eigentlich nicht aufhalten.«

»Ich *werde* sie aufhalten«, knurrte ich und erwähnte absichtlich nicht, dass ich Danica quasi bereits entführt hatte. »Sie wird sich ihr ganzes Leben vermasseln, wenn sie mit Becker zusammenbleibt. Der wird in Kürze seinem unvermeidlichen Fall gegenüberstehen.«

»Geht es dir gut, Marcus?«, erkundigte sich Jett vorsichtig.

»Ja. Warum?«

»Ich glaube, ich habe noch nie erlebt, dass du ein persönliches Anliegen so ernst nimmst.«

»Ich versuche nur zu helfen«, erklärte ich unbeholfen.

Er hatte Recht. Ich verschwendete nur selten einen Gedanken an persönliche Dinge, die nichts mit meinem Geschäft oder Belangen der CIA zu tun hatten.

Bei *ihr* versagte ich, wenn es um meine emotionale Distanziertheit ging. Danica hatte so viel durchgemacht. Die Tatsache, dass ich einen gewissen merkwürdig animalischen Besitzerinstinkt, den ich weder erklären noch verstehen konnte, ihr gegenüber entwickelt hatte, möchte ich erst gar nicht erwähnen. Lange Zeit war ich nur von dem Wunsch besessen gewesen, sie nackt zu sehen und gegen die Wand zu nageln, damit wir gegenseitige Befriedigung erlangten. Und ich war mir ziemlich sicher, dass es verdammt lange dauern würde, diesen primitiven Trieb loszuwerden, Danica zu besitzen. Ich wollte sie schreien hören, sie gehörte zu mir, während ich in ihre enge, warme Hitze eindrang.

Wie auch immer, nachdem sie mir einen Teil ihrer qualvollen Erfahrungen anvertraut hatte, die sie während ihrer Gefangenschaft bei den Rebellen hatte machen müssen, trieb es mich dazu, dafür zu sorgen, dass sie nie wieder würde leiden müssen.

»Lass mich wissen, wie es läuft«, bat Jett. »Und danke, Mann. Ich schulde dir etwas.«

Wir beendeten unser Telefongespräch und ich erhob mich. Zum ersten Mal, seit ich denken konnte, saß ich untätig herum, und das machte mich unruhig. Ich hatte einen meiner Topmanager gebeten, mich auf meinen Reisen zu vertreten, und mich eigens nach Florida begeben, um Dani davon in Kenntnis zu setzen, dass sie sich nicht mehr mit Becker treffen durfte.

Irgendetwas stimmt nicht. Ich kann es spüren.

Mein logisch arbeitender Verstand sagte mir, dass sie unmöglich diesen Gregory Becker wollen konnte. Dani war zu klug, um bei einem Mann wie ihm zu enden. Hinzu kam, dass sie den Beruf einer Reporterin ausübte und daher eine Frau war, die Menschen extrem gut durchschauen konnte.

Mein irrationaler, primitiver, fleischlicher Trieb indessen wollte Dani aus der Gefahrenzone bringen, sofort und unwiderruflich.

Ich wünschte, ich hätte behaupten können, dass mein Verstand Antworten gefunden hätte, doch ich fürchtete, dass ich zum ersten Mal in meinem Leben mein Gefühl nicht vollkommen würde ignorieren können.

Kapitel 4

Dani

Am folgenden Tag hatte ich mir eine gute Entschuldigung ausdenken müssen, um Greg zu erklären, warum ich nicht zu unserer Verabredung in der Bar erschienen war.

Ich wollte unbedingt, dass er mir vertraute, daher war es für unsere Beziehung nicht gerade ein Schritt nach vorn, dass ich ihn versetzt hatte.

Glücklicherweise hatte er meine Erklärung akzeptiert, dass ich mich nicht gut gefühlt hatte und eingeschlafen war. Weniger gut fand ich jedoch, dass er vorbeikommen wollte, um sich davon zu überzeugen, dass es mir besser ging.

Er denkt, ich sei krank. Sicher wird er nicht lange bleiben.

Ich hatte mir ein hübsches, legeres, gelbes Sommerkleid angezogen und etwas Make-up aufgelegt. Mein Haar fiel in einem eleganten Bubikopf bis knapp auf die Schultern hinab. Irgendwie schien dieser Stil gut zu meinem von Natur aus roten Haar zu passen.

Als mein Telefon klingelte, eilte ich zum Kaffeetisch im Wohnzimmer, wo ich mein Handy an die Steckdose angeschlossen hatte. Ich wollte den Anruf unbedingt entgegennehmen, bevor sich mein Anrufbeantworter einschaltete. »Hallo?«, meldete ich mich.

Ich hatte nicht auf die Nummer auf dem Display geachtet, denn ich hatte angenommen, es handele sich um Greg, der seine Verspätung ankündigen oder seinen Besuch ganz absagen wollte.

»Dani?«, fragte eine panisch klingende weibliche Stimme.

»Ruby? Was ist los? Was ist geschehen?«, fragte ich atemlos.

Beinahe täglich bereitete mir meine junge Freundin irgendeinen Stress. Nach einer Kindheit und Jugend, in der sie missbraucht worden war, war sie weggelaufen und im Alter von achtzehn Jahren in Miami gelandet. Sie lebte jetzt seit beinahe vier Jahren als Obdachlose hier, was ich erst erfahren hatte, als sie von der Straße aufgesammelt worden war, gleich nachdem wir uns vor ein oder zwei Monaten kennengelernt hatten. Jetzt bewohnte sie ein Zimmer in einem schäbigen Hotel. Doch die Umstände, unter denen sie von der Straße geholt worden war, beunruhigten mich.

»Der Kerl, der mich gerettet hat, behauptet, ich schulde ihm etwas. Nichts ist so, wie ich dachte. Sie hatten mir einen Job versprochen, den ich bis heute nicht bekommen habe. Jetzt erzählen sie mir, dass ich ihnen für das Dach über dem Kopf und mein Essen Geld schulde. Da ich aber kein Geld habe, um es ihnen zurückzuzahlen, wollen sie irgendeine Art von Auktion für eine Dienstleistung meinerseits veranstalten.«

Mir drehte sich der Magen um, als ich mir vorstellte, an welcher Art von Auktion Ruby teilnehmen sollte. »Haben sie erwähnt, um was für eine Art von Auktion es sich handelt?«

»D-das haben sie nicht g-gesagt«, stammelte sie. »Aber die Frau, die mir mein Essen bringt, hat mich gefragt, ob ich noch Jungfrau sei, was ich bestätigt habe. Zuerst habe ich gedacht, ich sollte als Haushälterin oder so versteigert werden. Doch langsam glaube ich, dass sie meinen Körper verkaufen wollen, da er wirklich alles ist, was ich zu geben habe.«

Ich holte tief Luft und stieß sie wieder aus. Ich war mir ziemlich sicher gewesen, dass, wer auch immer Ruby eingesammelt haben mochte, er sich gewiss irgendeinen Vorteil davon erhofft hatte, ihr zu helfen. Dies war eine Situation, wie sie typischer nicht sein konnte für Menschenhandel. »Haben sie einen Zeitpunkt erwähnt?«, erkundigte ich mich und versuchte, meine Sorge nicht durchklingen zu lassen.

»N-nein. Ich glaube, sie wollen, dass ich erst noch etwas zunehme. Dani, ich habe solche Angst. Ich weiß, dass ich jetzt ein Dach über dem Kopf und ausreichend zu essen habe, doch ich wünschte beinahe, wieder obdachlos zu sein. Ich habe bei diesen Leuten Schulden angehäuft und kann sie nicht zurückzahlen.«

Gott, ich wünschte mir verzweifelt, Ruby in meine Eigentumswohnung zu holen und dafür zu sorgen, dass ihr nie wieder ein Leid angetan wurde. Doch es gab einige gute Gründe, warum das im Moment nicht möglich war. »Halte durch! Ich verspreche dir, ich werde dich dort herausholen, bevor dir etwas zustoßen kann.«

»Ich habe mich in eine schlimme Situation gebracht, nicht wahr?«, fragte sie.

»Ja. Aber das ist nicht deine Schuld. Diese Leute holen Frauen und Kinder keineswegs von der Straße, um ihnen zu helfen. Ich glaube, es sind Menschenhändler.« Ich schauderte bei dem Gedanken, wie viele andere Frauen Opfer dieser »Hilfsbereitschaft« geworden sein mochten.

»Ich weiß nicht, was ich tun soll. Sie sagten, falls ich versuchen würde zu fliehen, ohne meine Schulden zu bezahlen, würden sie mich finden«, wimmerte sie.

»Wir werden uns darum kümmern. Bleib stark, Ruby. Frage sie, wie viel du ihnen schuldest!«

»Wie viel es auch immer sein mag, ohne Job kann ich es nicht bezahlen«, erwiderte sie deprimiert.

»Ich weiß, du kennst mich noch nicht so gut, aber kannst du mir einfach vertrauen?«, fragte ich sie verzweifelt.

Ruby zögerte einen Moment, bevor sie antwortete. »Es fällt mir schwer, überhaupt jemandem zu vertrauen«, erklärte sie ehrlich.

»Aber ich werde es versuchen. Du hast mir bereits so viel geholfen, indem du mir einfach eine Freundin warst. Jetzt habe ich bereits weniger Angst, weil ich weiß, dass jemand Bescheid weiß und sich um mich kümmert.«

»Ich werde dich dort herausholen«, versprach ich. »Halte mich einfach auf dem Laufenden und melde dich bei mir, wenn das ohne Risiko möglich ist!«

»Das werde ich tun. Danke.«

Es brach mir das Herz, sie so traurig und verängstigt zu erleben. Doch sie hatte tatsächlich niemals etwas erlebt, das sie hätte glücklich machen können. Die zweiundzwanzig Jahre ihres bisherigen Lebens waren verdammt hart gewesen.

Wir beendeten unser Gespräch, doch mein Magen drehte sich immer noch schmerzhaft herum. Wirklich, ich war ein Wrack, seitdem mich Marcus aus Gregs Bar geholt hatte. Unser Zusammentreffen hatte mich beunruhigt, insbesondere als ich bemerkt hatte, dass mich allein die Tatsache, ihn zu sehen, an jede einzelne feuchte Fantasie erinnert hatte, die ich mir je mit ihm erträumt hatte.

Und derer hatte es so viele gegeben, dass ich sie nicht zählen konnte.

Obwohl ich doch so verwirrt und verwundet gewesen war, nachdem Marcus mich gerettet hatte, war die mysteriöse Anziehungskraft, die er auf mich ausübte, noch ebenso präsent wie zu dem Zeitpunkt, als er seinen Hintern riskiert hatte, um mich aus Syrien herauszuholen. Ehrlich, beinahe seit Anbeginn unserer Bekanntschaft hatte ich mich zu ihm hingezogen gefühlt. Die Schwierigkeit bestand darin, dass ich jetzt meine Gefühle genau kannte. Markus übte eine unglaubliche Anziehungskraft auf mich aus und ich hatte keine Ahnung, wie ich mich dagegen wehren sollte.

Die Chemie zwischen uns war immer schon dagewesen, doch war ich direkt nach meinem glücklichen Entkommen aus der Gefangenschaft nicht in der Lage gewesen, mein Verlangen zu erkennen. Doch eine große Anzahl an Therapiestunden hatte mir geholfen, mein Leben nach dieser entsetzlichen Erfahrung wieder weiterzuführen, und jetzt konnte ich mir eingestehen, dass irgendetwas an Marcus mich vollkommen verrückt machte. Er war definitiv heiß, daher war mein Verlangen, von ihm gegen die Wand genagelt und befriedigt zu werden, nicht überraschend. Ich nehme an, es waren all die anderen Emotionen, die sich mit meiner leidenschaftlichen Begierde, mit ihm zu schlafen, zu vermischen schienen, und das verwirrte mich.

Ich bewunderte, was er mit der PRO geleistet hatte, obwohl mein Bruder bei einer der Missionen verwundet worden war. Marcus schien immer alles auf eine Weise unter Kontrolle zu haben, die ich nie zuvor gesehen hatte. Zugegeben, er war herrisch und arrogant mit mir umgesprungen, doch er besaß Nerven aus Stahl, die er so leichtherzig mit sich herumtrug wie andere Männer ihre Mobiltelefone. Ich hatte ihn an vielen Brennpunkten beobachten können, doch er schien sich niemals der Gefahr bewusst gewesen zu sein. Zum Teufel, ich hätte nicht einmal behaupten können, jemals eine Falte in seinem maßgeschneiderten Anzug gesehen zu haben, wenn er in all den kriegsgebeutelten Zonen der Welt, wo wir aufeinandergetroffen waren, seine Geschäfte erledigt hatte.

Ich hatte mich wegen meines Jobs in den furchterregendsten Gebieten der Welt aufhalten *müssen*, aber wirklich, Marcus hatte überhaupt nicht dort sein *müssen*. Merkwürdig, er behandelte seine Reisen wie alltägliche Verpflichtungen, die seine Arbeit mit sich brachte, gleichgültig, wo er sich dafür aufhalten musste.

»Aber was tut er hier in Miami?«, murmelte ich vor mich hin, während ich mich auf die Sofalehne setzte, um auf Greg zu warten.

Und warum sorgt er sich so darum, mit wem ich mich verabrede?

Ja, er hatte gesagt, dass Jett sich Sorgen machte, aber Marcus war nicht der Typ, sich irgendwo aufzuhalten, wo er nicht sein wollte.

Das ganze Zusammentreffen in Gregs Bar stellte mich vor ein Rätsel. Ich hatte Marcus bisher stets im Arbeitsmodus erlebt, außer während seiner gefährlichen Rettungsaktion und der kurzen Zeitspanne, die wir danach miteinander verbracht hatten. Sich so zu verhalten, als ob er *persönlich* betroffen wäre, befremdete mich.

Ich versuchte, diese Gedanken abzuschütteln. Es spielte keine Rolle, ob Marcus Greg mochte oder nicht. Er musste sich mit der Tatsache abfinden, dass ich mich mit jemandem verabredete, den er als schlechte Partie für mich betrachtete. Niemand hatte sich jemals in mein Liebesleben eingemischt und jetzt würde das auch nicht geschehen. Meine Beziehung zu Greg war zu wichtig für mich.

Schließlich ertönte die Türklingel und ich verdrängte die negativen Gedanken und ging los, um die Tür zu öffnen.

»Hallo Süße«, begrüßte mich Greg.

»Hey«, antwortete ich atemlos.

Er küsste mich auf die Wange und ging ins Wohnzimmer hinüber, während ich die Tür schloss.

»Wie fühlst du dich?«, erkundigte er sich und machte es sich auf dem Sofa bequem.

»Besser«, erwiderte ich und hoffte, er würde mich nicht ausfragen, warum ich nicht zu unserer Verabredung in der Bar erschienen war. Greg war der Typ Mann, der stets wachsam, stets vorsichtig wirkte. Er war attraktiv und fit und besaß schönes, dichtes, blondes Haar, weshalb ihm die meisten Frauen hinterherliefen, obwohl er nicht ausgesprochen vermögend war. Doch über seinen dunklen Augen lag ein Schleier, der verhinderte, dass ihm jemals jemand zu nahe kam.

Es war mein Ziel, ihn besser kennenzulernen, als es jeder anderen Frau je gelungen war, und ihn dazu zu bringen, mir zu vertrauen. Leider machte ihn mein Nichterscheinen in der Bar – jedenfalls glaubte er, dass ich erst gar nicht aufgetaucht war – wahrscheinlich nervös. Greg achtete stets auf jegliche Art von Reaktion, die nicht so in seine Welt passte, wie er es sich vorstellte. Meine Abwesenheit gestern sollte ihn eigentlich nicht paranoid werden lassen, doch ich hatte bereits entdeckt, dass ihm jedes merkwürdige Verhalten suspekt erschien.

»Das freut mich«, antwortete er schließlich und ließ seinen Blick über mich gleiten, als ob er sehen wollte, ob ich die Wahrheit sagte.

»Darf ich dir einen Drink anbieten?«, erkundigte ich mich höflich.

»Nein Süße. Ich bin lediglich vorbeigekommen, um zu sehen, ob du auch ... sicher bist.«

Ich setzte mich neben ihn auf die Couch. Wir hatten uns bis jetzt nur wenige Male verabredet und gemeinsam einige Wohltätigkeitsveranstaltungen besucht. »Vielleicht war ich einfach nur müde«, log ich.

»Ich dachte, du seist krank gewesen«, bemerkte er misstrauisch. Ich schüttelte den Kopf. »Das war ich auch. Aber vielleicht habe ich mich nur so gefühlt, weil ich nicht genügend Schlaf bekommen habe.« Er streckte den Arm aus und ergriff meine Hand, drückte sie jedoch fester, als es nötig gewesen wäre, um normale Zuneigung zu zeigen. »Dann solltest du dich etwas ausruhen, Dani.«

»Das werde ich«, erwiderte ich und versuchte zu ignorieren, dass das Blut in meiner Hand unter seinem Griff nicht mehr zirkulierte.

»Die Tatsache, dass du mich gestern Abend hast sitzen lassen, gefällt mir überhaupt nicht. Aber ich werde darüber hinwegsehen«, sagte er in drohendem Tonfall, der mir zu verstehen gab, dies besser nicht noch einmal zu tun.

»Es tut mir wirklich leid«, erwiderte ich reuevoll.

»Ich besitze große Macht in dieser Stadt, Dani. Ein Mann wie ich hat es nicht nötig zu warten.«

»Ich weiß«, stimmte ich zu.

Gregory *war* eine Macht, mit der man in Miami rechnen musste. Er war extrem reich und unterstützte Politiker und Justizbehörden finanziell, um sie in Abhängigkeit von sich zu halten. Er besaß zwar nicht den Einfluss eines Lawsons oder Colters, doch sein Status als Multimillionär machte ihn im gesamten Süden Floridas zu einer wichtigen Persönlichkeit.

Er erhob sich und zog mich an der Hand mit sich. »Es freut mich, dass du mich verstehst«, antwortete er mit einem Grinsen.

»Gehst du schon?«, fragte ich und sah mit einem zittrigen Lächeln zu ihm auf.

»Ich habe einiges zu tun«, stellte er fest. »Doch ich wollte wenigstens nach dir schauen.«

»Danke«, erwiderte ich.

Er zog mich an sich und drückte mir einen Kuss auf den Mund, bevor er bemerkte: »Ich musste dafür sorgen, dass du weißt, wie ich mich gefühlt habe, als du mich gestern Abend in meinem Club versetzt hast.«

Seine Gefühle hatte er ohne Zweifel kristallklar ausgedrückt. Greg war ein Kontrollfreak und alles, was ihm Steine in den Weg legte, akzeptierte er nicht.

»Ich werde dich nicht mehr versetzen«, versprach ich ihm.

»Das ist gut. Sehr gut«, erwiderte er, als er endlich meine Hand freigab. »Bleib gesund, Dani! Ich will dich in meinem Bett sehen, sobald du dich besser fühlst.«

Am liebsten hätte ich meine Hand geschüttelt, damit das Blut wieder in sie zurückkehrte, doch ich beherrschte mich.

Seine Ankündigung, Sex mit mir haben zu wollen, überraschte mich nicht. Bereits als wir uns kennengelernt hatten, hatte er das klar geäußert.

Und ich war mir ziemlich sicher, dass er bis zum vergangenen Abend stets das bekommen hatte, was er wollte.

Ich folgte ihm zur Tür und sah ihn gehen. Nachdem ich den Riegel vorgeschoben hatte, lehnte ich mich gegen das Holz.

»Das läuft ja nicht so, wie ich gehofft hatte«, flüsterte ich vor mich hin und stieß den Atem aus. Ich hatte nicht einmal bemerkt, dass ich ihn angehalten hatte.

Greg würde niemals ein warmherziger und anschmiegsamer Mann werden. Er hatte etwas extrem Hartes an sich, was mich umgehend zur Flucht hätte veranlassen müssen. Doch ich lief nicht davon, denn ich wollte ihm wirklich nahekommen.

Ich streckte mich und drückte mich von der Tür ab. Langsam fühlte ich mich so erschöpft, wie ich behauptet hatte, gestern Abend gewesen zu sein.

»Wie kann ich an ihn herankommen, wenn er niemals seine Achtsamkeit fallen lässt?«, fragte ich mich laut, während ich mich in die Küche begab.

Greg hatte mir nicht gesagt, wann er mich wiedersehen wollte, doch ich wusste, es würde mehr Verabredungen geben, mehr Zeit, die wir miteinander verbringen würden, und ich würde alles in meiner Macht Stehende tun, um sein Vertrauen zu gewinnen.

Ich weigerte mich zu glauben, dass unsere Beziehung in eine andere Richtung laufen könnte.

Kapitel 5

Marcus

»Hurensohn!«, fluchte ich, als ich Gregory Becker Danis Wohnung verlassen sah.

Ich saß in einem luxuriösen Mietwagen auf dem Parkplatz in der Nähe von Danicas Eigentumswohnung und observierte sie. Es fiel mir schwer, mir das Wiesel nicht vorzuknöpfen.

Hatte der Hurensohn Dani wehgetan?

Was hatte er in Danicas Wohnung zu suchen?

Ich hatte viel Zeit damit verbracht, mir Dani und Becker zusammen vorzustellen, doch jedes Mal, wenn ich daran dachte, Becker könnte sie berühren, traf es mich immer noch wie ein Schlag in die Eingeweide.

Warum um alles in der Welt sitze ich hier allein auf ihrem Parkplatz und beobachte ihre Wohnung?

Ich holte tief Luft und stieß sie wieder aus, als ich sah, wie dieser Schnüffler Becker in seinen angeberisch luxuriösen Sportwagen stieg und davonfuhr. Ich konnte mich noch nicht an ihn heranmachen. Noch nicht. Ich brauchte zuerst weitere Informationen, die mir die Frage beantworteten, warum ich Danis Wohnung observierte.

Irgendwie hatte ich gewusst, dass Becker auftauchen würde. Und ich war doch letzten Endes ein verdammt guter Spion. Geduld zu üben und Informationen zu sammeln war genau das, womit ich mich beschäftigte. Und darin war ich sehr gut. Im Moment gefiel es mir allerdings nicht, insbesondere der Teil meiner Aufgabe, der Geduld erforderte. Ich wollte nicht warten. Ich wollte dem Arschloch genau jetzt gegenübertreten. Die Frage, ob ich nach Dani sehen würde, stellte sich für mich nicht. Da Becker in ihrer Wohnung gewesen war, wollte ich sichergehen, dass es ihr gut ging. Zumindest rechtfertigte ich damit, dass ich näher an ihre Wohnung heranfuhr, aus meinem Wagen stieg und mich auf den Weg zum Eingang ihres Wohnhauses machte.

Der Eingang war nur minimal gesichert und es war nicht schwer, sich Zutritt zu verschaffen, indem man einem Bewohner durch die Tür folgte, sobald dieser den Sicherheitscode eingegeben hatte.

Es war mir nicht schwergefallen, alle Informationen über Dani einzuholen, die ich hatte haben wollen, sobald ich erst einmal ihre Akte aus Washington angefordert hatte. Und ja, auch *das* rechtfertigte ich, indem ich mir sagte, ich bräuchte ihre Adresse und alle neuesten Informationen, die ich bekommen konnte, weil sie sich mit jemandem traf, den die Regierung auf dem Radar hatte. Verdammt, ich hatte einen Berg von Auskünften erhalten, aber keine von ihnen bezog sich auf ihren Status als Beckers Liebesobjekt.

Ich verzog das Gesicht, als ich an ihrer Tür klingelte. Bei dem Gedanken, Becker könnte ihr auch nur ein Haar gekrümmt haben, drehte sich mir der Magen um.

Immerhin ist sie die Schwester einer meiner besten Freunde. Es ist nicht unnormal, dass ich mir Sorgen um sie mache.

Wirklich, ich wusste genau, dass diese Ausrede der reinste Schwachsinn war, doch ich beließ es dabei. Danica Lawson war tabu, auch wenn mein Schwanz jedes Mal, wenn ich sie sah, hart wurde. Sie war immer schon unerreichbar für mich gewesen. Dani war nun einmal Jetts Schwester und ich konnte auf keinen Fall einfach so mit ihr schlafen, ohne dass es Komplikationen gegeben hätte. Und ich hasste Komplikationen. Nun, da ich meine Prioritäten festgelegt hatte, war ich entschlossen, einen klaren Kopf zu behalten.

»Was machst du denn hier?«, fragte mich Danica und starrte mich missbilligend an, nachdem sie mir die Tür geöffnet hatte.

Mein Gott! Macht sie sich etwa nicht die Mühe nachzufragen, wer Einlass verlangt, bevor sie die Tür einfach so öffnet? »Du hast mir meine Fragen auch noch nicht beantwortet«, erwiderte ich und ging an ihr vorbei in die Wohnung, ohne um eine Einladung zu bitten.

»Ich bin dir keine Erklärung schuldig«, gab sie schnippisch zurück. Dann schloss sie die Tür, drehte sich zu mir herum und verschränkte dickköpfig die Arme vor der Brust. »Du musst wieder gehen. Ich bezweifle, dass Becker mich dauerhaft observiert, aber ich will nicht, dass er weiß, dass du hier gewesen bist.«

»Befolgst du immer alles, was er dir sagt?«, wandte ich so ruhig wie möglich ein. »Sorgst du dich nicht wenigstens ein kleines bisschen, wenn du nicht weißt, ob dich jemand beobachtet oder nicht?«

Verdammt, *ich* sorgte *mich* jedenfalls, dass Danica sich bereits soweit mit Gregory eingelassen haben könnte, dass er eventuell jemanden abstellte, jeden ihrer Schritte zu beobachten. Sie sollte darüber eigentlich entsetzt sein.

»Nein. Darüber mache ich mir keine Sorgen.« Sie beäugte mich argwöhnisch und fügte hinzu: »Ich sehe, dass du heute auf deinen maßgeschneiderten Anzug verzichtet hast.«

»Heute ist Samstag«, erwiderte ich. »Am Wochenende trage ich keinen Anzug.«

Sie schnaufte. »Gut zu wissen, dass du dich an zwei Tagen in der Woche etwas entspannst.«

Ich runzelte die Stirn. »Ich entspanne mich niemals. Ich kleide mich lediglich etwas bequemer.«

In ihrem legeren, gelben Kleid, das ihre Haare in einem tieferen Rot erstrahlen ließ, wirkte Danica wunderschön. Und wenn meine Erscheinung heute etwas lässiger erschien, dann lag das an meinem Vater. An den Wochenenden hatte er immer versucht, sich mit seinen Kindern zu beschäftigen. Samstags und sonntags, wenn er zu Hause war, hatte er auf einen Anzug verzichtet und versucht, nur unser Vater zu sein. Ich war stets seinem Beispiel gefolgt, obwohl es niemanden gab, den es kümmerte, wie ich gekleidet war. Doch irgendwie gab es mir das Gefühl, in seine Fußstapfen zu treten, wenn ich an meinen freien Tagen eine Jeans und ein Freizeithemd trug. Allerdings erschwerte meine Wochenendkleidung das Tragen einer Waffe. Doch das Problem hatte ich irgendwie gelöst.

»Es steht dir gut«, antwortete sie und trat näher an mich heran. Dann blickte sie mit gereizter Miene zu mir auf. »Aber was tust du hier, Marcus? Ich habe keineswegs vergessen, dass du mich buchstäblich von dem Ort meiner Verabredung weggeschleppt hast.«

»Vergiss es einfach«, schlug ich vor. »Da du mit jemandem sympathisierst, der sich wahrscheinlich internationaler Verbrechen schuldig gemacht hat, muss man dich davon abhalten, in Schwierigkeiten zu geraten.«

»Wie meinst du das?«

»Seit Jahren kursieren Gerüchte, dass Becker auf widerwärtige Weise sein Geld verdient. In der Geschäftswelt ist das längst kein Geheimnis mehr.«

»Das sind doch lediglich Gerüchte«, bemerkte sie abwehrend.

»Hinter jedem Gerücht steckt ein Körnchen Wahrheit«, gab ich ihr zu bedenken. »Das weißt du. Wie konntest du dich nur auf jemanden wie ihn einlassen? Und was ist mit deinem Job als internationale Korrespondentin?«

Sie wandte den Blick ab, drehte sich herum und setzte sich auf die Sofalehne. »Ich sagte dir bereits, dass ich eine Pause brauche. Ich habe meine Courage verloren«, gab sie zögernd zu. »Ich habe zwar in Europa und anderen Ländern gearbeitet, habe es aber niemals geschafft, ohne Panik in den Mittleren Osten zurückzukehren. Ich entschied mich dafür, meinen Sender zu verlassen.«

Ich sah einen Ausdruck der Verletzlichkeit über ihr Gesicht huschen. Normalerweise nutzte ich solche Momente der Schwäche zu meinem Vorteil, doch bei Danica brachte ich es nicht übers Herz. »Das ist verständlich nach dem, was dir passiert ist.«

Sie schüttelte den Kopf. »Als Reporterin konnte ich es mir nicht leisten, Angst zu haben. Meine Neurose konnte mein Team in Gefahr bringen. Ich war nicht länger so furchtlos wie vorher. Ich bin nicht mehr dieselbe nach ... dem Vorfall.«

Dani hatte guten Grund, soviel Abstand wie möglich zu dem Ort ihrer Entführung zu halten. Sie wäre kein Mensch gewesen, wenn sie sich *nicht* gefürchtet hätte. »Du hättest in Europa als Korrespondentin arbeiten können.«

»Ich brauchte etwas anderes«, erklärte sie und wandte ihren Blick von mir ab. »Ich brauche lediglich etwas Zeit.«

»Dann nimm dir die Zeit, die du brauchst. Es war verrückt, so bald nach deiner Gefangenschaft deine Arbeit wieder aufzunehmen.« Ich zögerte, bevor ich sie fragte: »Welcher Teil deiner Geiselnahme verfolgt dich noch?«

Ich war mir nicht sicher, ob ich ihre Antwort hinnehmen konnte, ohne die Schweine, die sie entführt hatten, wieder zum Leben erwecken zu wollen, sodass ich sie eigenhändig umbringen konnte. Oh ja, Dani hatte mir einiges erzählt, doch ich hatte das Gefühl, dass sie einen Großteil von dem, was sie durchgemacht hatte, ausgelassen hatte.

»Was spielt das für eine Rolle?«, fragte sie. »Sie werden ja doch nicht dafür im Knast sitzen oder dafür bezahlen müssen, was sie mir angetan haben.«

»Das können sie nicht, weil sie bereits tot sind«, stellte ich trocken fest. Das wusste sie zwar bereits, doch ich fühlte mich genötigt, sie daran zu erinnern, dass keiner der Hurensöhne sie je wieder belästigen konnte. Ich persönlich vertrat die Meinung, dass sie mehr als einen schnellen Tod verdient hatten.

Ruckartig wandte sie mir wieder ihr Gesicht zu, ihr Gesichtsausdruck war ernst. »Mein Verstand hat das zwar aufgenommen, aber ich denke nicht immer vernünftig, Marcus. Wie bist du an diese Information gelangt? Du hast mir niemals erzählt, woher du es weißt. Die Auskunft hätte überprüft werden müssen.«

Ich konnte ihr schlecht erzählen, dass ich gute Kontakte zur Regierung unterhielt. Niemand wusste von meiner Verbindung zur

CIA, außer meiner Familie. Nicht einmal ihr Bruder Jett. Mein PRO-Team hatte lediglich gewusst, dass ich private Rettungsoperationen unternahm. »Ich habe ein Gespräch darüber mitbekommen«, erklärte ich vage, denn ich war es gewohnt, die Wahrheit hinzubiegen.

Ihr Gesichtsausdruck veränderte sich und Tränen flossen ihr die Wangen hinunter. »Ist es schlimm, wenn ich zugebe, dass ich froh bin, dass sie alle tot sind?«, fragte sie, während sie sichtbar am ganzen Körper zitterte.

»Gewiss nicht«, antwortete ich. »Nach allem, was geschehen ist, solltest du froh sein, dass sie vom Angesicht der Erde getilgt sind.«

Hilflos sah ich zu, wie ihr die Tränen über die Wangen kullerten. Beide hatten wir entsetzliche Gräueltaten gesehen, die in der modernen Welt eigentlich nicht mehr vorkommen sollten, doch ihre Erfahrung war verdammt persönlich gewesen.

»Was verfolgt dich am meisten?«, erkundigte ich mich drängend, denn ich wollte ihr helfen, jene Geister zu vertreiben.

Sie wischte sich die Tränen vom Gesicht und richtete dann ihre hinreißenden türkisfarbenen Augen auf mich. Ihr Gesicht drückte brennenden Zorn aus, der wahrscheinlich den stärksten Menschen dazu veranlasst hätte, ihrem Blick auszuweichen, doch ich hielt ihm stand.

»Können wir das Thema nicht einfach fallen lassen?«, fragte sie aufgebracht. »Weil ich die Geschichte wirklich vergessen will, doch leider erwecke ich sie in meinen Albträumen immer und immer wieder zu neuem Leben. Seitdem es geschehen ist, unterziehe ich mich einer Therapie, und trotzdem kann ich nicht aufhören, davon zu träumen. Soweit es mir im Moment überhaupt möglich ist, versuche ich an meinem Trauma zu arbeiten, doch es gibt immer wieder Zeiten, in denen ich nicht verhindern kann, mich daran zu erinnern, wie sehnlichst ich mir gewünscht hatte, einfach getötet zu werden, sodass ich keine einzige weitere Minute des Schmerzes oder des Missbrauchs meines Körpers mehr zu ertragen gehabt hätte.«

Atemlos endete sie und ich starrte ärgerlich auf ihre magere, verletzliche Gestalt und ihre traurigen Augen. Ich ärgerte mich nicht über das, was sie gesagt hatte. Dani besaß jegliches Recht, sich zu weigern, über ihre Erfahrung zu reden. Mein Zorn galt der Ungerechtigkeit, die sie hatte erdulden müssen.

Verdammt! Zwar hatte ich einmal gesagt, dass sie die Risiken ihres Jobs gekannt hatte, doch das bedeutete nicht, dass ich jemals *gewollt* hatte, dass sie solches Leid erfuhr. »Es tut mir leid«, entschuldigte ich mich heiser. »Es lag nicht in meiner Absicht, etwas anzusprechen, das du als zu schmerzlich empfindest, um darüber zu reden.«

»Es schmerzt nicht mehr«, antwortete sie. »Hauptsächlich macht es mich wütend. Ich will weitermachen. Aber meine Ängste paralysieren mich bisweilen. Ich habe nicht nur meine Fähigkeiten verloren, sondern auch einen Job, den ich geliebt habe, nur weil ich mir scheinbar nicht vormachen kann, dass nichts geschehen ist.«

»Deine Furcht wird mit der Zeit vergehen, doch ich bin mir nicht sicher, ob du jemals vollkommen über eine Erfahrung wie diese hinwegkommen wirst.«

»Offensichtlich ist es so«, bemerkte sie mit bebender Stimme. »Es gelingt mir nicht vollständig.«

Mein Gott! Mir war, als erführe ich ihren Schmerz am eigenen Leib. Mein Herz raste und ich musste mich äußerst beherrschen, sie nicht schon wieder davonzuschleppen und an einen Ort zu bringen, wo ihr niemals mehr ein Leid geschehen würde. In meinem Brustkorb tobte ein ungewohnter Schmerz für alles, was sie durchgemacht hatte. Ich fühlte mich, als erlitte ich einen Herzanfall.

Ich kann es nicht aushalten, sie jemals wieder leiden zu sehen.

»Gib Becker auf!«, verlangte ich. »Er wird dir nur noch mehr Schmerz zufügen.«

Wir maßen unsere Blicke, ihrer zornig, meiner stur. »Ich kann nicht. Nein«, gab sie entschieden zur Antwort. »Er ist das Einzige, was mich im Augenblick im Gleichgewicht und beschäftigt hält.«

Unbeabsichtigt flammte mein Temperament auf. »Dich mit einem Kriminellen zu treffen hilft dir *nicht* weiter.«

»Du hast keine Ahnung, was ich im Moment brauche. Du kommst mit nichts als Gerüchten über einen Mann hierher, der sich um mich zu kümmern scheint. Niemand hat je einen soliden Beweis finden können, dass Greg *irgendwelche* Verbrechen begangen hat.«

Oh, ich werde Beweise finden. Es ist lediglich eine Frage der Zeit.
In der Zwischenzeit wollte ich Dani von dem Ermittlungsumfeld
fernhalten. »Er steht auf jedermanns Observierungsliste. Um Gottes
willen, willst du darin verwickelt werden?«

Sie stand auf. »Wenn es sein muss, ja.« Dann stürmte sie zur Tür
und öffnete sie. »Jetzt geh bitte! Für heute reicht es mir.«

Ich war wütend, doch nichts, was ich sagen konnte, würde ihr jetzt
helfen. Ich zögerte, als ich bereits die Tür erreicht hatte. »Liebst du
ihn tatsächlich?«

»Ich habe niemals behauptet, ihn zu lieben, aber im Augenblick
brauche ich ihn«, gab sie zurück.

Ich wollte nun wirklich nicht hören, dass sie glaubte, Becker zu
brauchen. Dem war gewiss nicht so. Doch vielleicht war sie verwirrt.
»Ich werde nicht zulassen, dass er dich mit sich herunterzieht«,
knurrte ich und schritt durch die Tür.

Sie gab keine Antwort.

Hinter mir schnappte die Tür ins Schloss.

Kapitel 6

Dani

»**M**arcus macht mich verrückt, Harper. Ich verstehe nicht, warum er überhaupt hier ist«, vertraute ich meiner Schwester am nächsten Tag am Telefon an.

Harper war der einzige Mensch, der wirklich verstand, wie ich mich fühlte. Ich hatte schließlich mein Schweigen aufgegeben und ihr, kurz nachdem ich meinen Sender verlassen hatte, alles erzählt, was mir während der Gefangenschaft widerfahren war.

»Vielleicht hat er Recht, Dani. Du solltest in solche Dinge nicht verwickelt werden. Vielleicht ist es wirklich keine so gute Idee, dich mit Becker zu verabreden«, erwiderte sie besorgt.

Ich ließ mich aufs Sofa in meiner Wohnung fallen. Meine Schwester war Architektin, aber sie operierte weit außerhalb großer Unternehmen. Und ihr Ehemann bekleidete den Rang eines Senators. Daher hatte sie wahrscheinlich niemals etwas von den Gerüchten gehört, die, wie ich wusste, in der Welt der großen Geschäfte kursierten. »Du hörst dich langsam an wie Marcus«, erklärte ich verärgert.

»Seitdem Marcus erwachsen geworden ist, ist er Teil der Geschäftswelt. Wenn er gehört hat, dass dieser Mann einen schlechten Leumund besitzt, dann bin ich mir sicher, dass er etwas weiß. Er ist gewiss nicht der Typ, der übertreibt.«

»Ich werde nicht aufhören, mich mit Greg zu treffen«, erklärte ich dickköpfig. »Weißt du, warum Marcus hier ist?«

»Nein, das weiß ich nicht«, gab sie zu. »Doch Blake hat erwähnt, dass Marcus überall in der Welt Immobilien besitzt, daher überrascht es mich nicht, dass er auch dort über Eigentum verfügt.«

Ehrlich, mich überraschte es ebenfalls nicht sonderlich. Ich wünschte lediglich, er würde seine Zeit irgendwo anders verbringen. Es raubte mir den letzten Nerv, wenn er anwesend war, während ich versuchte, eine Beziehung aufzubauen. Insbesondere wenn er mich von meinen Verabredungen wegschleppte. »Ich hoffe, dass er die Stadt bald verlässt.«

»Damit würde ich nicht rechnen«, warnte Harper mich. »Er versucht ganz offensichtlich, dich zu beschützen, und nach dem zu urteilen, was Blake mir erzählt hat, kann er ziemlich stur sein.«

»Warum sollte er sich überhaupt für mich interessieren?«, fragte ich verzweifelt. »Ich kenne ihn doch kaum. Er *hat* mir zwar das Leben gerettet, aber es ist keineswegs so, als wären wir in Verbindung geblieben.«

Gewiss, Marcus hatte mir geholfen, als ich ihm während unseres langen Fluges von der Türkei in die USA einiges von dem anvertraut hatte, was mir widerfahren war. Zugegeben, ich hatte ihm zwar nicht jede kleinste Einzelheit erzählt, doch überhaupt darüber zu reden war mir schwer genug gefallen. Allerdings hatte ich ihm mein Herz in einem Maße ausgeschüttet, dass ich ihn nicht mehr nur als einen Bekannten ansehen konnte. Ihn so zu bezeichnen schien nicht ganz passend. Am Ende war er noch bei mir geblieben, bis ich schließlich vollkommen erschöpft in seinem Bett im Flieger eingeschlafen war. Als ich aufwachte, landeten wir bereits in D.C. Doch auch damals hätte ich Marcus auch nicht gerade als meinen *Freund* bezeichnen mögen. Seitdem sich unsere Wege in Washington getrennt hatten, hatten wir uns nicht wiedergesehen.

»Seiner Familie gegenüber verhält er sich wie ein Beschützer«, erwiderte Harper. »Und du gehörst jetzt zu seiner Familie. Schließlich bin ich mit seinem Zwillingsbruder verheiratet.«

»Das ist ziemlich weit hergeholt«, antwortete ich. »Ich bin die Schwester seiner Schwägerin.«

»Offensichtlich erscheint ihm das nahe genug, um sich Sorgen zu machen.« Harper seufzte, bevor sie fortfuhr. »Abgesehen von seiner ziemlich aufreizenden Arroganz ist er ein guter Mann, Dani. Er hat seinen Vater verloren, als er beinahe noch ein kleiner Junge war, und Blake sagt, Marcus hätte sich stets verantwortlich gefühlt, die Pflichten seines Vaters zu übernehmen. Er hat kaum eine Kindheit gehabt. Nach dem Tod ihres Vaters haben sich Blake und Marcus auseinandergelebt. Marcus besuchte das College und danach war er fast ständig auf Reisen. Erst seit Kurzem haben sie damit begonnen, ihre Beziehung wieder aufzubauen.«

Obwohl ich wütend auf Marcus war, empfand ich einen stechenden Schmerz in meinem Herzen für den jungen Mann, der seinen Vater allzu früh verloren hatte. Ich sah Marcus, wie er versuchte, die Lücke in der Familie zu füllen. Und er war der Einzige, der seines Vaters Erbe im internationalen Geschäft weitergeführt hatte. »Sind sich die beiden wieder näher gekommen?«, erkundigte ich mich neugierig.

»Ihre Beziehung hat sich gebessert. Doch Marcus zieht sich viel zu sehr in sich selbst zurück. Selbst Blake hat meist keinen Einblick in seine Gedanken.«

»Ich hoffe, Blake hat einen besseren Sinn für Humor als Marcus«, bemerkte ich. »Ich bin mir nicht sicher, ob ich Marcus jemals lächeln gesehen habe.«

Ich hatte nicht viel von meiner Schwester und Blake zu sehen bekommen. Auf Harpers Hochzeit hatten wir miteinander geredet, doch es war ein Chaos gewesen, mit der ganzen Familie um uns herum. Danach war ich für meinen Job in Europa herumgereist. Und seitdem ich meinen Sender verlassen hatte, war ich nicht wieder in Rocky Springs gewesen, denn ich hatte mich direkt nach Miami begeben.

»Wenn ich darüber nachdenke, glaube ich auch nicht, dass ich Marcus jemals lächeln gesehen habe«, stellte Harper fest. »Und ja, Blake hat einen wunderbaren Sinn für Humor. Ich denke, er hat mich gelehrt, wieder Spaß zu haben.«

Ich seufzte. Ich wünschte, ich könnte mich erinnern, wie es war zu lachen. Ehrlich, seit Monaten war ich ziemlich bedrückt. »Das freut mich«, sagte ich aufrichtig.

Harper verdiente es, glücklich zu sein. Meine Schwester tat so viel für andere Menschen. Da sie wie jeder andere Lawson über Tonnen an Geld verfügte, musste sie nicht für ihren Lebensunterhalt arbeiten. Nichtsdestotrotz verwandte sie den Großteil ihrer Zeit darauf, Obdachlosenheime im ganzen Land zu bauen, um so zu helfen, die Welt zu ändern.

Einst hatte auch ich gedacht, meinen Anteil an der Verbesserung unseres Planeten beitragen zu können. Ich hatte die Welt davon in Kenntnis gesetzt, welche Gräueltaten in fremden Ländern und selbst bei uns zu Hause verübt wurden – direkt am Geschehen und sehr persönlich. Die meisten meiner Reportagen wiesen einen ziemlich brutalen Charakter auf, was ich jedoch absichtlich so hielt, um die Achtsamkeit dafür zu erwecken, was an Orten geschah, über die die meisten Menschen wahrscheinlich kaum nachdachten.

Einst ... war mir das wichtig gewesen, wichtiger sogar als meine eigene Sicherheit. Doch nach meinem Erlebnis in Syrien konnte ich meiner Arbeit nicht mehr auf dieselbe Weise nachgehen und das hasste ich.

»Geht es dir gut?«, erkundigte sich Harper freundlich.

»So gut, wie es mir gehen *kann*, in Anbetracht dessen, dass ich meinen Job aufgegeben habe«, lautete meine ehrliche Antwort.

»Wie läuft es mit deiner Therapie?«

»Gut. Ich leide immer noch unter Flashbacks und Albträumen, aber ansonsten geht es mir gut. Ich glaube, ich brauche einfach Zeit.«

»Ich mache mir Sorgen um dich. Ich wünschte, du kämst für einen langen Besuch zu uns nach Colorado. Komm doch und bleib eine Weile bei mir! Ich werde ein paar Monate zu Hause sein. Der Senat macht eine Pause.«

Obwohl wir in der Nähe der Colters aufgewachsen waren, besaßen wir dort kein Eigentum mehr. Nachdem meine Eltern bei einem Autounfall ums Leben gekommen waren, hatte wir das Haus unserer Kindheit verkauft. Weder unsere Brüder noch Harper oder ich konnten den Schmerz ertragen, in unserem Elternhaus zu bleiben. Es beherbergte zu viele Erinnerungen an den frühen Verlust unserer Eltern.

»Ich komme, sobald ich kann«, erwiderte ich unverbindlich. Im Augenblick wollte ich keine Versprechen abgeben. Ich war mir nicht sicher, wie meine Beziehung zu Greg weitergehen würde. »Du bist stets willkommen, die Eigentumswohnung aufzusuchen, die wir gekauft haben und die du noch nicht einmal gesehen hast«, neckte ich sie.

Ich hatte Miami meist als Basis benutzt, wenn ich mich tatsächlich einmal in den Staaten aufgehalten hatte. Entweder meine Wohnung dort oder ich fiel in Harpers Haus in Kalifornien ein, das sie jetzt verkauft hatte, um ständig mit ihrem Mann in Rocky Springs zu leben.

»Ich habe die Eigentumswohnung in Miami sehr wohl gesehen«, widersprach Harper. »Ich verbringe nur nicht so viel Zeit dort wie du.«

»Mit dem Privatflugzeug deines Ehemannes könntest du bequem herkommen«, bemerkte ich.

Harper seufzte. »Ich würde dich gern besuchen, doch ich verbringe weniger Zeit mit Blake, als ich möchte, und bis der Senat wieder tagt, ist er zu Hause. Irgendwie vermisse ich das Meer. Während unserer Kindheit hat mir das Wasser nicht gefehlt, doch jetzt ist der Mangel daran das Einzige, das mir an Colorado nicht gefällt. Was die Leute hier als Seen bezeichnen, sind eigentlich nur Teiche.«

Ich musste lächeln, denn ich wusste genau, was sie meinte. »Nun ja, das Meer wartet auf dich.«

»Ich werde bestimmt irgendwann kommen, besonders falls du noch dort bist. Ich muss deinen speziellen Freund unbedingt kennenlernen.«

»Ich kann Greg nicht gerade als meinen Freund bezeichnen«, wehrte ich ab. »Jedenfalls nicht im Augenblick.«

»Er trifft sich immer noch mit anderen?«, fragte Harper verwirrt.

Tatsächlich war ich mir ziemlich sicher, dass Greg noch mit anderen *herumfickte*. Er war nicht gerade der treuste Typ Mann. »Ja.« »Und du?«, wollte Harper wissen.

Ich zögerte, denn ich fragte mich, ob die ungeheure Anziehungskraft, die der Zwillingsbruder ihres Mannes auf mich ausübte, als Untreue gewertet werden konnte. »Ich treffe mich mit niemand anderem.«

»Wenn er dich nicht als den Schatz ansieht, der du wirklich bist, dann ist er vielleicht nicht gut genug für dich«, erwiderte Harper gedankenverloren. »Bist du sicher, dass Marcus bezüglich des Kerls nicht doch Recht hat?«

Ich verdrehte die Augen. »Marcus hat nicht immer Recht und es ist nicht seine Angelegenheit, mit wem ich mich verabrede, Harper. Er macht mich ziemlich sauer.«

»Könnte es sein, dass Marcus dir gefällt?«, fragte sie. »Während deiner Genesung hast du viel Zeit mit ihm verbracht. Du hast gesagt, er sei nett zu dir gewesen.«

»Ich mag ihn *nicht*«, widersprach ich. »Ja, er war damals nett zu mir. Doch er schummelt beim Schachspiel«, knurrte ich.

Harper lachte laut auf. »Wie kann man beim Schach schummeln? Oh mein Gott, hat er dich tatsächlich besiegt?«

»Ich glaube, dass er Spielfiguren verschoben hat, wenn ich nicht hingesehen habe«, behauptete ich, obwohl ich wusste, dass ich flunkerte. Marcus hatte mich fair und ehrlich geschlagen, doch ich war ein schlechter Verlierer, wenn es ums Schachspielen ging.

»Er *hat* gewonnen!«, rief Harper erheitert aus.

»Freu dich doch nicht so darüber!«

»Du brauchst einen Mann, der dich ab und an herausfordert«, bemerkte sie. »Du bist zu intelligent, um dich mit einem kleingeistigen Mann zu treffen.«

»Da wir gerade von perfekten Männern reden, wie ist Blake denn so?«, erkundigte ich mich, um das Thema zu wechseln. Ich erzählte Harper so ziemlich alles, doch da Marcus ihr Schwager war, fühlte ich mich unbehaglich damit, ihr mein Herz auszuschütten und ihr zu erzählen, wie sehr mich Marcus verwirrte.

»Er ist wunderbar«, seufzte Harper glücklich. »Manchmal fällt es mir schwer zu glauben, dass er in mein Leben zurückgekehrt ist und ich mit ihm verheiratet bin.«

»Glaub es! Ich war deine Trauzeugin. Ich habe es mit eigenen Augen beobachtet.«

»Ich weiß. Doch es erscheint mir immer noch unwirklich. Ich wünschte, du und unsere Brüder würden das gleiche Glück finden. Mason ist so zynisch geworden und um Jett sorge ich mich nach dem, was mit Lisette geschehen ist.«

»Ich würde ihr am liebsten immer noch eine Ohrfeige verpassen«, gab ich zu. »Wie kann man einen Mann, den man liebt, sitzen lassen, nur weil er aufgrund eines Unfalls ein paar Narben und ein lahmes Bein hat? Der Unfall hat doch nicht seine Persönlichkeit verändert.«

»Sie hat ihn nicht geliebt. Ich bin froh, dass sie aus seinem Leben verschwunden ist«, gab Harper zu. »Jett ist zu gut für sie. Es gab nichts, was er nicht getan hätte, um sie glücklich zu machen, und sie hat ihn wie den letzten Dreck behandelt.«

»Hast du etwas von ihm gehört?«, fragte ich sie, denn ich wunderte mich, wie mein jüngster Bruder zurechtkam. »Ich habe schon seit ein paar Tagen nichts mehr von ihm gehört.«

»Er musste sich einer kleineren Operation unterziehen. Gestern habe ich noch mit ihm gesprochen. Er hörte sich gut an.«

Harper und ich tauschten noch den Klatsch über die restlichen Familienmitglieder aus, bis wir schließlich das Gespräch beendeten, da wir beide noch etwas zu erledigen hatten.

Ich ging in die Küche, um mein Handy ins Ladegerät zu stecken. Gerade hatte ich es angeschlossen, als es zu klingeln begann.

Ich blickte auf die Anruferkennung. Mein Herzschlag beschleunigte sich, als ich sah, dass es sich um Greg handelte. Adrenalin schoss durch meinen Körper, ein vertrautes Gefühl, denn ich erlebte es jedes Mal, wenn ich mit Gregory Becker sprach oder ihn sah.

Ich holte tief Luft und stieß sie wieder aus, um mich zu beruhigen, bevor ich das Gespräch schließlich annahm.

Kapitel 7

Marcus

E s war nicht schwierig gewesen, mir eine Eintrittskarte für die Wohltätigkeitsveranstaltung zu besorgen, die in Miami Beach in irgendeinem eleganten Club stattfand, in dem ich nie zuvor gewesen war. Ich hatte lediglich das verlangte Eintrittsgeld opfern müssen und schon hatte ich Zutritt zu der exklusiven Versammlung bekommen. Im nächsten Augenblick musste Gregory Becker mit seiner *Begleitung* durch die Tür schreiten. An *ihm* war ich im Moment weniger interessiert. Ich hielt mich hier auf, weil Danica augenscheinlich mit ihm heute Abend hier auftauchen würde.

Offensichtlich war sie nicht bereit, meinem Rat Folge zu leisten, daher musste ich bestimmt und klar dafür sorgen, dass sie sich von Becker fernhielt.

Verdammt! Warum muss sie auch so stur sein? Was hat Becker in der Hand, um sie zu halten? Ich weigerte mich zu glauben, dass sie das Arschloch vielleicht tatsächlich *mochte*.

Ich ließ meine Blicke durch den Ballsaal schweifen, der sich schnell mit Gästen füllte. Ich hatte mir einen Tisch ausgesucht, von dem aus ich den einzigen Eingang beobachten konnte. Mittlerweile hatte ich bereits mehr als ein Glas Scotch in mich hineingekippt und wartete immer noch.

George hatte mich hierhergefahren und würde auf mich warten, wann auch immer ich die Veranstaltung verlassen wollte, was möglichst bald der Fall sein würde, wie ich hoffte. Der geräumige Saal verfügte zwar über eine Klimaanlage, doch die Luft war geschwängert von unerträglicher Feuchtigkeit und ich begann, mich in meinem Smoking unbehaglich zu fühlen, als der Raum sich mehr und mehr mit Gästen füllte.

Ja, ich hatte bereits viele solcher Veranstaltungen besucht, doch für gewöhnlich nicht, weil ich mich über eine heiße Rothaarige ärgerte, die nicht auf meine Warnungen hören wollte. Normalerweise hatte ich guten Grund, an einem solch formellen Ball teilzunehmen, denn ansonsten schickte ich einfach einen Scheck an meine karitativen Organisationen und machte sie damit vollkommen glücklich.

Mein Blutdruck stieg rapide an, als Becker endlich durch die Tür spazierte und genauso großspurig wirkte wie bei den paar Gelegenheiten, bei denen wir uns in der Vergangenheit begegnet waren. Doch der wahre Grund für meinen Bluthochdruck lag in der Frau begründet, die er neben sich herschob, die Arme um Danicas Taille gelegt, als ob sie ihm gehören würde.

Falls sie jemandem gehört, dann mir!

Dieser unwillkürliche Gedanke erschrak mich zu Tode. Ich war eigentlich kein besitzergreifender Typ Mann und hatte *niemals* eine Frau ganz für mich allein gewollt. Gewiss, ich hatte meinen Teil an Affären gehabt. Mein sexueller Appetit war stets recht gesund gewesen. Nun gut, er *war* es gewesen, *bevor* ich mich dazu hatte hinreißen lassen, einen Engel zu küssen, der mich in alle möglichen bizarren Gefühle stürzte, die ich nie zuvor erfahren hatte.

Wirklich, ich wollte sie doch nicht *besitzen*, oder? Das wäre einfach krank und verdreht.

Vielleicht war *besitzen* nicht der richtige Ausdruck, weil ich, abgesehen davon, dass ich sie aus der Gefahrenzone bringen wollte, keineswegs das Verlangen verspürte, die Kontrolle über sie zu haben.

Also gut. Ja. Ich will andererseits auch nicht, dass ein anderer Mann sie berührt.

Nachdem ich Dani noch ein paar weitere Sekunden lang beobachtet hatte, kam ich zu dem Schluss, dass ich *definitiv* krank und verdreht war, wenn es um sie ging. Mein Wunsch, Becker niederzuschlagen und Dani von ihm wegzuschleppen, war noch ebenso stark wie zu dem Zeitpunkt, als sie durch die Tür gekommen waren. Vielleicht sogar noch stärker!

Es war auch keineswegs hilfreich, meinen Blick über Danis Gestalt schweifen zu lassen. Ich kannte sie gut genug, um zu erkennen, dass sie dem ihr eigenen Stil nicht treu geblieben war. Sie trug zwar ein formelles Kleid, doch es schmiegte sich eng an ihre Kurven und der Saum endete weit über ihren Knien. Ihre schwarzen Schuhe zeichneten sich wieder durch diese lächerlich hohen Pfennigabsätze aus. Ich musste mich zusammenreißen, als ich mich fragte, was für Unterwäsche sie wohl unter diesem aufreizenden Kleid trug.

Ihre Haare waren zu einem eleganten Bob gestylt und das schwarze Kleid verstärkte das Rot ihrer lebhaften Strähnen. Ich hatte *keine* Ahnung, warum sie das schwere Make-up aufgelegt hatte. Soweit ich hatte beobachten können, war sie nicht der Typ, der sich das Zeug schichtenweise ins Gesicht klatschte. Und ganz sicher hatte sie das nicht nötig, um begehrenswert zu erscheinen. Wirklich, sie musste lediglich atmen und sogleich war mein Schwanz hart und bereit. Ich war mir ziemlich sicher, dass jeder Kerl mit gesundem Sexbedürfnis ebenso empfinden musste.

Ich bedeutete einem Kellner, mir einen weiteren Scotch zu bringen, den ich dringend benötigte, jetzt, da ich Dani mit Becker gesehen hatte.

Ich beobachtete, wie sich das Paar durch den Saal bewegte. Dani blieb still an Beckers Seite, ihre Miene entsprach keineswegs der, die ich von einer Frau erwartet hätte, die sich freut, mit ihrem Begleiter zusammen zu sein. Sie lächelte schwach und unnatürlich und verhielt sich eher unterwürfig, was ich als verdammt unnormal einschätzen konnte.

Da der Saal so überfüllt war, bemerkte sie meine Anwesenheit nicht, doch das entsprach genau meinem Wunsch. Ich hatte mir meinen Platz mit voller Absicht ausgewählt. Ich konnte sie beobachten, doch sie konnte mich nicht sehen.

Während des letzten Jahres war ich verdammt gut darin geworden, sie unentdeckt zu observieren, worauf ich nicht gerade stolz war. Doch hatte ich die Tatsache akzeptiert, dass ich mein überwältigendes Verlangen, sie zu beschützen, nicht loswerden konnte. Der Drang war viel zu stark – selbst für mich – um ihn zu unterdrücken und zu ignorieren.

Mittlerweile waren sie an der Bar angekommen. Becker schob Dani einen cremigen, rosafarbenen Cocktail zu und nahm von dem Barmann ein Getränk für sich selbst entgegen, das ich für Gin hielt.

Es schien, als ob Becker das Gespräch allein bestritt, denn sie nickte ihm lediglich ab und an mit demselben falschen Lächeln pflichtschuldigst zu.

Schließlich stellte sie ihr Glas auf dem Tresen ab und entfernte sich allein. Das war der Moment, auf den ich gewartet hatte. Ich folgte ihr unauffällig.

Ich beobachtete die Frauen, die in den Toilettenraum hineingingen, und die, die wieder hinauskamen. Ich wartete, bis die letzte Frau, die ich hatte eintreten sehen, den Waschraum wieder verließ, bevor ich selbst hineinging.

Dani wusch sich gerade ihre Hände.

Sie warf mir einen flüchtigen Blick zu. Doch im Bruchteil einer Sekunde hatte sie mir ihre Augen wieder zugewandt und blickte mich erstaunt an. »Marcus? Was zum Teufel tust du hier? Und *hier* drin darfst du *nicht* sein. Dies ist die *Frauentoilette*.«

Es kümmerte mich wenig, *wo* wir uns befanden. Es hielt sich niemand mehr in der Toilette auf und ich musste mit ihr reden. Ich verschränkte die Arme und lehnte mich gegen das Waschbecken. »Hier ist niemand anderes mehr. Warum gibst du dich mit ihm ab, Danica? Ich habe dich doch vor Becker gewarnt. Ich bin nicht ohne Grund hier. Er ist gefährlich.«

»Und ich erinnere mich gut, dass ich dir gesagt habe, dass ich deinen Rat nicht befolgen werde, Marcus«, erwiderte sie mit fester Stimme.

Nachdem sie sich die Hände abgetrocknet hatte, versuchte sie, sich um mich herum zu ducken, scheiterte jedoch kläglich. Ich verstellte ihr den Ausgang. »Was ist mit dir und Becker? Hat er auf irgendeine Art die Kontrolle über dich? Denn ich glaube einfach nicht, dass du dich amüsierst.«

Sie zuckte mit den Schultern. »Er ist heiß. Er ist reich. Viele Frauen wollen mit ihm zusammen sein.«

Meine ruhige Entschlossenheit begann zu wanken. Ich presste sie gegen den Waschtisch, um ihrer Flucht vorzubeugen. »Das ist doch Schwachsinn, Danica, und das wissen wir beide.« Ich legte eine Hand an ihre Wange. »Wie viele Schichten Make-up hast du aufgelegt?«

»Greg gefällt es so«, protestierte sie und stieß mich gegen die Brust. »Und mir kommt es nicht darauf an.«

»Was zur Hölle brauchst du von ihm, das du nicht auch so bekommen kannst? Was tut er für dich? Du hast mir gesagt, dass du nicht mit ihm schläfst.«

»Das stimmt. Aber vielleicht *will* ich ja mit ihm zusammen sein«, antwortete sie wütend. »Was zum Teufel geht dich das an?«

Meine Fähigkeit, rational zu denken, verließ mich und ich war so erzürnt über den Gedanken, dass sie vielleicht mit Becker schlafen wollte, dass ich ihr mit einer Hand durch das geschmeidige, sexy rote Haar fuhr, meinen Kopf senkte und mit meinem Mund auf ihren hinab stieß.

Ich ging nicht gerade zart mit ihr um, obwohl ich es hätte sein *können*. Verdammt! Sie gehörte in *mein* Bett und nicht in Beckers. *Niemals* in Beckers! Ich würde ihr geben, was auch immer sie brauchte, um sich von diesem Arschloch zu lösen.

Ich *spürte* genau den Moment, in dem sie sich dem Kuss ergab; ihr Körper schmiegte sich an mich und sie schlang mir die Arme um den Hals.

Mich verließ jegliches Gefühl für den Grund meines Erscheinens, als ich den Kopf hob und so schwer atmete, als ob ich einen Marathon gelaufen wäre. *Fuck!* Aus irgendeinem unbekannten Grund konnte ich dieser Frau *nicht* widerstehen. Ich wollte sie in Besitz nehmen, doch gewiss nicht hier.

Meine Hände strichen über ihren Rücken und landeten auf ihrem wohlgeformten Hintern. Ich küsste die empfindliche Haut an ihrem Hals und schob wie im Wahnsinn ihr Kleid in die Höhe.

Mein Schwanz war steinhart, als ich erkannte, wie wenig sie darunter trug, lediglich ein zierliches Höschen und einen Gürtel, der ihre hauchdünnen Strümpfe hielt.

Ihr atemloses, pure Begierde verratendes Stöhnen ließ mich beinahe ohne Vorspiel kommen, als meine Hand zwischen ihre Schenkel glitt, wo meine Finger unter ihrem kaum vorhandenen Höschen auf seidige Hitze trafen.

»Ruft er in dir *diese* Gefühle hervor, Danica?«, erkundigte ich mich drängend, während ich beobachtete, wie ihr Kopf in den Nacken fiel, als ich zwischen ihre feuchten Falten fuhr und das kleine Nervenbündel erregte, das praktisch darum bettelte, berührt zu werden.

»Marcus. Es könnte jemand hereinkommen«, bemerkte sie keuchend.

Der kehlige, begehrliche Tonfall ihrer Stimme, als sie meinen Namen aussprach, ließ meinen Schwanz schmerzhaft pochen.

Ich ignorierte ihn. *Es ging schließlich nicht um mich ...*

Allerdings hatte sie Recht, wir stellten uns zu sehr zur Schau. Also zog ich sie hastig in einen der Toilettenräume und verriegelte die Tür. Die luxuriöse Toilettenkabine bot vollständigen Sichtschutz, außer im Bereich oberhalb unserer Köpfe. Sie gewährleistete unsere Privatsphäre, ließ aber gleichzeitig zu, dass ich hören konnte, wenn jemand den Waschraum betrat.

Dani stand mit dem Rücken zur hölzernen Wand mit unverfälschtem, verwirrtem Gesichtsausdruck.

Ich streichelte ihre Wange. »Macht dich das an, Dani? Dass du überrascht werden könntest, während du kommst?«

Sie liebte Abenteuer. Das wusste ich. Und mir war es ehrlich vollkommen egal, ob sie meinen Namen schrie, wenn jemand hereinkam. Verdammt, ich würde jeden willkommen heißen, der erfuhr, dass sie *mir* gehörte.

»Nein, das ist verrückt«, sagte sie mit bebender Stimme.

»Wirklich?«, fragte ich, während meine Finger bereits wieder an ihrer Muschi spielten.

Ihr Hinterkopf schlug gegen die Wand, doch sie schien es nicht zu bemerken. »Oh Gott! Warum tust du das?«

»Weil ich dich ebenso sehr begehre wie du mich, Danica. Ich will nicht, dass Becker dich berührt. *Ich* will es sein, der dich jedes Mal zum Kommen bringt«, raunte ich mit dem Mund an ihrem Hals.

Ich drückte ihre Klitoris zwar fest, doch nicht genug, um sie zum Kommen zu bringen. Ich genoss es zu sehr, ihre Erregung zu beobachten, als dass ich es hätte schnell vorbei sein lassen wollen.

»Warum? Warum ich?« Ihre Stimme zitterte vor purer Leidenschaft.

»Ich habe keine Ahnung, aber das ist mir inzwischen wirklich egal«, antwortete ich mit rasselnder Stimme.

Ich sah, wie sie gegen die Wand sackte, vollkommen verloren in ihrem Verlangen, zum Orgasmus zu kommen, und ihre Hüften wild gegen meine Hand presste.

Mein Gott! Wie hinreißend sie war, wenn ihr Gesicht sich entspannte und sich ihre wunderschönen Augen mit Verlangen füllten.

An einem anderen Ort hätte ich sie geschmeckt, mich an ihr ergötzt und sie dann gefickt, bis sie sich vollkommen hätte gehen lassen. Doch ich verlor keinen Moment aus den Augen, wo wir uns befanden und welche Beschränkungen mir das auferlegte.

Ungeachtet ihres Geredes war ich mir ziemlich sicher, dass sie mit niemandem zusammen gewesen war, seitdem ich sie geküsst hatte. Ich wusste, was sie in den Händen der Terroristen durchgemacht hatte. Sie brauchte einen Mann, der verstand, was sie brauchte. Und dieser Mann würde *ich* sein.

Ich hörte, wie sich die Tür zum Waschraum öffnete, und legte ihr einen Finger auf die Lippen. Gleichzeitig strich ich schneller über ihre Klitoris und gab ihr den Druck, den sie verlangte.

»Ja«, flüsterte sie, sehr wohl gewahr, dass jemand den Waschraum betreten hatte, aber unfähig, sich zu beherrschen.

Ich brachte meinen Mund nahe an ihr Ohr und flüsterte heiser: »Komm für mich, Dani!«

Sie schloss die Augen und biss sich in dem verzweifelten Versuch, keinen Laut von sich zu geben, auf die Unterlippe.

Ich nutzte den Moment, um mit meinem Finger in ihre glitschige Hitze vorzudringen, und stöhnte beinahe selbst auf, wie eng, feucht und einladend ihr Tunnel mich empfing, als ich einen zweiten Finger folgen ließ und in sie hineinstieß, während mein Daumen auch weiterhin ihre Klitoris reizte.

Meine andere Hand lag auf ihrem Hintern und streichelte über ihre entblößten Pobacken, die ihr sexy Stringtanga freiließ.

»Marcus!«, flüsterte sie bedrängt. »Ich kann nicht!«

»Oh doch, du kannst«, erklärte ich ihr mit heiserer Stimme leise.

Ihr Kopf schlug hin und her und ich spürte, dass ihr Körper zu zittern begann, so nahe der Erlösung.

Als sie ihren Mund öffnete und sich ihr Körper anspannte, schloss ich meine Lippen fest um ihre und schluckte ihren Schrei hinunter, während der Orgasmus durch ihren Körper tobte. Meine Hand unter ihrem Po stützte sie, als ihre Beine unter ihr nachzugeben schienen. Ich löste meinen Mund von ihrem und küsste sie auf die Schläfe. Gleichzeitig griff ich mit einer Hand hinter sie und schloss den Toilettendeckel, bevor ich ihr half, sich darauf niederzulassen.

Sie rang heftig nach Atem. Ich zog ein sauberes Taschentuch aus der Tasche meines Smokings, beugte mich zu ihr hinunter und wischte ihr zärtlich den Schweiß vom Gesicht.

Ich hörte, wie Wasser ins Waschbecken plätscherte und der Gast den Waschraum verließ. Jetzt waren wir wieder allein. Zumindest für einen Augenblick.

»Alles in Ordnung?«, erkundigte ich mich, besorgt, dass ich sie zu heftig bedrängt haben könnte.

Sie fürchtete sich nicht länger vor mir, noch vor ihrer eigenen Sexualität. Das Wissen, dass sie erregt gewesen war, ohne daran denken zu müssen, was ihr in der Gewalt der Terroristen widerfahren war, zeigte mir, wie weit sie es bereits mithilfe ihrer Therapie gebracht hatte.

Sie schüttelte den Kopf und nahm mir das Taschentuch aus der Hand, um sich den Hals und das Gesicht zu trocknen. »Ich weiß nicht, was mir wiederfahren ist«, gab sie zu und wirkte noch immer aufgewühlt.

»Du bist gekommen«, half ich ihr auf die Sprünge.

»Normalerweise ist es bei mir nicht so.«

»Vielleicht ist es das, was du brauchst, Dani. Und das wirst du von Becker nicht bekommen«, brummte ich.

Plötzlich erhob sie sich und zwang mich, mich mit ihr aufzurichten. »Oh Gott!«, stieß sie ängstlich hervor. »Greg. Er wird verrücktspielen. Ich habe mich zu lange hier aufgehalten.«

Ich ergriff ihre Arme und schüttelte sie leicht. »Du kannst nicht so weitermachen und nach seiner Pfeife tanzen, Danica«, grollte ich, wütend über ihre besorgte Bemerkung.

»Das muss ich aber«, erklärte sie verzweifelt. »Er muss mir vertrauen.«

»Fuck, nein, das hast du nicht nötig«, redete ich auf sie ein. »Du kannst auf sein Wohlwollen verzichten.«

»Du verstehst nicht«, sagte sie in flehendem Tonfall. »Ich muss zurückgehen.«

»Das lasse ich nicht zu«, widersprach ich. »Nicht bevor ich nicht ein paar Antworten erhalte. Mein Gott! Ich habe dich gerade befriedigt, Dani, und du willst direkt zu Becker zurücklaufen?« Ich war nahe daran durchzudrehen.

»Ich muss weiter an der Party teilnehmen«, beharrte sie und versuchte, sich mit Händen und Füßen den Weg freizukämpfen.

Ich ließ sie gehen, weil ich es nicht aushalten konnte, sie so außer sich zu sehen. Nicht nach allem, was sie durchgemacht hatte.

Sie hastete zum Spiegel und versuchte eilig, sich Make-up und Frisur zu richten.

Schließlich schleuderte ich ihr entgegen: »Geh! Geh zu ihm zurück! Aber ich werde dich beobachten. Du liebst ihn nicht. Verdammt, ich glaube noch nicht einmal, dass du es genießt, mit ihm zusammen zu sein.« Ich hatte gesehen, wie sie Becker angeblickt hatte, ganz sicher nicht so, wie sie mich angeschaut hatte, mit verzweifelter Leidenschaft in den Augen und einem Gesichtsausdruck, der mich anflehte, sie zum Kommen zu bringen.

Ich stürzte aus dem Waschraum, weit wütender als ich es vorher gewesen war, als ich dort hineingegangen war, um Dani aufzusuchen. *Mein Gott!* Die Frau verursachte mir noch einen Herzanfall! Ich glitt in den Stuhl an meinem Tisch, mein Schwanz immer noch so hart wie Granit.

Ein paar Minuten später verließ Dani den Waschraum. Ihre Augen suchten und fanden Becker nicht weit von meinem Tisch entfernt.

Ich musste all meine Willenskraft einsetzen, um ihr nicht den Weg zu versperren, als ihr heißer Hintern immer näher kam. Doch zu meiner Überraschung blieb sie an meinem Tisch stehen. Zwar behielt sie Becker im Auge, doch er hatte uns den Rücken zugewandt.

Ohne eine Sekunde zu zögern, schnappte sie sich meinen Scotch und kippte ihn mit zwei großen Schlucken hinunter. Dann stellte sie das Glas auf der makellos weißen Tischdecke ab.

»Ich hasse rosafarbene, cremige Cocktails«, murmelte sie und spazierte ungerührt zu ihrer Begleitung hinüber.

Ich grinste. Eine Frau, die einen guten Whiskey hinunterkippen konnte, ohne eine Miene zu verziehen, musste ich einfach bewundern.

Ohne Dani aus den Augen zu lassen, winkte ich einem Kellner, mein Glas wieder zu füllen.

Kapitel 8

Dani

Greg war wütend.

Ich hatte es sogleich gewusst, als er mir den gewissen »Blick« zuwarf, nachdem ich aus dem Waschraum zurückgekehrt war.

Ich hatte mich viel zu lange von ihm entfernt und als ich schließlich an seine Seite zurückgekehrt war, hatten mich meine Gedanken von ihm abgelenkt.

Also gut, sie hatten mich *sehr* abgelenkt.

Es war mir nicht leichtgefallen, bei meinem Begleiter zu bleiben, während ich wusste, dass der Mann, der mir nur Augenblicke zuvor einen weltbewegenden Orgasmus bereitet hatte, Löcher in meinen Rücken starrte.

Was zum Teufel war nur im Waschraum in mich gefahren? Ich hatte vollkommen die Kontrolle über mich verloren und mich der Lust hingegeben, die Marcus mir geschenkt hatte.

Mein Körper hatte so sehr nach Marcus' Berührung gegiert, dass ich keinen einzigen Gedanken an meinen Begleiter verschwendet hatte. Die Sinne waren mir geschwunden und ich hatte nur noch auf der Hitzewelle reiten können, die so verzehrend gewesen war, dass ich damit gerechnet hatte, nicht ohne größere Verbrennungen davonzukommen.

Ich hatte mich bis jetzt noch nicht von diesem gewaltigen Orgasmus erholt und jetzt, da Greg und ich in meine Eigentumswohnung zurückgekehrt waren, wusste ich, dass er seinem Ärger Luft machen würde.

»Was zum Teufel war das heute Abend?«, wollte er zornig wissen, als ich die Tür meiner Wohnung hinter uns schloss.

Nun gut, er kam gleich zur Sache.

»Möchtest du etwas trinken?«, fragte ich ihn höflich, als ich mich an ihm vorbeidrückte und in die Küche ging.

Er folgte mir. »Nein, ich will nichts trinken. Ich will, dass du mir erzählst, was du so lange in diesem gottverdammten Waschraum getan hast. Wie lange braucht man zum Pinkeln? Für mich fühlte es sich so an, als ob du mit jemand anderem zusammen gewesen wärst, denn kein Wort von dem, was ich zu dir gesagt habe, ist bis zu dir vorgedrungen.«

Ich drehte mich um, um ihm ins Gesicht zu blicken, und bemerkte, dass seine Augen vor Zorn sprühten. »Ich war dort. Was willst du noch von mir? Ich habe schicke Sponsoren noch nie gemocht.«

Ich war stets zu einer Spende bereit, doch ich zog es vor, das im Stillen zu tun. Ich brauchte keine öffentliche Anerkennung, wenn ich mein Geld für eine gute Sache einsetzte. Doch Greg schien danach zu gieren.

Er packte mich an den Haaren und bog mir den Kopf in den Nacken. »Ich will alles, was du zu geben hast«, erklärte er bitter. »Ich will nicht, dass deine Gedanken woanders sind, wenn ich mit dir rede.«

»Greg, du tust mir weh!«, sagte ich mit fester Stimme und versuchte, mich von ihm zu befreien.

»Es ist mir scheißegal, ob es wehtut. Ich will, dass es wehtut. Vielleicht erinnerst du dich dann daran, wem du Rede und Antwort zu stehen hast und mit wem du zusammen bist.«

Sein giftiger Blick begann, mich zu ängstigen, doch das wollte ich vor ihm verbergen.

»Lass. Mich. Los!« Ich versuchte, ihn nicht sehen zu lassen, dass mir der Schweiß ausgebrochen war.

Gott sei Dank löste er schließlich seinen brutalen Griff aus meinen Haaren, doch unerwartet traf mich ein kräftiger Schlag seines Handrückens im Gesicht.

Meine Wange fühlte sich an, als ob sie explodierte, und mein Kopf flog zur Seite. Vor Schmerz füllten sich meine Augen mit Tränen. Er hatte sich nicht zurückgehalten, sondern mit voller Wucht zugeschlagen.

Ich presste meine Hand an meine Wange und wich einen Schritt zurück. »Warum hast du das getan?«

Er grinste. »Weil ich es kann«, antwortete er düster. »Ich bin dein Herr und Meister, Dani. Hast du das bis jetzt noch nicht herausgefunden? Jede Frau, mit der ich mich verabrede, steht unter meiner Obhut.«

»Ich habe mich so gekleidet, wie du es wolltest. Ich habe getan, was du wolltest«, erinnerte ich ihn.

»Aber du hast mir nicht deine volle Aufmerksamkeit geschenkt. Habe ich sie jetzt?«

Ich schaute ihn an und nickte, denn ich glaubte, einen weiteren Schlag von der Sorte wie den, den ich gerade eingesteckt hatte, nicht verkraften zu können.

»Gut«, erwiderte er selbstgefällig. »Ich denke, es ist an der Zeit, dich zu ficken. Höchste Zeit. Finde dich am nächsten Freitag in meinem Haus ein und trage etwas Heißes!«

Ich schluckte heftig und schwieg, als er auf mich zutrat und mit einer Hand über meine verletzte Wange strich. »Ich hatte nicht vor, dir das anzutun«, sagte er mit unheimlich ruhiger Stimme. »Du hast es herausgefordert. Ich darf die Kontrolle nicht verlieren, besonders nicht über meine Frauen. Ich teile nicht, Dani. Ich werde niemals teilen.«

Ich konnte ihm wohl kaum antworten, dass er mich nicht mit jemandem teilen musste. Denn in Wahrheit hatte ich während des ganzen Abends nur an Marcus gedacht.

Seine Finger drückten sadistisch meinen pochenden Wangenknochen. »Das wird mein Brandzeichen zurücklassen«, bemerkte er. »Das gefällt mir. Dein Gesicht wird durch meine Hand grün und blau werden.«

Mein Gott! Ich hoffte, ich hatte genug eingesteckt. Zwar hatte ich in der Gewalt der Terroristen härtere Schläge erleiden müssen, doch es fiel mir weitaus schwerer, mich mit einer Misshandlung abzufinden, wenn ich keine Gefangene war.

Ich stieß erleichtert, doch leise die Luft aus, als er sich abwandte und auf die Tür zuging. »Am nächsten Freitag. Wenn du nicht bei mir auftauchst, werde ich dich finden, und das wäre alles andere als angenehm für dich«, drohte er.

»Ich werde da sein. Um wie viel Uhr?«

Er schien sich meine Frage einen Moment durch den Kopf gehen zu lassen, bevor er antwortete. »Acht Uhr. Sei pünktlich und rechne damit, die ganze Nacht zu bleiben! Meine Mädchen sind für gewöhnlich nicht fähig, mein Haus zu verlassen, nachdem ich mit ihnen fertig bin. Ich liebe es brutal. *Sehr* brutal.«

Innerlich schauderte ich, doch nach außen zeigte ich keinerlei Reaktion auf seine Bemerkung. Ich war mir ziemlich sicher, dass er seine Frauen im Bett ebenso behandelte wie außerhalb seiner Schlafstatt.

Langsam folgte ich ihm zur Tür und öffnete sie für ihn. »Bis Freitag«, murmelte ich.

Er warf mir einen vollkommen gefühllosen Blick zu. »Enttäusche mich nicht! Ich kann es nicht ausstehen, enttäuscht zu werden.«

»Ich werde dich nicht enttäuschen«, versicherte ich gefügig.

Ich hatte gewusst, dass der Umgang mit Gregory Becker sich äußerst hart gestalten würde, als ich mich entschlossen hatte, mit ihm auszugehen. Nichts von dem, was geschehen war, hätte mich überraschen sollen, doch der Kontrast zu Marcus' Verhalten heute Abend war einfach zu einschneidend.

Er drehte sich um und stolzierte zur Tür hinaus, die ich mit einem tiefen Seufzer hinter ihm schloss.

Ich hatte nichts Eiligeres zu tun, als mich in die Küche zu begeben, um einen Beutel Eis für mein Gesicht zu holen. Es schmerzte höllisch und ich war es nicht mehr gewohnt, Schläge einzustecken. Es hätte viel schlimmer sein können, doch der brutale Schlag seiner Hand ließ meine Wange pochen.

Ich hielt mir den Eisbeutel ans Gesicht und entledigte mich erleichtert meiner hochhackigen Schuhe, die meinen Füßen übel mitgespielt hatten.

Ich wünschte mir nur noch, die dicken Schichten Make-up von meinem Gesicht zu schrubben, mein enganliegendes Kleid loszuwerden und in die warme Badewanne zu steigen.

Ich wollte nicht darüber nachdenken, was Greg gesagt hatte.

Viel lieber wollte ich mich daran erinnern, was Marcus mit meinem Körper gemacht und wie ich darauf reagiert hatte. Also gut, ich wusste, dass ich so etwas mit Marcus niemals mehr zulassen durfte, doch eingeschlossen in der Toilettenkabine hatte ich mich seit langer Zeit endlich wieder lebendig gefühlt.

»Ich verstehe ihn nicht«, murmelte ich vor mich hin.

Marcus hätte mich mit Leichtigkeit gegen die Wand im Waschraum ficken können, doch er hatte nur im Sinn gehabt, mich zum Orgasmus zu bringen. Zu einem heftigen! Es war fast so, wie er behauptet hatte: Es hatte ihn über die Maßen erregt, mich bei meinem Höhepunkt zu beobachten.

Welcher Mann verhält sich so?, fragte ich mich.

Darauf gab es nur die eine Antwort: Marcus Colter.

Ich hatte mich so in seinem Duft verloren, seinem Geschmack, der Leidenschaft seines Kusses und der puren Fleischlichkeit des Augenblicks, dass er sich leicht hätte nehmen können, was er begehrte. Doch er hatte darauf verzichtet.

Während des restlichen Abends hatte ich mich äußerst unbehaglich gefühlt und meine Gedanken *nicht* auf meinen Begleiter konzentriert. Greg hatte sich mehrmals wiederholen müssen und mein Geist *war* von der oberflächlichen Unterhaltung, die er mit den anderen Gästen geführt hatte, weit abgeschweift.

Ich hatte *spüren* können, dass Marcus mich beobachtete, selbst wenn ich ihm den Rücken zugewandt hatte. Als Greg und ich die Veranstaltung verließen, hatte Marcus immer noch an demselben Tisch gesessen, an dem er sich während des gesamten Abends aufgehalten hatte.

Gerade als ich mich meiner heißbegehrten Badewanne zuwenden wollte, um Wasser einzulassen, klingelte es an der Tür. Mich durchfuhr der Gedanke, Greg könnte zurückgekehrt sein, um eine zweite Runde der Misshandlung zu initiieren. Mein Herz begann zu rasen.

Ich warf meinen Eisbeutel auf das Beistelltischchen neben dem Sofa.

Dann näherte ich mich der Tür und öffnete sie vorsichtig einen Spaltbreit, auf alles vorbereitet, was auch immer Greg mir diesmal anzutun gedachte.

»Marcus!«, stieß ich atemlos hervor. Mein Körper sackte vor Erleichterung in sich zusammen, so glücklich war ich, Greg nicht noch einmal gegenübertreten zu müssen.

Ich ließ ihn ein und schloss hastig die Tür hinter ihm. Mir fiel auf, dass er noch immer seinen Smoking trug.

»Bist du in Ordnung?«, erkundigte er sich heiser.

»Ja, es geht mir gut«, erwiderte ich. »Was machst du hier?«

»Ich muss mit dir reden«, erklärte er drängend. »Dani, ich muss dir irgendwie begreiflich machen, dass du Becker nicht brauchst. Ich will nicht mit ansehen, wie er dich verletzt.«

Sein unwirscher, bestimmter Tonfall ließ mich beinahe zusammenbrechen. Ich sah ihn flehentlich an. »Bitte, Marcus, nicht jetzt!«

Ich war unfähig, noch einen weiteren Konflikt auszutragen. Ich hatte immer noch mit ein paar Problemen im Zusammenhang mit meiner Entführung zu kämpfen und bebte innerlich noch von der schlechten Behandlung, die mir Greg gerade erst hatte zukommen lassen.

»Was zum Teufel ist denn mit dir passiert?«, fragte er erschreckend wütend.

Ich wich vor ihm zurück, doch er trat auf mich zu, schlang seinen Arm um meine Taille und hob mein Kinn an. »Dani, hat dich dieser Hurensohn geschlagen?« Seine Finger glitten federleicht über meine Wange.

»Keine große Sache. Ich habe ihn gereizt.« Ich versuchte, mich von ihm zu lösen, nicht weil mich seine Berührung schmerzte, sondern weil Marcus eine Wirkung auf mich ausübte, die ich nicht verstand.

»Ich werde ihn, verdammt nochmal, umbringen«, knurrte er und in seinen grauen Augen brodelte der Zorn. »Was für eine Scheiße! Warum lässt du das zu, Danica? Hilf mir, das zu verstehen, und *dann* kaufe ich mir das üble Schwein.«

Ich konnte seine Anspannung spüren, desgleichen seine Bereitschaft, zur Tür hinauszustürmen und Greg aufzuspüren. »Marcus, nein. Du kannst ihn jetzt nicht herausfordern.«

»Oh doch, das kann ich sehr wohl und werde es auch. Nur ein verfluchter Feigling legt Hand an eine Frau, die halb so groß ist wie er«, wetterte er. »Und wen kümmert es, ob du ihn verrückt gemacht hast? Das kann keine Entschuldigung dafür sein, eine Frau mit dem Vorsatz anzurühren, ihr auf irgendeine Art wehzutun. Ich spiele verrückt. *Meine* Brüder spielen verrückt. *Deine* Brüder spielen verrückt. Meine Freunde spielen verrückt. Doch *keiner* von uns boxt jemals einer Frau ins Gesicht.«

»Er hat mich nicht geboxt. Er hat mich mit dem Handrücken geschlagen.«

»Allein die Tatsache, dass er dich überhaupt angerührt hat, bietet mir genügend Grund, ihn zur Strecke zu bringen. Er darf dir nicht wehtun, Danica. Mein Gott! Weiß er, was du durchgemacht hast? Kümmert es ihn überhaupt?«

»Nein«, sagte ich leise. »Auf all deine Fragen ein Nein. Er kennt mich noch nicht einmal wirklich.«

Ein Schluchzer entwich meinem Mund. Dann ein weiterer. Und dann noch einer. Und dann strömten mir die Tränen übers Gesicht. »Lass mich jetzt nicht allein! Geh bitte nicht hinter ihm her!«, flehte ich ihn an.

»Nenne mir einen guten Grund, warum ich davon ablassen sollte«, knurrte er.

Er zögerte, während eine seiner Hände auf meinem Rücken beruhigend auf- und abglitt.

»Weil ich dich dringender brauche«, gab ich hilflos zu und warf mich ihm an den Hals, wohl wissend, dass ich aufgeben und meine Geheimnisse mit ihm teilen musste.

Kapitel 9

Dani

Es gehörte nicht gerade zu meinen Gewohnheiten, jemandem unbekümmert mein Herz auszuschütten, doch es schien mir so leicht, mich einfach gehen zu lassen, wenn Marcus mich an sich drückte und sein kräftiger Körper mir Geborgenheit schenkte.

Er hob mich ohne Mühe hoch und setzte sich mit mir auf dem Schoß auf das Sofa. Und ich vertraute ihm all meinen Kummer, meine Frustrationen und Ängste an.

Er stellte keine Fragen.

Er versuchte nicht, mich vom Weinen abzuhalten.

Er hielt mich einfach nur in seinen Armen, tröstete mich und gab mir etwas, in dessen Genuss ich nie zuvor gekommen war.

»Ich hasse es zu weinen«, gab ich schließlich mit einem Schluckauf zu.

Sein Mund nahe an meinem Ohr, neckte er mich schließlich: »Du scheinst es aber ausgiebig zu betreiben, wenn man bedenkt, dass du es hasst.«

Ich brachte ein kleines Lächeln zustande, als mir auffiel, dass dies eine für *Marcus* typische Bemerkung war. Doch in seinem neckenden Tonfall klang so viel Güte mit, dass ich mich geborgen fühlte.

Ehrlich, Marcus gab mir meine Selbstsicherheit zurück, die ich im Augenblick wirklich gut gebrauchen konnte. »Ich denke, das war's jetzt.«

»Tu dir keinen Zwang an!«, erwiderte er trocken. »Dein wohlgeformter, über meinen Schwanz drapierter Hintern stört mich nicht im Geringsten.«

»Du bist pervers«, beschimpfte ich ihn, während ich mir behutsam die Augen rieb.

»Nein, Dani. Ich mache mir Sorgen um dich.«

Diese schlichten Worte ließen mein Herz erzittern. Ich war gewohnt, herumzureisen und auf mich selbst aufzupassen. Ich war allein. Immer allein. Im College hatte ich eine Beziehung gehabt und später hatte ich etwas in der Art mit einem männlichen Korrespondenten versucht, doch das hatte kein gutes Ende genommen. Wir waren beide so viel auf Reisen gewesen, dass wir uns kaum getroffen hatten. Außerdem hatte es sich eher wie eine Freundschaft angefühlt, von der beide profitieren. Schließlich brachen wir das Ganze ab und seither hatte ich es noch nicht einmal mehr versucht. Woran lag das? Ich war ständig unterwegs und das ließ einer Beziehung keine Chance.

Meist machte es mir nichts aus, auf mich allein gestellt zu sein. Ich war Alleingänge gewöhnt. Doch seitdem Harper Blake gefunden hatte und ich selbst von einer skrupellosen Rebellengruppe gefangen gehalten worden war, hatte ich die Leere in meiner Seele bemerkt. Das Problem bestand jedoch darin, dass ich diese Leere nicht einfach füllen konnte, indem ich mich in Gesellschaft begab. Oft hatte ich mich in überfüllten Räumen aufgehalten und mich trotzdem einsam gefühlt. Niemals war mir bewusst geworden, wie sehr ich mich nach dem einen Menschen sehnte, der mir das Gefühl gab, nicht einsam zu sein. Mein Leben hatte mich verändert und ich schien nicht auf die gleiche Art wie vor meiner Entführung weitermachen zu können.

Ich glaube, meine Prioritäten hatten sich zugleich mit meiner Persönlichkeit verändert.

»Um mich musst du dir keine Sorgen machen«, wehrte ich ab.

Ich wusste, dass ich mich jetzt bewegen sollte, nachdem meine Tränen mittlerweile versiegt waren, doch Marcus zu riechen und zu spüren tat mir so gut, dass ich mich nicht von der Stelle rührte.

Seine Arme schlossen sich fester um mich. »Um Gottes willen, Dani, du triffst dich mit einem Psychopathen, der dich gerade grün und blau geohrfeigt hat.« Er fuhr mir mit der Hand durchs Haar, bevor er hinzufügte: »Was mich daran erinnert, dass ich deine Wange versorgen muss.«

»Ich habe Eis«, teilte ich ihm mit und griff nach dem Beutel auf dem Beistelltischchen.

»Gib es mir!«, knurrte er und platzierte behutsam das Kühlkissen auf meinem Gesicht, bevor er mich langsam auf die Couch gleiten ließ, damit er sich erheben konnte.

»Wo gehst du hin?« Meine Stimme verriet leichte Panik, was mir überhaupt nicht gefiel.

»Du musst etwas gegen die Schmerzen und die Entzündung einnehmen. Hast du so etwas im Haus?«

Ich hielt mir mit einer Hand den Eisbeutel ans Gesicht und als ich Anstalten machte aufzustehen, protestierte er. »Bleib sitzen!«, verlangte er. »Ich werde die Tabletten finden.«

Ich versuchte zu ignorieren, dass Marcus' harsche Fürsorge das Beste darstellte, das mir seit meiner Entführung zuteilgeworden war. Vielleicht hätte ich es nicht als so süß empfinden sollen, denn man konnte nicht gerade behaupten, dass er vor Charme triefte. Wirklich, er war überhaupt nicht charmant, jedenfalls nicht gegenüber den meisten Menschen. Doch ich fand ihn beinahe unwiderstehlich. Bedeutungsloses Gerede und unüberlegte Aktionen waren nicht Marcus' Stil, was mir seine Beschützerinstinkte als herzerweichend anbetungswürdig erscheinen ließ.

Ich wies ihm den Weg zum Küchenschrank. Zwar konnte ich sein Gesicht nicht mehr sehen, sobald er die Tür geöffnet hatte, doch konnte ich hören, wie er ungeduldig den Schrank durchwühlte, bis er fand, wonach er gesucht hatte.

Er brachte mir einige Schmerz- und entzündungshemmende Tabletten und ein Glas Eiswasser.

»Seit Langem hat sich niemand mehr um mich gekümmert«, bemerkte ich, während ich die Medikamente und das Wasser entgegennahm und sie pflichtschuldigst hinunterschluckte.

»Ich glaube langsam, du benötigst einen verdammten Bodyguard«, stellte er missgelaunt fest und setzte sich wieder neben mich. Dann übernahm er die Aufgabe, mit dem Eis meine Wange zu kühlen, und zog mich wieder in seine Arme.

Seufzend zog ich meine Beine unter mich und schmiegte mich an ihn. »Möchtest du dich für den Job bewerben?«

»Verdammt, nein! Ich würde wahrscheinlich jeden Kerl umbringen, der sich dir auf drei Meter nähert. Ich kann nicht länger zuschauen, Danica. Ich kann nicht dabei zusehen, wie dir schon wieder jemand wehtut«, stieß er heiser und ärgerlich hervor. »Es hat mich beinahe umgebracht zu erleben, was die Rebellen dir angetan haben, und ich kann die Bilder, wie sie dich misshandeln, nicht mehr loswerden. Ich weiß, dass du einen Fehler gemacht hast, indem du die Grenze überquert hast, doch das hast du getan, weil du ein paar dumme Teenager retten wolltest. Doch warum um alles in der Welt lässt du zu, dass *Becker* dir etwas antut? Warum?«

Ich holte tief Luft, bevor ich zu erzählen begann. »Es hat einige Zeit gedauert, einen klaren Kopf zu bekommen, nachdem wir in die USA zurückgekehrt waren. Ich wurde intensiv therapiert, doch ich litt unter posttraumatischen Störungen und Ängsten. Es ging so weit, dass ich zu Beginn vor beinahe allem und jedem Angst hatte.«

»Verständlicherweise«, wandte Marcus ein. »Jeder hätte so empfunden.«

»Aber ich hasste es. Ich hatte mich niemals vor etwas gefürchtet. Ich reiste allein um die ganze Welt.«

»Du bist definitiv furchtlos«, stimmte er zu.

»Nein. Ich *war* furchtlos, Marcus«, korrigierte ich ihn. »Nun muss ich Ängste bekämpfen, die ich nie zuvor gekannt habe. Ich habe einen langen Weg der Therapie hinter mir und nachdem ich ein bisschen mehr Stabilität gewonnen hatte, erinnerte ich mich an etwas, das ich während meiner Gefangenschaft aufgeschnappt hatte. Nachdem ich über mein anfängliches Trauma hinweg war, ist es mir plötzlich eingefallen.«

»Was?«

»Ich habe dir doch erzählt, dass ich Arabisch spreche und verstehe, richtig?«

»Ja.«

»Die Terroristen erwähnten Beckers Namen. Marcus, er unterstützt die Rebellen finanziell. Er lässt ihnen Geld zukommen. Und ich meine *eine Menge* Geld. Sie betrachten ihn als ihren Anführer in ihrem Landübernahmekrieg, weil er der Geldgeber ist, der dahintersteckt. Seine abscheulichen Geschäfte wie Menschen- und Drogenhandel ermöglichen es den Rebellen, mehr und mehr Gebiete einzunehmen.«

Er stellte meine Kenntnisse nicht in Frage. »Mein Gott! Warum? Ich habe zwar gehört, dass er Terroristen unterstützt, aber ich habe es niemals verstanden. Was zum Teufel hat er dabei zu gewinnen?«

»Geld und Macht«, erwiderte ich. »Er glaubt, dass die Rebellen dort die Kontrolle übernehmen werden, was *ihm* wiederum die Kontrolle über das Öl und andere Ressourcen erlauben würde. Er schert sich einen Dreck um die etwaigen Motivationen der Terroristen. Sein Ziel ist es, Herr über die Ressourcen zu sein, was ihn zum reichsten Mann der Welt machen würde. Es ist verrückt, aber er denkt so.«

»Warum bist du dann mit ihm zusammen, Dani? Wenn du das alles durchschaust, was tust du dann bei ihm? Warum willst du mit einem Arschloch wie ihm zusammen sein?«

Ich seufzte, denn ich wusste, es war an der Zeit, ehrlich zu Marcus zu sein. »Da ich nicht zu meinem Job im Mittleren Osten zurückkehren konnte, habe ich mich entschlossen, in meinem eigenen Land eine exklusive Geschichte aufzutreiben. Er muss aufgehalten werden. Aber niemand kommt an den Beweis heran, der ihn überführen könnte. Ich habe mitbekommen, dass er einen Datensatz besitzt, in dem all seine illegalen Transaktionen verzeichnet sind, sodass er stets weiß, wie viel Geld den Terroristen zugeschoben wurde. Außerdem sind die Methode und die Briefkastenfirma vermerkt. Wenn ich diese Aufzeichnungen finden würde, hätte ich die Informationen in der Hand, ihn für immer auszuschalten. Die Finanzspritzen für die Terroristen würden eingestellt und er wäre nicht mehr in der Lage, Frauen in die Prostitution oder den Menschenhandel zu treiben.«

»Verdammt! Du hattest vor, dich ihm selbst anzubieten?« Marcus war außer sich.

»Das nicht gerade. Ich wollte die Informationen an die Behörden weitergeben und am selben Tag, an dem ich meine Exklusivstory veröffentlichen wollte, hätten sie ihn verhaftet. Offensichtlich brauchen sie handfestere Beweise als die Aufzeichnungen, doch die Datensätze hätten ihnen die Informationen geliefert, die sie benötigen.«

»Also liebst du Becker nicht?«

Ich versuchte, meinen Kopf zu schütteln, der an seiner Schulter ruhte. »Nein.«

»Warum hast du dann behauptet, ihn zu brauchen?«

»Ich *brauche* ihn tatsächlich. Ich muss sein Vertrauen gewinnen. Er hat mich endlich in sein Haus beordert, sodass ich Zugang zu seinem Heimbüro bekommen werde und mir holen kann, was ich brauche.«

»Dir gefällt es nicht, mit ihm zusammen zu sein?«

»Mir gefällt es in etwa so sehr, mit ihm zusammen zu sein, wie es mir gefallen würde, in einem Raum voller giftiger Schlangen eingesperrt zu sein«, erklärte ich schaudernd. »Ich kann seine Nähe kaum ertragen. Ich kann es nicht aushalten, wenn er mich berührt, und kann meinen Hass kaum zügeln, wenn er mich küsst.«

»Der Hurensohn hat dich geküsst?«, fragte Marcus, jetzt wirklich sauer.

»Was konnte ich sonst tun, außer vorzugeben, scharf auf ihn zu sein? Doch jeder Augenblick war die reinste Folter. Wie auch immer, falls ich damit dazu beitragen kann, dass ihm das Handwerk gelegt wird, ist es das wert.«

»Und deine Kleidung?«

»Er gibt genaue Anweisungen, was ich anziehen soll. Becker ist ein Kontrollfreak. Leider ist er vernarrt in den Nutten-Look. Das Arschloch denkt, ihm gehöre jedes weibliche Wesen, mit dem er sich trifft oder mit dem er schläft. Er hat nicht den kleinsten

Funken Anstand im Leib, Marcus, und glaube mir, ich habe ihn genau beobachtet. Er ist der reinste Teufel.«

Es tat mir gut, endlich jemandem zu erzählen, warum ich versuchte, mich an Becker heranzumachen, doch ich wusste, es würde Schwierigkeiten geben.

»Es erleichtert mich, dass du deinen gesunden Menschenverstand noch nicht vollkommen verloren hast und Becker so siehst, wie er wirklich ist. Doch du kannst dein Vorhaben auf keinen Fall allein ausführen. Und du darfst ihn nicht noch einmal treffen, Danica. Ab jetzt wird er dich nur noch übler misshandeln. Und du begibst deinen Hintern in Gefahr ... *schon wieder.*«

»Ich werde nicht aufgeben. Ich bin bereits so nahe an ihn herangekommen, nahe genug, um an die Informationen zu gelangen, die wir brauchen, um ihn hinter Gitter zu bringen.«

Mir war bewusst gewesen, dass ich Marcus die Wahrheit sagen musste. Er verdiente es. Er hatte mir das Leben gerettet und ich wollte ihn wirklich nicht weiterhin in dem Glauben lassen, dass ich mich einem abgedrehten Verrückten zu Füßen warf. Ich hatte gehofft, wenn ich ihm die Wahrheit erzählte, würde er aufhören, mich zwingen zu wollen, Becker nicht mehr wiederzusehen. Augenscheinlich war das ... nicht der Fall.

»Du wirst die Sache fallen lassen. Falls es sein muss, werde ich dich eigenhändig entführen«, drohte er.

Ich setzte mich aufrecht hin und blickte ihm in die Augen. »Versuch es nur! Ich werde mich zur Wehr setzen. Zu viele andere Leben stehen auf dem Spiel. Greg muss aufgehalten werden. Er ist machthungrig und die Umstände könnten noch schlimmer werden, als sie es ohnehin schon sind. Was, wenn er sich entschließt, dass er noch mehr Gebiete einnehmen muss, noch mehr Kriege führen muss. Er ist ein Meister darin, sich zu tarnen. Er ist äußerst argwöhnisch, paranoid und verschlagen. Offensichtlich steht er schon lange unter Verdacht, doch niemand war in der Lage, ihn auffliegen zu lassen. Die Behörden brauchen Informationen, Daten, die ich ihnen besorgen kann. Ich muss nur an sie herankommen.«

»Also marschierst du einfach in sein Haus, lässt dich ficken und suchst dann nach den Informationen?«

Langsam schüttelte ich den Kopf. »Ich glaube nicht, dass ich es zulassen kann, von ihm angerührt zu werden. Den Gedanken gebe ich auf. Ich muss nach einer anderen Möglichkeit suchen.«

»Du bringst mich um den Verstand, Frau. Ich rette dich aus den Händen von Leuten, die dich irgendwann getötet hätten, und jetzt reitest du dich noch tiefer in die Scheiße. Das ist riskant und gefährlich.«

»Ich kann es schaffen, Marcus. Ich weiß es. Ich muss es tun, um zu beweisen, dass ich noch in der Lage bin, Bedeutendes zu leisten. Als ich nicht mehr fähig war, in den Mittleren Osten zurückzukehren, habe ich mich so schlecht gefühlt. Dort hatte ich immer das Gefühl, über wichtige Geschehnisse zu berichten. Ich wollte, dass die Leute das menschliche Leid verstanden, dass sich in dieser Region zutrug. Damals war meine Arbeit von großer Bedeutung und obwohl sie ihre Risiken barg, war sie lebenswichtig für mich. Auch jetzt möchte ich gern etwas tun, was den Menschen hilft. Ich will keine Angst mehr haben. Ich möchte etwas Sinnvolles tun.«

»Du wirst das auf keinen Fall allein angehen«, widersprach er und zog mich wieder fest an sich. »Ich kann nicht mit ansehen, wie du solche Risiken eingehst.«

»Ich habe keine andere Wahl. Bis ich die Informationen beschafft habe, wird es niemandem gelingen, ihm an den Karren zu fahren.« Ich seufzte. »Ich habe eine Freundin hier in Miami, eine junge Frau, die obdachlos war und von Leuten, die ich für eines von Gregs Menschenhändlerteams halte, von der Straße geholt wurde. Sie haben sie mit einer Geschichte angelockt und ihr Arbeit, Unterkunft und geregelte Mahlzeiten versprochen. Doch jetzt behaupten sie, sie sei ihnen etwas schuldig und könne nicht gehen, bevor sie ihre Schulden nicht zurückgezahlt habe. Diese Schweine picken sich die verletzlichsten Menschen heraus. Ruby ist jung. Sie hat noch nicht einmal ihren dreiundzwanzigsten Geburtstag gefeiert. Und jetzt wollen sie sie bei einer Auktion versteigern, sodass irgendein reicher Kerl ihren Körper benutzen kann. Deshalb nehme ich die ganze

Geschichte recht persönlich. Das Schlimmste ist, dass ich sie noch nicht einmal bei mir aufnehmen kann. Ich kann ihr im Moment nicht helfen, denn dadurch würde ich Gregs Vertrauen aufs Spiel setzen. Doch es muss bald etwas passieren. Ich muss Ruby retten. Und jede finanzielle Spritze macht die Rebellen stärker.«

»Mein Gott! Wie dickköpfig du doch bist! Warum willst du einfach nicht verstehen, dass ich dich diese Geschichte *niemals* allein ausfechten lassen werde? Ich habe deine Gründe verstanden, doch du kannst das Risiko nicht allein auf dich nehmen. Und Becker kannst du auch nicht wiedersehen. Falls ich auch nur den geringsten Kratzer an dir bemerke, flippe ich aus.«

»Ich werde mich wehren. Ich werde mich nicht zurückhalten und mich von ihm angreifen lassen. Das kann ich nicht. Das wäre nicht gut für meine Psyche.«

»Das reicht nicht. Ich werde dir helfen, Dani. Und ich werde die Sache in die Hand nehmen.«

Ich erschrak. »Marcus, das kannst du nicht. Für mich ist es gefährlich genug, doch für einen Mann, der ihn verfolgt, ist es geradezu selbstmörderisch. Er würde jeden umbringen, von dem er glaubt, dass er ihm gefährlich werden könnte.«

»Er wird nicht mit mir rechnen«, sagte er lässig.

»Wieso glaubst du das?«

»Weil es Dinge gibt, die auch du nicht von mir weißt, Dani, Dinge, in die niemand eingeweiht ist außer meiner Familie.«

»Was?«, fragte ich atemlos, denn seine Stimme klang plötzlich so grimmig.

»Ich habe das Wissen und die Fähigkeiten, dir zu helfen, Becker festzunageln.«

»Wie das?«

»Weil ich seit langer Zeit Informationen sammle. Ich bin nicht *nur* ein internationaler Geschäftsmann.«

Mir hatte es die Sprache verschlagen. Stumm wartete ich auf seine Erklärung.

Er fügte ungerührt hinzu: »Ich bin außerdem ein Spion.«

Kapitel 10

Dani

Ein Spion?
Gott helfe mir, niemals hätte ich Marcus Wahnvorstellungen zugetraut, doch was er gerade gesagt hatte, ergab keinen Sinn.
»Was meinst du damit?«, fragte ich zögernd.

Er antwortete ruhig: »Ich will damit sagen, dass ich mit der Regierung der Vereinigten Staaten zusammenarbeite und in allen Ländern, die ich bereise, Informationen für sie zusammentrage. Ich verfüge über ein Netzwerk von Kontakten und beschaffe Information zum Schutz unserer nationalen Sicherheit.«

»Das hört sich nach CIA an«, antwortete ich und fragte mich nach wie vor, wohin unsere Unterhaltung führen sollte.

»Eigentlich stehe ich nicht auf der Gehaltsliste der CIA. Ich bin Spezialagent, weil ich es selbst so gewählt habe.«

Ich rief mir all die Orte ins Gedächtnis, an denen ich Marcus in der Vergangenheit begegnet war. Oft genug hatte ich mich gewundert, warum er sich unnötig in Gefahr begab, denn er tauchte in jedem Krisengebiet der Welt auf.

Du meine Güte! Kann es wirklich wahr sein, was er behauptet? »W-wie?«, stammelte ich. Es war mir einfach unmöglich, mir den Geschäftsmann Marcus als eine Art James Bond vorzustellen. Nicht dass die CIA-Agenten wirklich so arbeiteten wie die Filmhelden, trotzdem ...

Er zuckte mit den Schultern. »Das ist keine große Sache. Meist sammle ich lediglich geheime Informationen. Bis jetzt bin ich niemals wirklich in Verdacht geraten, da ich geschäftlich in der ganzen Welt herumreisen muss.«

»Marcus, du agierst in fremden Ländern, wo du von jedem getötet werden kannst, der herausfindet, dass du seine Informationen weitergibst«, wandte ich erstaunt ein. Wie konnte ein reicher Mann wie Marcus seinen Hals auf diese Art riskieren?

»Normalerweise gehe ich nicht damit hausieren, was ich tue«, antwortete er trocken.

»Es ist gefährlich«, protestierte ich. »Wer gibt dir Rückendeckung?«

»Niemand. Ich kommuniziere nur mit den obersten Regierungsbeamten. Niemand anderes weiß von meiner Arbeit.«

»Was denkt deine Familie über diese außergeschäftlichen Aktivitäten? Hast du ihnen erzählt, dass du während deiner Überseereisen James Bond spielst?«

Er stieß einen männlichen Seufzer aus. »Um das klarzustellen, Spezialagenten verhalten sich *nicht* wie James Bond. Manchmal ist unser Job sogar recht langweilig.«

»Trägst du eine Waffe?«, erkundigte ich mich herausfordernd.

»Natürlich. Doch das tun eine Menge Leute.«

»Marcus, versuche nicht, mir etwas vorzumachen! In einigen Ländern der Dritten Welt könnte man dich ermorden, wenn du dort herumschnüffelst.«

»Der Beruf einer Auslandskorrespondentin ist auch nicht gerade ungefährlich. Wenn ich mich recht erinnere, *habe* ich deinen hinreißenden Hintern aus einer ziemlich üblen Situation gerettet.«

Das saß. Mein Job hatte mich zuweilen zu nahe an die Schusslinie geführt. »Ich habe es aus gutem Grund getan. Die Menschen müssen wissen, was in der Welt vor sich geht.«

»Und ich tue es für mein Land. Ich hasse Politik und mir gefällt es überhaupt nicht, in die Machenschaften von Washington hineingezogen zu werden. Deshalb bleibt mein Beitrag so bescheiden. Ich würde es keine zehn Minuten aushalten, wie Blake ein Amt als Senator zu bekleiden. Im Augenblick stellt niemand aus der Meute in D.C. unser Land über seine Partei. Es geht lediglich um Geld. Über kurz oder lang würde ich irgendjemandem meine Faust ins Gesicht schlagen, wenn ich mich zu lange in Washington aufhalten müsste.«

Ich versuchte, ein Lächeln zu unterdrücken, da wir doch über eine todernste Angelegenheit redeten, doch ich konnte mir Marcus bildhaft vorstellen, wie er auf dem Regierungshügel blitzschnell die Geduld verlor. Seine Persönlichkeit passte nicht in diese Szenerie.

»Du hast meine Frage nicht beantwortet. Hat deine Familie es seit jeher gewusst? Wie lange bist du schon Agent?«, fragte ich, denn ich hätte am liebsten alles gleichzeitig erfahren. Ehrlich, seine Enthüllungen verschlugen mir immer noch die Sprache. Ich traute Marcus durchaus den Mut für diese Art von Arbeit zu, doch diese Seite an ihm war mir bis jetzt nicht bekannt gewesen und das faszinierte mich.

»Bis vor Kurzem haben sie nichts gewusst. Ich musste ihnen alles erzählen, als eine meiner Ermittlungen an unseren Privatbereich heranreichte.«

Aufmerksam hörte ich ihm zu, als er mir von seinem Bruder Tate und einer FBI-Agentin erzählte, die versehentlich in einen Waffenschmuggel hineingeraten waren.

»Also hat Tate am Ende die FBI-Agentin geheiratet?«, vergewisserte ich mich, als er seinen Bericht beendet hatte. Seit Jahren war ich nicht mehr nach Colorado zurückgekehrt, daher hatte ich keine Ahnung, was die Colters so machten. Zwar erwähnte Jett Marcus gelegentlich, doch außer diesen knappen Bemerkungen meines Bruders über die Colters schwebte ich im Dunkeln.

»Ja. Ich bin so froh, dass er Lara begegnet ist. Sie ist gut für ihn, doch ich habe es mir nie verziehen, dass sie durch meine Schuld beinahe den Tod gefunden hätten. Seitdem habe ich niemals mehr etwas getan, das irgendjemanden aus meiner Familie auch nur andeutungsweise in Gefahr hätte bringen können. Falls ich einen Auftrag nicht ausschließlich außer Landes ausführen kann, lasse ich mich nicht darauf ein. Ich hatte das Gefühl, es meiner Familie schuldig zu sein, sie wissen zu lassen, womit ich mich insgeheim beschäftige.«

»Machen sie sich keine Sorgen?«

»Ständig«, antwortete er missgestimmt. »Jedes Mal wenn ich abreise, ängstigt sich meine Mutter zu Tode, dass mich jemand umbringen könnte.«

»Kannst du ihr einen Vorwurf daraus machen? Sie liebt dich.«

»Tate war bei der Spezialeinheit. Das war weitaus gefährlicher als das, was ich tue.«

»Hätte ich von deiner und Jetts Missionen mit der PRO gewusst, hätte ich auch jedes Mal Angst gehabt, als ihr losgezogen seid«, gab ich ehrlich zu.

Mein Bruder hatte seine Mitgliedschaft bei der PRO bis zu der Mission geheim gehalten, während der er verletzt und die Gruppe aufgelöst worden war. Hätten wir gewusst, dass sie sich in gefährliche Gebiete begaben, um politische Gefangene zu befreien, wären Harper und ich krank vor Sorge gewesen, das wusste ich mit Sicherheit.

Jetzt ergab es für mich auch einen Sinn, dass Marcus die PRO hatte gründen können. Offensichtlich hatte er seine Fähigkeiten, verdeckte Operationen durchzuführen, bei seiner jahrelangen Spionagetätigkeit im Ausland erworben.

»Wir haben Leben gerettet«, stellte er fest. »Doch ich bezweifle, ob ich jemals aufhören werde, mich schuldig an Jetts Verletzungen zu fühlen. Er ist der Einzige, der sich wahrscheinlich niemals ganz erholen wird. Er wird seine Narben für immer zu tragen haben.«

Ich sah seinen angespannten Gesichtsausdruck und streckte die Hand aus, um die scharfen Linien in seinem Gesicht zu glätten. »Nicht! Du kannst an der Vergangenheit nichts mehr ändern. Es war ein Unfall. Er lebt. Niemand trägt die Schuld, Marcus. Ihr *habt* Leben gerettet und Jett hat mir versichert, dass er immer wieder genauso handeln würde.«

D. A. Scott

Er ergriff meine Hand und legte unsere miteinander verbundenen Hände auf seinen Oberschenkel. »Das hat er auch zu mir gesagt, mehrmals. Aber er hat alles verloren, was ihm etwas bedeutet hat.« »Er hat *Lisette* verloren und das war das Beste, das ihm passieren konnte. Sie hat ihn nicht geliebt. Er wäre am Ende unglücklich geworden.«

»Ja. Und außerdem steckt sie in Schwierigkeiten. Steuerhinterziehung oder so«, erwähnte er beiläufig.

Ich warf ihm einen neugierigen Blick zu. »Steuerhinterziehung? Woher weißt du das? Kennst du sie?«

»Nein. Ich bin ihr nie begegnet. Aber ich besitze Freunde bei der Steuerbehörde. Es scheint so, als ob sie ein bisschen nachlässig mit ihren Steuerzahlungen umgegangen wäre.«

»Du hast sie in Schwierigkeiten gebracht?«, fragte ich ungläubig.

»Keineswegs. Sie ist doch diejenige, die Steuern hinterzogen hat. Es muss hart für sie sein, jetzt, da ihr Jetts Vermögen nicht mehr zur Verfügung steht.«

Es amüsierte mich, dass Marcus diese Geschichte ansprechen konnte, ohne den Verdacht auf sich zu lenken. Wenn ich nicht gewusst hätte, dass er die Ermittlungen gegen Lisette veranlasst hatte, hätte ich seine Unschuld beschworen. »Du bist schlecht«, beschuldigte ich ihn, doch insgeheim war ich glücklich, dass die Frau, die meinen Bruder so herzlos im Stich gelassen hatte, nun bis zum Hals in Schwierigkeiten steckte. »Ehrlich, ich bin froh, dass sie nun in gewisser Weise dafür zahlen muss, was sie Jett angetan hat.«

»Oh, sie wird zahlen«, erwiderte Marcus lässig.

Allein die Tatsache, dass er versucht hatte, Jett zu rächen, war überwältigend. Niemals hatte ich diese Seite von Marcus kennengelernt. Wirklich, eigentlich hatte ich ihn überhaupt nicht wirklich gekannt. Zuweilen ärgerte mich seine Arroganz, doch bei seiner Tätigkeit als Spion im Ausland musste er ungewöhnlichen Mut besitzen. »Danke«, sagte ich leise.

»Jett ist mein Freund«, stellte er schlicht fest. »Und nun sollten wir aufhören, über mich zu reden, und wieder auf unser Problem mit Becker zu sprechen kommen.«

»Ich kann die Sache nicht abbrechen, Marcus. Es geht mir nicht nur um die Exklusivstory. Becker muss aus mehreren Gründen aufgehalten werden.« Menschen wie Ruby und alle, die Greg in Gefahr brachte, brauchten jemanden, der für sie kämpfte. Wenn ich helfen konnte, ihn hinter Gitter zu bringen, würde ich es tun.

»Wir haben ihn seit Langem auf dem Kieker. Aber ohne handfesten Beweis können wir nicht viel unternehmen. Er ist ein schlüpfriger Hurensohn«, grollte Max.

»Er ist paranoid«, stimmte ich zu. »Er schützt all seine Schlupfwinkel mit äußerster Vorsicht.«

»Wie lautet dein Plan?«, erkundigte er sich unglücklich.

»Am nächsten Freitag bekomme ich Zugang zu seinem Haus. Er will mich dort am Abend empfangen. Irgendwie muss ich in sein Heimbüro gelangen. Ich denke, dort wird er die Datensätze seiner außergeschäftlichen Transaktionen aufbewahren. Falls ich die Daten beschaffen kann, können sie ziemlich schnell nachverfolgt und bestätigt werden.«

Marcus nahm den Eisbeutel, der mir vom Gesicht gerutscht war, und hielt ihn mir behutsam wieder an die Wange. »Das ist doch Wahnsinn. Das weißt du, oder? Becker ist ein internationaler Krimineller, der niemals gezögert hat, jeden umzubringen, der sich ihm in den Weg stellt.«

»Ich weiß. Das habe ich auf die harte Tour gelernt.«

»Mein Gott! Das gefällt mir ganz und gar nicht, Dani! Es gefällt mir nicht, dass du dich mit ihm einlassen willst. Es gefällt mir nicht, dass du dich selbst in Gefahr bringst. Das Schwein hat dich bereits verletzt und ich kann ihn dafür noch nicht einmal umbringen. Allein die Tatsache, dass er dich überhaupt angerührt hat, treibt mich in den Wahnsinn«, schloss er mit einem Knurren.

Mein Herz hämmerte gegen meine Brust, der intensive Ausdruck auf Marcus' Gesicht erinnerte mich an unsere vorherige Begegnung. »Dann hilf mir!«, bat ich ihn, denn ich wusste, ich hatte seine Erfahrung bitter nötig. Allein war ich der Situation nicht gewachsen und ich war klug genug, es zu wissen. Ich wollte ihn zwar ungern in die Sache verwickeln, doch ich wusste, dass dies der einzige Weg war, der verhinderte, dass er meine Bemühungen nicht sabotierte.

»Ich werde mehr tun, als dir nur zu helfen. Ich werde dein Partner sein. Und falls du etwas unternimmst, dem ich nicht zustimme, bist du aus der Sache raus«, forderte er.

»Einverstanden«, murmelte ich, bereit, seine Bedingungen anzunehmen. Ohne Zweifel konnte er einen besseren Plan ausarbeiten als ich.

»Du solltest dich erholen, anstatt dich schon wieder in eine schlimme Situation zu begeben«, nörgelte er gereizt.

Ich schenkte ihm ein schwaches Lächeln. »Ich glaube, ich konnte noch niemals müßig sein.«

»Ich werde dafür sorgen, dass dir nichts passiert, und danach werde ich darauf bestehen, dass du dir eine Auszeit nimmst. Es ist noch nicht so lange her, Danica, dass du beinahe gestorben wärst. Du *musst* dir ein wenig Zeit nehmen, ob du es willst oder nicht. Du kannst etwas weitaus weniger Gefährliches finden, mit dem du dich beschäftigen kannst.«

Wenn ich nichts zu tun hatte, erinnerte mich das lediglich daran, wie sehr ich mich isoliert hatte. Vorher hatte ich so viel Zeit darauf verwandt, guten Storys hinterherzujagen, dass mir niemals wirklich in den Sinn gekommen war, wie einsam ich mich fühlte. Sicher, ich hatte meine großartigen Geschwister, doch sie waren alle mit ihrem eigenen Leben beschäftigt. »Eine Auszeit macht einen einsam«, entschlüpfte es mir, bevor ich mich aufhalten konnte.

Marcus' Arm schlang sich um meine Taille und zog mich an seinen äußerst kräftigen, warmen Körper. »Du bist nicht mehr allein, Dani«, versicherte er mir heiser.

Ich nahm seine Wärme in mich auf, sog sie in mich hinein wie ein Schwamm. Ehrlich, vielleicht hatten Marcus und ich uns in der Vergangenheit so oft gestritten, weil wir uns in mancher Hinsicht so ähnlich waren. Beide waren wir unabhängig und hatten unser ganzes Erwachsenenleben damit verbracht, allein die Welt zu bereisen. Keiner von uns beiden hatte je jemanden gehabt, an den er sich hätte anlehnen oder seine Gefühle mit ihm austauschen können.

Beide hatten wir unsere Emotionen unterdrückt und uns verhalten, als ob sie nicht so wichtig wären.

Jetzt aber konnte ich meine Gefühle nicht mehr ignorieren.

Ich lehnte meinen Kopf an seine Schulter und atmete seinen männlichen Duft ein. Und endlich fühlte ich mich *nicht* mehr wirklich allein. Zumindest für eine Weile.

Kapitel 11

Marcus

»Hey Mann, wie geht es meiner kleinen Schwester?«, begrüßte mich Jett Lawson, als ich ihm am nächsten Nachmittag die Tür meiner Eigentumswohnung öffnete.

Ich war überrascht, obwohl ich das eigentlich nicht hätte sein sollen. Nichts konnte Jett lange niederhalten. »Ich dachte, du müsstest dich einer Operation unterziehen«, erwiderte ich und klopfte ihm freundschaftlich auf den Rücken, als er mit einer Segeltuchtasche über der Schulter meine Wohnung betrat.

»Sie haben mich bereits gestern operiert. Keine große Sache«, wehrte er ab und ließ seine Tasche zu Boden fallen. »Wie würde es dir gefallen, einen Besucher zu beherbergen? Ich wollte sehen, ob ich Dani nicht ins Gewissen reden kann.«

»Du musst nicht erst fragen, wenn du bei mir bleiben willst. Du bist jederzeit herzlich eingeladen.« Ich war froh, ihn zu sehen, fühlte mich jedoch ein wenig schuldig, weil ich seine Schwester begehrte, was sich mit jedem weiteren Tag noch verstärkte.

»Danke. Also was ist mit Dani los?«

Ich ging ins Wohnzimmer hinüber, um uns einen Drink zu holen. Leicht hinkend folgte Jett mir. Es ging ihm recht gut, nur sein Bein machte ihm zu schaffen, wenn er sich überanstrengte, was beinahe stets der Fall war. Mein Freund verfügte über eine Zähigkeit, die mich ab und an beschämte. Ich wusste, dass er bei dem Unfall Verletzungen erlitten hatte, die nicht viele Menschen überlebt hätten, doch er hielt sich stets in einer optimalen Verfassung, was ihm wahrscheinlich das Leben gerettet hatte. Er war zwar stur, doch dieser Charakterzug leistete ihm jetzt gute Dienste.

»Es gibt eine Menge zu berichten, von dem du bis jetzt nichts weißt«, warnte ich ihn, als ich an meine Bar ging, um uns einen Drink einzuschenken.

Jett ließ sich auf die Couch fallen. »Schlechtes oder Gutes?«

Ich verzog das Gesicht. »Beides. Die gute Nachricht besteht darin, dass deine Schwester sich nicht in das Arschloch verliebt hat. Die schlechte Nachricht: Sie hat sich selbst in eine Lage manövriert, die äußerst vertrackt werden kann.«

Ich reichte ihm seinen Drink und ließ mich auf einem Stuhl neben dem Sofa nieder. Dann informierte ich ihn über die Sachlage bezüglich Becker und beantwortete anschließend seine diesbezüglichen Fragen.

Jett schüttelte missbilligend den Kopf. »Ich liebe meine Schwester, doch manchmal wünsche ich mir, sie hätte sich einen weniger abenteuerlichen Beruf ausgesucht, um sich ihren Lebensunterhalt zu verdienen.«

»Es geht ihr schon längst nicht mehr nur um die Story, Jett.«

»Mist! Das weiß ich doch«, erwiderte er frustriert. »Aber ich fühle mich so verdammt hilflos, denn ich habe keine Ahnung, wie ich ihr helfen kann.«

»Ich helfe ihr«, versicherte ich ihm. »Beim ersten Anzeichen von Gefahr hole ich sie dort raus.«

»Und sie war einverstanden?«, fragte Jett skeptisch nach.

Ich zuckte mit den Schultern. »Mehr oder weniger. Wahrscheinlich eher weniger als mehr. Aber sie ist aus der Sache raus, falls Becker sie auch nur schief ansieht.«

»Dass er sie geschlagen hat, weckt in mir den Wunsch, den Hurensohn kaltzumachen«, stöhnte Jett gereizt.

Ich wusste genau, was er empfand. Dani hatte so viel durchgemacht und bis gestern Abend hatte ich sie niemals wirklich zusammenbrechen sehen. Sie war so verdammt tapfer, doch ihr Mut machte mich außerordentlich nervös. Sie mochte zwar ein wenig misstrauischer geworden sein nach ihrer Entführung, doch ihr Sinn für Gerechtigkeit und Pflichterfüllung war noch genauso stark wie eh und je. »Wir können ihn nicht töten«, stellte ich schließlich bedrückt fest. »Wir müssen herausfinden, wer in seine krummen Geschäfte verwickelt ist.«

»Verfügst du über einen guten Computer? Ich könnte versuchen, ein bisschen herumzuschnüffeln«, erbot er sich. »Ich schätze, wenn wir den Hauptakteur außer Gefecht setzen, wird alles in sich zusammenbrechen. Doch es schadet nichts, ein bisschen nach Informationen zu suchen.«

Ich warf ihm einen wissenden Blick zu. »Du meinst ein bisschen *hacken?*«

»Zum Teufel, nein. Das wäre doch vollkommen illegal«, protestierte er heuchlerisch.

Ich grinste ihn an, da ich wusste, dass Jett kein Problem damit hatte, sich in ein System einzuhacken, wenn er entscheidende Informationen benötigte. Auf diese Weise hatte er viele unserer PRO-Missionen vorbereitet und er war der Beste darin. »In meinem Büro hier steht alles bereit. Du darfst gern nach Informationen suchen! Doch bevor du damit beginnst, muss ich dir etwas erzählen.«

Da ich Danica gegenüber bereits meine Karten offengelegt hatte, sah ich mich gezwungen, dies auch Jett gegenüber zu tun. Ich wollte sein Vertrauen in mich stärken, dass ich seiner Schwester helfen konnte, und ihm von meiner Agententätigkeit zu erzählen würde wahrscheinlich hilfreich sein. Himmel, Jett war wie ein Bruder für mich, ich würde es also quasi einem Familienmitglied erzählen. Ich hätte ihm mein Leben anvertraut, also konnte ich auch meine Geheimnisse mit ihm teilen.

Ich informierte ihn so knapp wie möglich über mein Doppelleben.

»Heiße Geschichte, Mann«, bemerkte Jett. »Du spielst also im Ausland James Bond.«

Ich warf ihm einen ärgerlichen Blick zu und verdrehte die Augen. »Du solltest doch am besten wissen, dass niemand sich so wie *James Bond* aufführt. Das gibt es nur im Film. Ein fiktiver Charakter. Ich bin mir ziemlich sicher, dass die meisten Agenten den Großteil des Tages hinter ihrem Schreibtisch sitzen und im Computer nach Informationen suchen.« Ich zögerte, bevor ich hinzufügte: »Vielleicht solltest du statt meiner Spezialagent sein. Ich glaube, dass sie deine Fähigkeiten eher benötigen als meine.«

»Spiel doch deine Arbeit nicht so herunter, Kumpel!«, erwiderte Jett ernst. »Es ist gefährlich und äußerst patriotisch von dir, deinen Hintern für die Sicherheit unseres Landes zu riskieren.«

»Nicht der Rede wert. Ich reise doch sowieso herum.«

»Aber du bist nicht *gezwungen*, Spionage zu betreiben. Das könnte dich das Leben kosten. Ich kenne nicht viele reiche Kerle, die das tun würden.«

»Du würdest es tun«, gab ich zurück.

Jett zuckte mit den Schultern. »Vielleicht. Wir sind beide verrückt nach Adrenalin. Vielleicht verbindet uns deshalb eine solch tiefe Freundschaft.«

»Genau wie deine Schwester«, beschwerte ich mich. »Sie ist genauso wahnsinnig wie wir. Nicht gerade ein hilfreicher Charakterzug für eine Frau, die bereits durch die Hölle gegangen ist.«

»Sie war schon immer so«, bemerkte Jett gedankenverloren. »Selbst als wir noch Kinder waren, war sie ziemlich furchtlos.«

Ich konnte Jett wohl schlecht erzählen, dass ich ihren Mut mittlerweile hasste. Dani machte mich halb wahnsinnig und ich musste meiner Irritation Herr werden. Jetts Schwester war tabu. Ich begehrte sie mehr als jemals eine andere Frau zuvor und gleichzeitig bewunderte ich sie. Auf keinen Fall wollte ich mit meinem besten Freund brechen, weil ich eine Liebschaft mit seiner kleinen Schwester hatte. Dani und ich konnten uns niemals mehr zugestehen als eine kurze Affäre. Ich war zu keiner Beziehung fähig und war es nie gewesen. Ich reiste zu viel und hatte einer Frau wenig mehr als mein Geld zu bieten.

»Mir gefällt die ganze Sache nicht«, gab ich zu. »Nichts davon. Becker ist ein Schwein. Deine Schwester könnte sich in einer Lage wiederfinden, mit der sie nicht zurechtkommt.«

»Mir gefällt das auch nicht«, gab Jett zu. »Ich würde sie auf der Stelle von hier wegbringen, wenn ich könnte, doch du weißt ja, wie stur sie sein kann, wenn sie sich erst einmal etwas in den Kopf gesetzt hat. Wir alle haben versucht, sie von ihrem gewählten Beruf abzubringen und besonders von ihrer Spezialisierung als Auslandskorrespondentin. Doch keiner von uns konnte ihre Meinung ändern. Sie hat ihren Job geliebt, Marcus. Dani gehört zu dem Typ Frau, der alles Schlechte in der Welt aufdecken und es an die Öffentlichkeit zerren will.«

»Meinst du, das wüsste ich nicht? Das treibt mich doch gerade in den Wahnsinn. Sie hegt zwar gute Absichten, begibt sich jedoch zu sehr in Gefahr.«

»Hey! Du klingst ernsthaft besorgt. Alles in Ordnung?«, erkundigte sich Jett.

Ich wusste, worauf er anspielte. Normalerweise war ich ein Arschloch und ziemlich frei von emotionalen Verwicklungen. Doch Dani hatte etwas an sich, das meine Beschützerinstinkte weckte. Ich hätte mir einreden können, der Grund für meine Gefühle läge in ihrem Erlebnis, in der Gewalt von Verrückten gewesen zu sein, doch um ehrlich zu sein, hatte ich schon *immer* diesen Drang verspürt, sie zu beschützen. Ich konnte ihn lediglich immer weniger ignorieren.

Irgendwie, auf krankhafte Weise, waren wir einander in die Falle gegangen. Ich verstand sie und merkwürdigerweise ging sie mir unter die Haut. Eine fremde Gewalt zwang uns zueinander und jedes Mal, wenn ich sie sah, stand ich dem Strom ungewohnter Gefühle hilflos gegenüber.

Doch ich musste meine emotionale Betroffenheit unterdrücken. Ich musste professionell denken, ihr auf jegliche mir mögliche Art helfen, und aufhören, mir solche Sorgen zu machen.

»Ja«, gab ich schließlich zur Antwort. »Alles in Ordnung.«

»Läuft etwas zwischen dir und Dani?«, erkundigte sich Jett misstrauisch.

»Nicht im Geringsten«, erwiderte ich leise.

Nichts außer einem gewissen Zwischenspiel, bei dem ich deine Schwester in einem öffentlichen Waschraum so erregt habe, dass ich ihren Orgasmus beobachten konnte.

Doch das würde ich Jett nicht verraten.

»Sie ist eine erstaunliche Frau«, forderte er mich heraus. »Es wäre nicht allzu überraschend, wenn du dich von ihr angezogen fühltest. Tatsächlich seid ihr beide euch recht ähnlich.«

»Ich fühle mich nicht von ihr angezogen«, leugnete ich. »Ich mag sie und außerdem ist sie deine Schwester. Ich möchte ihr helfen.«

Jett sah aus, als wollte er noch mehr sagen, doch dann ließ er das Thema fallen. »Wenn Becker wirklich so paranoid ist wie Dani sagt, dann bezweifle ich, dass sie die Dokumente, die du brauchst, aus seinem Haus schmuggeln kann.«

»Daran habe ich bereits gedacht«, informierte ich ihn. »Ich werde mir von meiner Abteilung eine Spezialausrüstung besorgen.«

»Spionagegeräte?«, lachte Jett.

»In der Tat, ja. Manchmal ist es von Vorteil, Agent zu sein. Uns steht eine Technologie zur Verfügung wie sonst nur wenigen Menschen.«

Jett leerte sein Glas und erhob sich. »Du bist dir bewusst, dass ich sie mir anschauen will?«

»Das war mir klar«, erwiderte ich.

»Ich werde jetzt deinen Computer ausprobieren. Mal sehen, was ich über Becker finden kann.«

»Mach nur nichts Illegales auf meinem Computer!«, warnte ich ihn, obwohl ich genau wusste, dass Jett zu gut in seinem Metier war, um aufzufliegen.

»Das kann ich nicht versprechen«, murmelte er. »Wenn das Leben meiner Schwester auf dem Spiel steht, tue ich, was getan werden muss. Ich mag zwar körperlich nicht mehr viel aufzuweisen haben, doch ich besitze andere Fähigkeiten.«

»Das ist mir bewusst«, versicherte ich ihm. Ich wusste, er war einer der Besten, was Computerspionage, Informationsfindung und alles andere im Netz oder im Darknet betraf.

»Hast du ans Abendessen gedacht? Pizza wäre nett. Ich verhungere.«

»Für gewöhnlich esse ich keine Pizza. Verdammt, ich habe niemals herausgefunden, wie du so viel Junkfood verschlingen kannst und trotzdem in Form bleibst.« Jett besaß seit jeher eine kräftige Konstitution und obwohl er verletzt war, wirkte er ziemlich muskulös.

»Ich trainiere«, verteidigte er sich. »Und ich ernähre mich nicht immer von Junkfood.«

»Nur in neunundneunzig Prozent der Fälle«, bemerkte ich sarkastisch.

Er grinste. »Dann gibst du also zu, dass ich mich gelegentlich gesund ernähre?«

»Kaum einmal.«

»Das musst du gerade sagen«, scherzte Jett. »Du nimmst deine Mahlzeiten meist im Vorbeigehen zu dir und ernährst dich von Proteingetränken. Abgesehen davon können wir beide im Moment ein paar Proteine *und* Kohlenhydrate recht gut gebrauchen.«

»Also gut. Ich werde Pizza bestellen«, lenkte ich ein.

Eigentlich *mochte* ich Pizza, Burger, Pommes Frites und all die anderen Dinge, die frühe Herzbeschwerden garantierten, recht gern, doch ich versuchte, sie zu meiden, und außerdem trainierte ich so oft wie möglich. Ich war in den Mittdreißigern und wurde nicht gerade jünger. Trotz all meiner Reisen und meiner Arbeit bei der CIA achtete ich darauf, meinen Körper in Bestform halten zu können.

»Ich will meine Pizza mit allem, was es gibt«, rief er mir zu, während er sich auf den Weg zu meinem Büro machte.

»So viel Fett wie möglich?«, fragte ich.

»Genau«, erwiderte er lachend, als er durch die Tür verschwand, die zu meinem ausgefeilten Computersystem führte.

Plötzlich erkannte ich, dass auch ich hungrig war, denn mein Magen begann zu knurren. Normalerweise schickte ich George los, um mir eine gesunde Mahlzeit zu besorgen. Stattdessen fand ich mich dabei wieder, einen Pizzaservice ausfindig zu machen und eine umfangreiche Bestellung aufzugeben.

Kapitel 12

Dani

»Wenn du das letzte Stückchen Pizza anrührst, bist du ein toter Mann«, drohte ich meinem Bruder Jett, fegte seine Hand aus dem Weg und schnappte mir das letzte Stück des großzügig belegten Gerichts.

Normalerweise gehörte es nicht zu meinen Gewohnheiten, mich selbst bei jemandem einzuladen, doch als ich gehört hatte, mein Bruder Jett halte sich in der Stadt auf, war ich zu Marcus' Wohnung gefahren. Glücklicherweise traf ich gerade dort ein, als die Pizza geliefert wurde.

Ich besaß ein unfehlbares Gespür, wenn es um Essen ging.

»Ich werde mich gewiss nicht mit dir darum schlagen«, bemerkte Marcus trocken.

Ich kaute genüsslich und schluckte einen mächtigen Bissen der fetten Pizza hinunter, bevor ich antwortete. »Du isst nicht gerade viel.«

»Er ist ein Snob, was Essen anbelangt«, informierte Jett mich. »Er mag kein Junkfood.«

»Ich habe nicht behauptet, es nicht zu mögen«, widersprach Marcus. »Es ist einfach nicht gesund.«

Wir saßen um den Tisch in Marcus' Eigentumswohnung herum. Natürlich hatte ich dafür gesorgt, dass ich der Pizza am nächsten saß. »Was *ist* schon noch gesund?«, wandte ich ein.

»Gewiss nicht eine Tonne Fett und ein Stück Pappe«, antwortete Marcus steif.

Ich konnte dem Mann nicht absprechen, dass er sich in bester Verfassung befand. Aber er lebte mir viel zu reglementiert. »Also keine Schokolade?«, erkundigte ich mich.

»Kaum einmal«, bestätigte er erwartungsgemäß.

»Und ich nehme an, dass du nichts anrührst, das von Straßenverkäufern stammt?«

»Niemals.«

Mein Gott, er musste wirklich etwas lockerer werden. Ja, wahrscheinlich verspeiste ich viel zu viel Fastfood oder Dinge, die ich im Vorbeigehen an einem Imbiss kaufte. Für gewöhnlich war ich zu ungeduldig, um mir etwas zu kochen. Und ständig unterwegs zu sein machte es schwierig, etwas anderes zu ergattern als Fertiggerichte.

»Und wie ernährst du dich auf Reisen?«

Marcus zuckte mit den Schultern. »Für gewöhnlich besorgt mir einer meiner Assistenten eine angemessene Mahlzeit.«

»Und wo sind diese Assistenten jetzt?«

Er warf mir einen ärgerlichen Blick zu. »Ich hatte keine Zeit, jemanden für Miami zu finden, und mein Aufenthalt hier ist rein persönlich. Ich musste eine Verrückte verfolgen. Und da es sich nicht um einen geschäftlichen Anlass handelte, bin ich allein hergekommen.«

Irgendwie gefiel es mir, dass Marcus etwas Spontanes und Außergewöhnliches gewagt hatte, weil er sich um mich gesorgt hatte, obwohl er mich gerade als *verrückt* bezeichnet hatte.

»Also weiß keiner von ihnen über deine Arbeit für die Regierung Bescheid?«, schaltete sich Jett ein.

»Außer euch beiden weiß außerhalb meiner Familie niemand etwas davon.«

»Wie kommst du damit zurecht?«, fragte Jett.

»Ich halte meine Angestellten aus meinem persönlichen Leben heraus.«

Ich verputzte den Rest meines Pizzastücks und spülte es mit dem gezuckerten Sodawasser hinunter, das mit der Pizza geliefert worden war. Normalerweise bevorzugte ich Diätgetränke. An irgendeiner Stelle muss eine Frau schließlich Kalorien einsparen und ich opferte lieber Getränke als Essen.

Ich hörte schweigend zu, als Marcus und Jett sich in ein Gespräch über die Sicherheit im Netz vertieften, eins von Jetts Lieblingsthemen. Ich bemerkte unweigerlich, wie verschlossen Marcus wirkte, obwohl ich wusste, wie nachdenklich er sein konnte, wenn er es wollte. Ich hatte ihn immer als arrogant empfunden, doch seine übertriebene Selbstsicherheit schien teilweise darauf zurückzuführen zu sein, dass er auf sich selbst gestellt war. Einen Großteil seiner Zeit verbrachte er mit Reisen, weshalb er meist mit sich selbst vorliebnehmen musste. Außerdem konnte er kaum über sein persönliches Engagement für die Sicherheit unseres Landes reden. Es musste hart sein, so wenig von seinem Leben mit anderen teilen zu können.

Ich wusste genau, wie er funktionierte, denn ich hatte so viel Zeit meines Lebens auf die gleiche Art verbracht. Ich hatte zwar nicht die Tatsache verbergen müssen, so etwas wie ein wandernder Spion zu sein, doch ich wusste, wie es war, alles tief in mir verschlossen zu halten. Abgesehen von meiner kurzen Affäre mit einem Korrespondenten, den ich eher als flüchtigen Freund und Bekannten bezeichnen konnte, war ich stets allein gewesen. Ich war lediglich zu beschäftigt und auf meine Arbeit konzentriert gewesen, um diese Gefühle wahrzunehmen. Oder vielleicht war ich auch nie jemandem begegnet, mit dem ich über meine Reisen hätte reden wollen, ausgenommen natürlich meine Geschwister, die jedoch ihr eigenes Leben führten und ihre eigenen Interessen verfolgten.

Mir war bewusst, dass der Letzte, von dem ich mich angezogen fühlen sollte, Marcus war, doch schien ich die knisternde Spannung zwischen uns und die Anziehungskraft, die ich spürte, wann auch immer ich bei ihm war, nicht abschütteln zu können.

Heute war er tatsächlich einmal lässig gekleidet, was ihm außerordentlich gut zu Gesicht stand. Seine Jeans brachte seinen knackigen Hintern so hervorragend zur Geltung, wie ich es nie zuvor gesehen hatte. Marcus war heiß, doch da war so viel mehr als nur seine äußerliche Erscheinung, was in mir das Verlangen weckte, so nahe an ihn heranzufliegen, bis ich mir durch seine Hitze die Flügel verbrannte.

Im Augenblick mag er sich noch hier aufhalten, doch schon bald wird er wieder weg sein. Er ist ein internationaler Geschäftsmann, der den Großteil seiner Zeit mit Reisen zubringt. Ich darf nicht einmal daran denken, mich mit ihm einzulassen.

Mein Körper drängte mich, *Ja* zu sagen, doch mein gesunder Menschenverstand schrie mir zu, mein Begehren zu ignorieren.

Nach wie vor versuchte ich herauszufinden, wer ich war, nach allem, was ich während meiner Entführung durchgemacht hatte. Marcus würde meinen neu gefundenen inneren Frieden garantiert ins Wanken bringen.

Vielleicht war ich nicht mehr dieselbe Frau, die ich noch ein Jahr zuvor gewesen war, doch mittlerweile kam ich damit zurecht. Das Leben beschert einem Herzschmerz und Veränderungen und ich hatte einen Lebensabschnitt erreicht, in dem ich mich auf die Suche nach etwas Neuem begeben musste.

Vorrang besaß im Moment meine Absicht, den Mann, der eine Gruppe von Terroristen finanzierte, hinter Gitter zu bringen, sodass die Rebellen niemandem mehr würden schaden können. Mein Sinn für Gerechtigkeit würde mir keine Ruhe mehr lassen, bevor ich dieses Ziel nicht erreicht hatte.

»Dani?«, sprach mich mein Bruder mit lauter Stimme an.

Wie aus weiter Ferne drang seine Stimme an mein Ohr und schreckte mich aus meinen Gedanken. »Ja?«

»Kannst du mich hören?«, erkundigte sich Jett besorgt. »Alles in Ordnung? Ich habe dich bereits zweimal gefragt, was für Motive Becker haben könnte, die Rebellen zu finanzieren.«

»Entschuldige«, erwiderte ich. »Ich habe an etwas anderes gedacht.«

Ich habe am helllichten Tag geträumt, mich an Marcus' wunderbar harten Körper zu klammern und ihn anzuflehen, meine Begierde zu stillen.

»Woran hast du gedacht?«, mischte sich Marcus ein.

»An nichts Besonderes«, versicherte ich eilig. »Also, was wollt ihr wissen?«

»Beckers Motive?«, wiederholte Jett. »Er hat niemals mit mir über seine illegalen Aktivitäten geredet«, informierte ich meinen Bruder. »Aber ich glaube, er leidet unter Wahnvorstellungen. Hinter allem steckt seine Gier nach Geld, aber auch nach Macht. Ich glaube, dass er sich einbildet, durch die Finanzierung der Rebellen Kontrolle über die Ressourcen der Region zu erhalten, falls sie das Gebiet in Besitz nehmen können. Nur das ergibt einen Sinn. Ich habe ihn aufmerksam genug beobachtet. Geld und Macht stellen die wichtigsten Dinge in seinem Leben dar.«

»Gewiss misst er den Frauen in seinem Leben keinen großen Wert bei«, brummte Marcus.

»Nein, gewiss nicht«, pflichtete ich ihm bei. »Für ihn sind sie nur eine weitere Sache, über die er die Kontrolle haben will. Etwas, das er benutzen kann, um seinen wahnwitzigen Zorn daran auszulassen. Ich bin für ihn kein *Mensch*, sondern ein *Besitzgegenstand*.«

»Verdammt! Ich hasse es, dich zu benutzen, um an die Informationen zu gelangen«, brach es aus Marcus hervor. »Es ist doch krank zu glauben, du würdest unverletzt davonkommen.«

»Vielleicht wird er mir wehtun. Doch die Sache ist mir das Risiko wert. Ich habe einiges an riskanter Ermittlungsarbeit hinter mir, Marcus.«

»Ich weiß. Ich habe dich in Aktion gesehen. Und es hat mich zu Tode geängstigt.«

»Mich auch«, fügte Jett hinzu.

»Ich bin eine erwachsene Frau«, wandte ich ein. »Und das seit Langem. Jahrelang war ich allein da draußen, um Storys hinterherzujagen.«

»Keiner von uns denkt daran, dir deinen Mut abzusprechen, Dani«, antwortete mein Bruder. »Zur Hölle, ich glaube fast, du hast so viel

Selbstvertrauen ausgestrahlt, dass keiner von uns auch nur verstanden hat, wie angreifbar du wirklich warst. Wäre uns das bewusst gewesen, hätten wir dich gewiss unter Personenschutz gestellt.«

»Den hätte ich mir vom Hals geschafft«, gab ich zurück. »Ich habe sogar meine Haare blond gefärbt und versucht, mein Aussehen zu verändern, weil mich niemand mit den milliardenschweren Lawsons in Verbindung bringen sollte. Nur wenige Leute wussten überhaupt, dass ich mit einer der vermögendsten Familien verwandt bin. Und dieses Image wollte ich aufrechterhalten.«

Genau wie Marcus erlaubte auch ich niemandem Einblick in mein Privatleben. Ich wollte, dass sich die Menschen auf die Probleme konzentrierten, die ich aufgedeckte, und die Geschichte, die ich zu erzählen hatte, und nicht auf meine Herkunft. Ich publizierte unter dem Pseudonym Dee Lawson und diesen Namen benutzte ich auch bei Livereportagen.

Zu Beginn meiner Karriere hatte ich meinen Sender darum gebeten, den Namen »D. Lawson« zu benutzen, woraus im Druck »Dee Lawson« wurde. Dieser Spitzname hatte mir für den Rest der Jahre als Reporterin angehangen, was die Wahrscheinlichkeit stark herabsetzte, meinen ungewöhnlichen Vornamen darin wiederzuerkennen und prompt mit den wohlhabenden Lawsons in Verbindung zu bringen.

»Also wusste niemand wirklich, wer du warst?«, fragte Marcus.

Ich schüttelte den Kopf. »Niemand kannte mich wirklich. Für die meisten Leute war ich einfach nur irgendeine unbequeme, amerikanische Reporterin. Sogar mein Team war nicht eingeweiht.«

Die einzigen Menschen, die meine wahre Identität kannten, gehörten zur Personalabteilung meines Senders, und meine Chefs wussten natürlich auch Bescheid. Für alle anderen war ich einfach nur Dee. Diese Freiheit war sehr wichtig für mich geworden, als ich die Karriereleiter innerhalb des Senders erklomm.

»Ich kannte dich, Danica«, bemerkte Marcus heiser.

»Ich weiß. Ich befürchtete ständig, du könntest mich verraten, doch das hast du nie getan.«

Wir hatten uns so gut es ging ignoriert oder uns Wortgefechte geliefert, wenn wir außer Hörweite anderer Leute gewesen waren. Ich hatte versucht, ihn so weit wie möglich von mir wegzustoßen.

»Du hättest dich mir anvertrauen können. Ich hätte dich niemals verraten«, bemerkte Marcus schroff.

»Das hast du ja sowieso nicht getan. Außerdem haben kaum miteinander gesprochen.«

Mein Bruder stand auf und kippte den Rest seines Sodawassers hinunter. »Ich verabschiede mich. Ich will möglichst viel Dreck zu Tage fördern, was Becker betrifft.«

Ich erhob mich ebenfalls. »Ich sollte jetzt gehen.«

Nachdem Jett den Raum verlassen hatte, fragte Marcus mich leise: »Warum musst du gehen? Hast du eine Verabredung?«

Ich wusste, dass er befürchtete, ich würde mich wieder mit Becker treffen. »Ich werde nicht mit Becker ausgehen, ohne es dir mitzuteilen.«

»Gibt es jemand anderen?«, erkundigte er sich, als er mir zur Tür folgte.

»Und wenn es so wäre?«, fragte ich gereizt zurück. »Was spielt es für eine Rolle, mit wem ich mich treffe, wenn es sich nicht um Becker handelt?«

Als ich die Tür öffnen wollte, legte er eine Hand darauf und hielt mich auf engem Raum gefangen, indem er seine andere Hand gegen die Wand legte. »Es spielt eine Rolle«, antwortete er schlicht.

Ich sah zu ihm auf, mein Körper zitterte vor Verlangen, als sich unsere Blicke in heißer Kampfeslust begegneten, die ich nicht verstand.

»So?«, fragte ich heiser flüsternd.

»Ja. Triff dich nicht mit jemand anderem, Danica!«

»Befürchtest du, Greg könnte es herausfinden?«

»Scheiß auf Becker! Es ist mir vollkommen egal, was er denkt. Ich will dich nicht mit einem anderen Mann sehen.«

Ich war mir nicht sicher, was er von mir wollte, doch seine Augen sprühten Feuer, während er unseren Blickkontakt hielt.

Sein männlicher Duft drang auf mich ein und mein Herz begann zu rasen. Schließlich brachte ich, zwar nicht von Angst getrieben, aber doch atemlos hervor:»Ich muss ... in den Waschsalon gehen.« Gewiss, eine lahme Ausrede für meinen so hastigen Abgang, als ob mein Hintern in Flammen stünde. Doch ich war verwirrt und konnte Marcus' Gegenwart nicht länger aushalten, ohne ihn nackt sehen zu wollen.

Als er sich meiner Worte bewusst wurde, begann er zu grinsen. »In diesem Fall habe ich noch ein paar schmutzige Hemden, die gewaschen werden müssen.«

Ich schenkte ihm ein falsches, sonniges Lächeln.»Dann bist du ja heute Abend ebenfalls beschäftigt«, erwiderte ich trocken.»Gute Nacht Marcus.«

Ich zerrte an der Tür und schließlich gab er mir den Weg frei. Bevor ich die Tür öffnen konnte, beugte er sich zu mir herab, sein warmer Atem strich über mein Ohr, sodass ich schaudernd stehen blieb.»Sobald du gegangen bist, werde ich eine Dusche nehmen und mich selbst befriedigen. Dabei werde ich an all die schmutzigen Sachen denken, die ich mit dir gern machen würde. Ich kann dich nicht ansehen, ohne hart zu werden. Das war schon immer so«, vertraute er mir mit einer Stimme an, die wie weicher Whiskey aus seiner Kehle perlte und mich wahnsinnig erregte.

»Danke, dass du mir das anvertraut hast«, erwiderte ich nervös. Ich wusste, dass ich mir alle Einzelheiten des Bildes vorstellen würde, das er mir gerade entworfen hatte, und es würde mich bestimmt die ganze Nacht wach halten.

Marcus ...

Nackt.

Nass.

Hart.

Marcus, der sich selbst streichelt, während er daran denkt, schmutzige Dinge mit mir anzustellen.

Und sich anspannt, wenn er endlich Erlösung findet.

Hitze strömte zwischen meine Schenkel.»Ich hasse dich dafür«, teilte ich ihm mit.

»Nein, tust du nicht«, gab er zurück. »Es macht dich an und das wissen wir beide.«

»Träum weiter!«, warf ich ihm stolz an den Kopf, zog am Türknauf und stürmte durch die geöffnete Tür, unfähig, noch weiter mit ihm mit Worten zu rangeln, wenn ich mir doch nichts sehnlichster wünschte, als ihm die Kleider vom Leib zu reißen und an ihm hochzuklettern wie an einem Baum.

Als ich zum Aufzug hastete, hörte ich ein Geräusch, das mir befremdlich vorkam.

Es dauerte einen Moment, bevor ich wusste, aus welcher Quelle es kam.

Es war Marcus Colters wollüstiges Lachen.

Kapitel 13

Dani

Während der restlichen Woche war ich äußerst beschäftigt. Marcus und Tate verlangten von mir, meine Kleider und übrigen Habseligkeiten in Marcus' Wohnung zu schaffen, nur für den Fall, dass ich erwischt werden und mich nach dem Treffen mit Gregory Becker verstecken musste.

Tatsächlich übernahm Marcus das Kommando und über einen Zeitraum von mehreren Tagen fand ich heraus, wie sorgfältig, vorsichtig und unangenehm penibel er sein konnte. Ich wusste, dass seine Bemühungen, alles bis ins Kleinste abzusichern, in seiner jahrelangen Tätigkeit für die CIA begründet lagen. Doch konnte man nicht behaupten, dass er seine Forderungen einfühlsam äußerte. Wenn er etwas »vorschlug«, sollte das heißen, ich sollte meinen Arsch bewegen und tun, was auch immer er verlangte. Obwohl es mich zermürbte, herumkommandiert zu werden, fügte ich mich dankbar und wunderte mich, warum ich nicht selbst an manches gedacht oder in meine Planung einbezogen hatte.

Wahrscheinlich weil ich niemals eine Spionin gewesen bin.
Ich war mir sicher, dass Marcus' Leben davon abhing, sorgfältig
vorzugehen und gewissenhaft zu planen.

»Bist du wirklich dazu bereit, Dani?«, fragte mich Jett nervös, als
ich Freitagabend in meiner Wohnung stand, bereit zum Aufbruch
und genauso gekleidet, wie es Greg gefiel.

Sobald die Dunkelheit eingetreten war, hatten sich Marcus und
mein Bruder in meine Wohnung geschlichen, jedoch nicht ohne sich
vorher zu vergewissern, dass ich nicht beobachtet wurde.

Jetts besorgter Tonfall schmerzte mich. Selbst wenn ich mich
nicht bereit gefühlt hätte, die Informationen aus Gregs Haus zu
beschaffen, hätte ich es vor Jett verborgen. Er hatte selbst bereits
so viel durchgemacht, dass er sich nicht auch noch um mich sorgen
sollte. Wenn ich auch nur das geringste Zögern zeigte, würden mein
Bruder und Marcus die ganze Operation abbrechen. »Mir geht es gut.
Ich bin davon überzeugt, dass Marcus an jede Eventualität gedacht
hat«, antwortete ich deshalb zuversichtlich, während ich an meinem
knappen, roten Rock zerrte, bis er mein Hinterteil komplett bedeckte.

»Nein, das ist mir sicher nicht gelungen«, widersprach Marcus
stoisch. »Niemand kann je alle Unwägbarkeiten voraussehen.
Doch wir haben Maßnahmen ergriffen, die dafür sorgen, dass du
sicher bist.«

Plötzlich klingelte mein Handy, das sich in meiner zierlichen
Unterarmtasche verbarg. Ich zog es hervor, besorgt, Becker könnte
unsere Verabredung absagen wollen.

Doch es war nicht Becker.

»Es ist Ruby«, erklärte ich Marcus. Dann wandte ich mich ab, um
den Anruf entgegenzunehmen, und begab mich auf den Weg in mein
Schlafzimmer, um zu verhindern, dass Ruby die beiden Männer in
meiner Wohnung wahrnahm.

»Hey Rubes«, meldete ich mich fröhlich.

Noch zu Beginn der Woche hatten wir miteinander gesprochen
und sie hatte versichert, alles wäre in Ordnung. Anschließend
hatte ich mit Marcus telefoniert, um ihn wissen zu lassen, dass

ich Ruby aus der schlimmen Lage befreien musste, in die sie sich hineinmanövriert hatte.

»Dani«, rief sie mit aufgelöster Stimme. »Es geschieht heute Abend. Die Auktion findet heute Abend statt. Die Leute, die sich um mich kümmern, haben gerade angerufen. Ich soll mich duschen und rasieren, überall.«

Mir zog sich das Herz zusammen. Ich hatte gehofft, heute Abend, gleich nach meinem letzten Treffen mit Becker, bei ihr vorbeifahren und sie aus ihrem Hotel holen zu können. Das war mein Plan gewesen. Sobald ich meine Aufgabe erledigt haben würde, die Informationen zu beschaffen, die Becker hinter Gitter bringen würden, gab es keinen Grund mehr für mich, Ruby *nicht* einzusammeln und sie an einen sicheren Ort zu bringen.

»Wo findet die Versteigerung statt?«, fragte ich atemlos.

»Ich denke, in einer Art Untergrundclub, gleich unten an der Straße, soweit ich ihren Gesprächen entnehmen konnte. Er heißt ›Dunkle Befriedigung‹. Ich habe die Leute darüber reden hören. Das ist alles, was ich weiß. Sie werden mich hier abholen und sich vergewissern, dass ich überall rasiert bin. Ich habe ihre Absicht durchschaut. Ich mag vielleicht noch Jungfrau sein, doch ich bin nicht dumm. Sie bedienen Perverse.«

Ich war mir mehr als sicher, dass dieser Club tatsächlich ungewöhnliche Vorlieben bediente, und Ruby wollten sie so jung wie möglich erscheinen lassen.

Mein Gott! Was um alles in der Welt soll ich nur tun? Ich drehte mich herum und schaute zu meinem Bruder und Marcus hinüber. Als ich mich daran erinnerte, wie viele Informationen Jett über Becker hatte beschaffen können, kam mir eine Idee. »Jett!«, rief ich drängend, während ich das Handy weit von meinem Mund entfernt hielt.

Mein Bruder unterbrach sein Gespräch mit Marcus. »Ja?«

»Ist dir zufällig irgendeine Information über einen Club ›Dunkle Befriedigung‹ in die Hände gefallen, als du recherchiert hast? Es handelt sich um ein Untergrundlokal.«

Er nickte. »Es besteht eine Verbindung zu Becker, allerdings auf verwinkelten Wegen. Der Club erscheint im Darknet.«

Die Verbindung Beckers zu diesem Club überraschte mich eigentlich nicht. Ich hatte immer angenommen, dass er etwas mit Rubys Zwangslage zu tun hatte. Ich hielt das Telefon wieder an meine Wange und instruierte Ruby: »Wehre dich gegen nichts, was sie von dir wollen. Wir haben den Club lokalisiert und ich schicke dir jemanden zu Hilfe. Bitte vertrau mir! Ich werde nicht zulassen, dass dir etwas Schlimmes widerfährt. Kannst du mir das glauben?«

Am anderen Ende der Verbindung blieb es still; Ruby schien zu überdenken, was ich gesagt hatte. »Im Moment bist du alles, was ich habe, Dani. Du bist meine einzige Hoffnung, falls sich mir keine andere Möglichkeit zur Flucht bietet.«

»Ich gebe dir nicht nur Hoffnung, Kleines«, versicherte ich ihr. »Ich schicke dir jemand Zuverlässiges. Aber fordere sie nicht heraus, dir wehzutun, indem du irgendetwas Dummes tust. Jemand wird dich sicher aus dem Versteigerungsraum herausbringen.«

»Okay«, erwiderte sie. Ihrer Stimme konnte ich anhören, dass sie bereits ein wenig mehr Vertrauen gefasst hatte.

Ich wusste, dass es ihr an Gründen mangelte, überhaupt jemandem zu glauben oder zu vertrauen. Und ich hatte keine Möglichkeit, ihr zu beweisen, dass nicht jeder sie ausnutzen oder ihr wehtun wollte. Ich konnte ihr lediglich zeigen, dass es Menschen gab, die es wert waren, ihnen zu trauen.

Nachdem ich das Gespräch beendet hatte, wandte ich mich an Jett. »Heute Abend brauche ich dich als Helden«, informierte ich ihn. »Bitte! Ich brauche deine Hilfe.«

Er runzelte die Stirn. »Ich bin stets bereit, dir zu helfen, aber ein Held bin ich nicht.«

»Heute Abend wirst du einer sein. Du musst dir in den Club ›Dunkle Befriedigung‹ Einlass verschaffen und einer Freundin helfen. Es ist nicht nur ein Sexclub. Sie betreiben Menschenhandel, Jett. Zumindest in Rubys Fall.« Ich war mir ziemlich sicher, dass es noch mehr Fälle gab, und diesem üblen Geschäft mussten wir ein endgültiges Ende setzen.

Schnell erklärte ich meinem Bruder und Marcus die Zusammenhänge; die Zeit eilte uns davon.

»Verdammt! Jetzt hasse ich dieses Schwein noch mehr als vorher«, fluchte Jett. »Ich bin dabei. Ich werde sie aus ihrer misslichen Lage befreien und dann übergeben wir den Fall Becker an die Behörden.« Besänftigend legte ich meine Hand auf den Arm meines Bruders. »Sie hat Angst, Jett.«

Ich hatte ihm zwar gerade Rubys Geschichte erzählt, doch ich wollte sicher sein, dass er verstand, dass sie ihm vielleicht nicht trauen würde.

Er nickte. »Ich bezweifle, dass sie sich von mir bedroht fühlt. Schließlich hinke ich und sie könnte mir leicht davonlaufen, wenn sie es wollte.«

Stürmisch umarmte ich ihn, äußerst dankbar, dass er ein solch großes Herz besaß. »Sei vorsichtig!«

Er erwiderte meine Umarmung. Dann sah er Marcus an. »Pass auf sie auf!«, ermahnte er seinen Freund.

»Mach dir darüber keine Sorgen«, beruhigte ihn Marcus.

Jett brauchte nur einen Moment, um sich vorzubereiten, dann war er auch schon zur Tür hinaus.

»Er wird seine Sache gut machen«, versicherte mir Marcus. »Er ist wahrscheinlich in jeder Hinsicht der klügste Kerl, mit dem ich je zusammengearbeitet habe.«

»Aber seine Verletzungen könnten ihn behindern«, widersprach ich.

»Weniger als du glaubst«, gab Marcus zurück. »Zwar hinkt er, aber er ist außerordentlich kräftig. Und manchmal ist es wichtiger, mehr im Kopf als in den Beinen zu haben. Du musst dich jetzt auf unser Vorhaben konzentrieren. Jett wird klarkommen.«

Ich nickte. »Ich bin bereit.«

»Noch nicht«, widersprach er und griff mit der Hand in seine Tasche, um eine Kette mit einem Anhänger hervorzuholen.

Ich widersetzte mich nicht, als er mir das Schmuckstück um den Hals legte und zuletzt meine Haare unter der goldenen Kette hervorzog.

»Was ist das?«, fragte ich unsicher und fummelte an dem steinernen Anhänger herum.

Marcus drehte die Gemme herum. »Da es sich bei Becker um ein paranoides Arschloch handelt, nimmt er dir sicher dein Handy ab, damit du keine Fotos machen kannst. Dies ist eine Minikamera.«

»Willst du mir weismachen, dass dieses kleine Ding fotografieren kann?« Der Anhänger war äußerst zierlich.

Er zeigte mir, wie man ihn öffnete, wo sich der Auslöser befand und wie man das Gerät benutzte. Dann schloss er ihn wieder. »Es macht sehr gute Aufnahmen, solange du dich gewissenhaft an meine Anweisungen hältst.«

»Wie ist das möglich?«, erkundigte ich mich neugierig.

»Ich könnte es dir erzählen, aber danach müsste ich dich töten«, scherzte er.

Ich schenkte ihm ein zittriges Lächeln. »Höchste Geheimhaltungsstufe?«

»Genau. Und für das hier gilt das Gleiche.« Mit diesen Worten zog er einen weiteren Gegenstand aus der Tasche.

»Was ist das?«

Er streifte mir ein Armband bestehend aus vielen kleinen Perlen aus Stein über das Handgelenk. Es war flach geformt und so unscheinbar wie der Anhänger. Ich nahm an, die Schlichtheit des Schmucks sollte vermeiden, die Aufmerksamkeit auf sich zu ziehen.

Sorgfältig richtete er die Perlen aus. »Du kannst sie vorsichtig berühren, aber drehe sie nicht herum!«

Vorsichtig fuhr ich mit dem Zeigefinger über die kalten, künstlichen Steine. »Eine von ihnen ist weich«, stellte ich fest.

Marcus erklärte mir hastig, wie der Pfeffersprayversprüher anzuwenden war. Der Mechanismus war recht einfach. Durch schnelles, kräftiges Drehen des weichen Steins wurde hoch konzentriertes Pfefferspray in die Augen eines Angreifers gespritzt, falls man gut zielte.

»Ziele gut und vergewissere dich, dass dir ein Fluchtweg offensteht!«, wies er mich an. »Falls du dich nicht schnell genug aus dem Staub machst, bekommst du am Ende selbst etwas davon ab. Benutze ihn nicht in einem geschlossenen kleinen Raum oder falls du keinen Fluchtmöglichkeit hast.«

Ich bestaunte die raffinierten Hilfsmittel, die Marcus zur Verfügung standen. »Verstanden«, bestätigte ich. »Was? Es gibt keinen passenden Ring?«

»Nein, stattdessen ein Paar Ohrringe«, erwiderte er lässig und zog ein Paar schwarzer Steine aus seiner anderen Tasche.

Ich trug ein Paar Ohrgehänge, die zu meiner weißen Bluse passten, doch er bedeutete mir, sie abzulegen, und ich beeilte mich, sie loszuwerden.

»Jetzt möchte ich doch gern wissen, was diese können?«, fragte ich neugierig, während er beide Haken durch meine Ohrlöcher zwängte.

»Wenn du auf die Innenseite von einem drückst, erhalte ich ein direktes Signal«, erklärte er. »Und davon solltest du am besten beim ersten Anzeichen von Schwierigkeiten Gebrauch machen«, knurrte er.

»Notrufknöpfe?«, fragte ich.

»Warte nicht, bis du in Not bist!«, wies er mich an. »Sobald du glaubst, dass er auf dich losgehen könnte, drück den verdammten Knopf! Ich klebe dir sowieso an den Fersen, trotzdem ich bin darauf angewiesen, dass du mir ein Signal gibst, falls es ein Problem gibt.«

So nett all diese kleinen Gerätschaften auch waren, was mich wirklich berührte war die Tatsache, dass Marcus Colter besorgt aussah.

»Hey«, sagte ich sanft. »Alles wird gut gehen.«

Sein bekümmerter Gesichtsausdruck verflüchtigte sich nicht, als er mir eine Hand um den Nacken legte. »Das sollte es auch. Geh keine Risiken ein, Danica! Versprich mir das!«

Ich blickte zu ihm auf und sah den Sturm in seinen grauen Augen. Mein Herz erbebte, als ich die Anspannung in seinem Gesicht wahrnahm. »Ich werde vorsichtig sein. Ich verspreche es.«

»Ich muss verrückt sein, dir bei diesem Vorhaben zu helfen«, grollte er.

»Ich bin es, die verrückt ist«, verbesserte ich ihn. »Du passt lediglich auf mich auf.«

»Das scheine ich ja gut zu können«, sagte er heiser und senkte seinen Kopf, um meine Lippen einzufangen.

Ich konnte nicht anders, als mich an seinen harten Körper zu schmiegen und mich ihm zu öffnen, als er Unterwerfung verlangte. Ich schlang ihm die Arme um den Hals, verlor mich für einen Augenblick in seiner Stärke und erlaubte mir, nur wahrzunehmen.

Sobald Marcus mich losließ, würde ich mich zu meinem Treffen mit Becker begeben. Doch für einen kurzen Moment musste ich mich beschützt fühlen und der Einzige, der mir das Gefühl vermitteln konnte, weniger allein zu sein, war der Mann, der mich so fest umschlungen hielt, als würde er mich niemals mehr gehen lassen.

Kapitel 14

Marcus

Es war die schlimmste Art von Folter, Dani dabei zuzusehen, wie sie in ihren Wagen stieg und davonfuhr.

Ja gut. Ich folgte ihr in einem gewöhnlichen Sedan, doch ich wusste, ich musste einen gewissen Abstand halten und das hasste ich. *Ich hätte sie von diesem ganzen Vorhaben abhalten müssen. Was zur Hölle dachte ich mir eigentlich?*

Während der letzten Tage hatte ich des Öfteren meinen Verstand in Frage gestellt. Für gewöhnlich nutzte ich jede Kontaktperson, wenn es um die Bedrohung der nationalen Sicherheit ging. Und Becker stellte definitiv eine solche Gefahr dar, da er die Rebellen mit enormen Summen unterstützte.

Aber *sie* war keine gewöhnliche Kontaktperson.

Und das, was ich empfand, weil ich sie so angreifbar machte, war schon krankhaft zu nennen.

Ich wollte nicht, dass sie Becker traf. Ich wollte noch nicht einmal, dass sie sich in derselben Stadt wie er aufhielt. Trotzdem brauchte ich sie, um mir dabei zu helfen, handfestes Beweismaterial zu beschaffen, das Becker endgültig zu Fall bringen würde.

Jett hatte unglaublichen Erfolg gehabt, als er im Darknet Beckers schmutzige Wäsche ausgegraben, doch nicht annähernd genügend Hinweise gefunden hatte, um sie den entsprechenden Abteilungen als Grundlage für Beckers Verhaftung vorzulegen. Zur Hölle, Becker betätigte sich auf so vielen Gebieten, dass es schwerfiel herauszufinden, *wer* in den Behörden für *was* in Regierungsbelangen zuständig war. Doch das sollte nicht meine Sorge sein.

Ich wollte Becker für so viele verschiedene Delikte hinter Gitter bringen, doch der Wunsch, unser Land vor ausländischen Regierungen oder Terroristen zu schützen, war am tiefsten in mir verwurzelt. Am liebsten wollte ich Becker für immer außer Gefecht setzen. Danach wollte ich die verfluchte Organisation, die Dani so viel Leid verursacht hatte, vollkommen zerschlagen, sodass sie keine Bedrohung für unseren Planeten mehr darstellte.

Alles in mir sträubte sich dagegen, Dani die Informationen beschaffen zu lassen. Ich hatte stets alle möglichen Methoden angewandt, jeden daran zu hindern, den USA auf irgendeine Weise Schaden zuzufügen. Trotzdem, als Mann fiel es mir schwer, Dani dabei zu beobachten, wie sie als eine Art Bauernopfer eingesetzt wurde.

»Ich werde sie schnell da rausholen«, murmelte ich in dem Versuch vor mich hin, mich selbst davon zu überzeugen, das Richtige zu tun.

Theoretisch gesehen war eine Person im Tausch gegen eine ganze Nation ein fairer Handel.

Doch im Moment sah ich die Sache mit etwas anderen Augen.

Falls Becker Dani in Aktion erwischte oder ihre Loyalität anzweifelte, würde er sie, ohne zu zögern, töten.

»Verdammt«, explodierte ich und schlug mit der Hand auf das Lenkrad. Allein der Gedanke tröstete mich, dass hinter mir verschiedenste Abteilungen der Regierung standen, obwohl ich *theoretisch* für die CIA nicht existierte.

Ich war kein Angestellter.

Es gab keine Akte über mich.

Die Informationen, die ich sammelte, wurden in eine Ermittlungsdatei eingegeben und der Bezug zu mir schnellstens gelöscht.

Genauso mochte ich es.

F. A. Scott

Wie dem auch sei, ich hatte genügend Anzugträgern in der Regierung geholfen, sodass ich immer noch eine Menge Leute um Hilfe bitten konnte, einschließlich des FBIs und einige meiner CIA-Gefährten, ebenfalls Agenten.

Ich sah, dass Dani in eine Auffahrt einbog, und blieb zurück, parkte in einiger Entfernung und schaltete die Scheinwerfer aus. Jetzt war nicht die Zeit, mich im Nachhinein anzuzweifeln. Ich musste einen klaren Kopf bewahren und wie ein Spion denken.

Ich hatte sie mit allen verfügbaren Hilfsmitteln ausgerüstet, die ich hatte beschaffen können, um sie zu schützen und ihr gleichzeitig zu helfen, unentdeckt zu bleiben. Also gut, ich brach in Schweiß aus, als ich sah, wie sie aus ihrem kompakten Wagen stieg, in einem so kurzen Rock, dass sie daran zerren musste, um ihre Pobacken zu verdecken. Ich kann nicht leugnen, dass mir der Anblick gefiel, doch gönnte ich keinem anderen Mann einen solchen Ausblick.

Wie Becker von ihr erwartete hatte sie viel zu viel Make-up aufgelegt. Trotzdem fand ich sie so hinreißend wie immer und heiße Begierde stieg in mir auf. Ich wollte sie ganz für mich allein haben.

Als sie in dem luxuriösen Haus verschwand, musste ich mir eingestehen, dass sie die tapferste Frau war, die mir je begegnet war. Sie hatte sich niemals vor dem Versuch gescheut, der Welt internationale Nachrichten zu überbringen. Und sie hatte sich von ihrer Gefangenschaft in den Händen von Männern, die sie auf alle erdenklichen Arten gequält hatten, nicht brechen lassen.

Nun hatte sie sich erneut in Gefahr begeben. Vielleicht war sie misstrauisch, doch trotzdem entschlossen.

Als ich ihr zum ersten Mal begegnet war, hatte ich mir nichts sehnlicher gewünscht, als sie gegen die Wand zu ficken. Doch jetzt begehrte ich sie auf einer viel höheren Ebene.

Mein! Sie gehört mir.

Ich musste all meine Willenskraft aufbieten, um nicht aus meinem Auto zu springen, sie zu suchen und sie von allem wegzubringen, was ihr eventuell Schaden zufügen konnte.

Das Problem bestand aber darin, dass sie die dickköpfigste Frau der Welt war.

Ich trommelte ungeduldig mit meinen Fingern auf das Lenkrad, als ich spürte, dass mein Handy in meiner Jeanstasche vibrierte. Ich hatte mich bequem gekleidet, sodass ich mich sowohl ungehindert bewegen konnte als auch so gewöhnlich wie möglich wirkte. Ohne das Haus aus den Augen zu lassen, zog ich mein Telefon aus der Tasche und meldete mich. »Colter.«

»Marcus? Ist alles in Ordnung?«, erkundigte sich Jett mit ernster, leiser Stimme.

»Gerade hier angekommen«, antwortete ich. »Sie ist drin. Ich halte das Haus unter Beobachtung.«

»Verdammt«, fluchte Jett. »Wie ich das hasse.«

»Und ich erst, Kumpel«, gab ich zu. »Wie läuft es bei dir?«

»Gut dass ich Milliarden scheffle«, spottete er. »Allein sich Zugang zu dem Club zu verschaffen ist erschöpfend und teuer. Aber ich bin drin. In Kürze beginnt die Auktion.«

»Was auch immer es dich kostet, ich zahle es dir zurück«, versprach ich ohne Vorbehalte. Ruby war schließlich Danis Freundin und wir mussten sie vor Schaden bewahren.

»Oh verflucht, nein. Wenn ich schon eine Jungfrau kaufe, bezahle ich auch dafür«, erwiderte er. »Ich tue das für meine Schwester. Und vielleicht auch ein bisschen für Ruby. Mein Gott! Sie hatte nicht gerade das leichteste Leben.«

Dani hatte mir und ihrem Bruder erzählt, wie Ruby ein Opfer des Menschenhandels hatte werden können. »Sie picken sich immer die Verletzlichsten heraus«, stellte ich zornig fest.

»Ja klar, so eine Scheiße«, bestätigte Jett. »Wie krank muss man sein, um so etwas zu tun?«

»So krank wie Becker und seine Kumpane«, knurrte ich.

»Sie verkaufen hier nicht nur Jungfrauen«, erwiderte Jett. »Hier laufen jede Menge krimineller Machenschaften ab und ich glaube kaum, dass die meisten der hier anwesenden Frauen freiwillig hier sind oder freiwillig hier arbeiten.«

»Das Lokal muss geschlossen werden«, erklärte ich. »Bring du erst mal Ruby unauffällig dort heraus und dann überlassen wir den Gesetzeshütern den Rest. Halte die Augen auf, um so viele Informationen wie möglich zu ergattern!«

»Ruby wird möglicherweise als Zeugin auftreten müssen«, bemerkte Jett bekümmert.

»Das wird sie. Hoffentlich ist sie so glücklich darüber, entkommen zu sein, dass sie eine Aussage macht.«

Jett zögerte, bevor er sagte: »Ich muss los. Pass auf meine Schwester auf!«

»Das habe ich doch immer«, erinnerte ich ihn.

»Das hast du wirklich«, bestätigte er anerkennend. »Wahrscheinlich mehr, als sie je bemerkt hat. Ich habe das Gefühl, dass du sie auf die eine oder andere Art stets im Auge behalten hast. Auch wenn es ihr nicht bewusst war.«

Ich wollte ihm seine Vermutung nicht bestätigen, obwohl er Recht hatte. »Vielleicht«, antwortete ich deshalb ausweichend.

»Weiß sie über deine Gefühle Bescheid?«, erkundigte sich Jett.

»Was?«, fragte ich unschuldig. »Sie ist wie eine Schwester für mich.«

Jett schnaufte. »Was für ein Schwachsinn, Kumpel! Doch damit kannst du dich später beschäftigen, wenn du noch nicht bereit bist, dich jetzt dazu zu bekennen. Sorge nur für ihre Sicherheit!«

»Das habe ich vor«, antwortete ich grimmig.

Wir redeten noch ein oder zwei Minuten miteinander und schmiedeten Pläne für später. Dann beendeten wir unser Gespräch, um uns auf unsere jeweiligen Ziele zu konzentrieren.

Jett würde Ruby in meine Wohnung bringen und wenn alles glatt lief, würde ich Danis Hintern in mein Privatflugzeug katapultieren, sobald sie Beckers Haus verlassen hätte. Ich hatte veranlasst, dass unsere Habseligkeiten zu meinem Flugzeug auf dem Flughafen gebracht wurden.

Falls die Hölle ausbrechen würde, wollte ich sie auf keinen Fall irgendwo in der Nähe wissen.

Kapitel 15

Dani

Ich müsste lügen zu behaupten, ich hätte nicht versucht, mir einzureden, keine Angst zu haben. Doch während ich mir Mühe gab, unter Beckers eingehender Musterung nicht zurückzuweichen, war ich mir des Wissens bewusst, dass Marcus draußen auf mein Signal wartete, falls ich in Schwierigkeiten geraten sollte.

Ich war entschlossen, diesen Mann, den ich seit Wochen verfolgte, nicht seiner gerechten Strafe entgehen zu lassen. Er hatte mein Land verraten und war in jeder Hinsicht der reinste Teufel.

Ich versuchte, meine Abscheu vor ihm zu verbergen, als er mir grob die Wange tätschelte. »Auf diesen Abend habe ich gewartet, Dani.«

Ganz gewiss hatte er das. Jedes Mal wenn ich ihn ansah, erinnerte ich mich nur zu gut an den Abend, als er mich grün und blau geschlagen hatte. Frauen bedeuteten ihm nicht mehr als Einwegmüll.

»Ich auch«, murmelte ich und sagte damit eigentlich sogar die Wahrheit. Ich hatte tatsächlich darauf gewartet, ihn auffliegen zu lassen.

Mit Dankbarkeit dachte ich an die Geräte, mit denen Marcus mich ausgestattet hatte. Becker hatte mir tatsächlich noch im selben Moment, in dem ich durch die Tür getreten war, meine Schlüssel und meine Handtasche abgenommen und sie irgendwo versteckt. Ich wusste zwar von seiner Paranoia, doch mit dieser schnellen Reaktion hatte ich nicht gerechnet.

»Ich möchte mich etwas frisch machen«, erklärte ich und erhob mich von meinem Platz neben ihm auf dem Sofa. Ich musste mich in seinem Haus umsehen und außerdem ekelte es mich an, dem Mann so nahe zu sein, der mich so heftig geschlagen hatte, dass die blauen und grünen Stellen in meinem Gesicht immer noch zu sehen waren.

»Beeil dich!«, verlangte er in säuerlichem Tonfall. Er stand auf und entledigte sich seiner Anzugjacke, während er hinzufügte: »Ich habe Pläne mit dir.«

Ich brachte ein schwaches Lächeln zustande, doch innerlich schauderte ich. Ich wollte nicht einmal wissen, wie seine Pläne für mich aussehen mochten.

»Bin gleich zurück«, erwiderte ich fröhlich.

Er deutete mit dem Kopf nach links. »Das Badezimmer befindet sich am Ende des Flurs. In den anderen Räumen hast du nichts zu suchen.«

»In Ordnung«, erwiderte ich sanftmütig, drehte mich herum und hastete den Korridor entlang.

Bemüht laut, sodass er es auf jeden Fall hören musste, schloss ich die Toilettentür. Dann lehnte ich mich mit dem Rücken dagegen.

Verdammt! Wie soll es mir gelingen, mich umzusehen, wenn er mich mit Adleraugen beobachtet?

»Ich schaffe es. Ich schaffe es«, flüsterte ich immer und immer wieder, als ob es mein Mantra wäre.

Es machte mir schwer zu schaffen, dass ich die üble brutale Seite Beckers bereits kennengelernt hatte, und deshalb fürchtete ich mich zu Tode. Den gleichen Ausdruck hatte ich auf den Gesichtern meiner Entführer gesehen, als sie mich so brutal gequält hatten.

Leblos.

Tot.

Gefühlskalt.

Wo es kein Gewissen gab, gab es auch kein Zögern zu verletzen, zu verstümmeln oder gar zu töten.

Entschlossen stieß ich mich von der Badezimmertür ab und warf einen Blick in den Spiegel. Meine weiße Bluse war beinahe durchsichtig, doch darunter trug ich einen weißen Sport-BH. Ich wirkte mit meinem leuchtend roten Lippenstift und mehreren Lagen Make-up wie eine Nutte auf Männerjagd. Doch der ängstliche Ausdruck in meinen Augen strafte mein Erscheinungsbild Lügen. Wie dem auch sei, ich hatte ja nicht vor, mich von Becker erniedrigen zu lassen, sondern spielte eine Rolle, um zu bekommen, was ich wollte.

Mit rasendem Herzen wandte ich dem Spiegel den Rücken zu. Ich meinte, auf meinem Weg zum Badezimmer so etwas Ähnliches wie ein Heimbüro gesehen zu haben. Ich konnte mir gut vorstellen, dass es hier im Erdgeschoss untergebracht war.

Das Haus war äußerst protzig eingerichtet, die Ausstattung üppig und mit Gold verziert, was mir sagte, dass Becker sich so fühlte, als ob er etwas beweisen müsste. Alles, was ich bis jetzt zu Gesicht bekommen hatte, wirkte überaus grell und übertrieben.

Ich betätigte die Spülung der Toilette, sodass es sich anhörte, als ob ich sie tatsächlich benutzt hätte, und außerdem wollte ich das Geräusch übertönen, als ich vorsichtig den Türknauf drehte und die Tür einen Spaltbreit öffnete, um hindurchschlüpfen zu können.

Aus dem Wohnzimmer drang kein Laut zu mir herüber, als ich durch die offene Tür schlich, die ich auf meinem Weg zum Badezimmer gesehen hatte. Der Mond tauchte den Raum in dämmriges Licht.

Ich hastete zum Schreibtisch und schaltete die kleine Tischlampe ein, während ich aufmerksam auf das Geräusch von sich eventuell nähernden Schritten im Flur lauschte.

Leise öffnete ich alle Schreibtischschubladen, um nach Papieren zu suchen.

Verdammt! Nichts!

Ich wollte bereits aufgeben, als ich ein Bücherregal neben dem Schreibtisch entdeckte. Mein Herz begann, wild zu klopfen, als mir ein großes Kassenbuch auffiel, das nicht so recht in die Reihe der Klassiker passen wollte.

Aufgeregt zog ich das große, unbetitelte Buch hervor, legte es auf den Schreibtisch und schlug es auf.

Treffer!

Das Buch beinhaltete Aufzeichnungen über finanzielle Transaktionen, Schwarzgeld, das über verschiedenste Strohfirmen und Überseekonten verbucht wurde, um das Einkommen seiner dunkleren Geschäfte zu verstecken. Ohne zu überlegen, begann ich, mit der kleinen Kamera meines Anhängers, die mir Marcus mitgegeben hatte, die Seiten zu fotografieren, um die Buchungen und Namen der Firmen zu dokumentieren.

Ich arbeitete so schnell wie möglich, um in der wenigen Zeit, die mir zur Verfügung stand, so viele Informationen zu ergattern, wie ich nur konnte. Die Summen und Datumsangaben waren weniger wichtig als die Daten der Firmen und Konten.

Erstaunlich, Becker hatte sich noch nicht einmal die Mühe gemacht zu verwischen, woher das Geld jeweils kam. In dem Kassenbuch waren die Einnahmen aus dem Menschenhandel ebenso aufgelistet wie die aus Prostitution und Drogenhandel.

Vielleicht ist er zu arrogant, um seine Spuren zu verwischen. Seine Geschäfte laufen offensichtlich bereits seit vielen Jahren. Und niemand hat bis jetzt tief genug gegraben, um die Herkunft der Gelder zu verfolgen.

Gerade hatte ich das große Buch an seinen Platz zurückgestellt, als ich Schritte näherkommen hörte.

»Was zum Teufel hast du hier zu suchen?«, schrie mich Becker wütend an.

Ich machte eine langsame Handbewegung. »Ich habe lediglich deine Büchersammlung bewundert. Du besitzt ein paar großartige Klassiker«, log ich, während meine Gedanken um das Problem kreisten, wie ich mich rechtfertigen konnte.

Verdammt! Beinahe hätte ich es geschafft zu verschwinden, bevor er mich erwischt hatte.

»Ich sagte doch, du solltest keinen anderen Raum außer des Badezimmers betreten«, sagte er mürrisch.

Ich schreckte zurück, als er neben mich trat, der Zorn in seiner Miene äußerst furchteinflößend.

»Was hast du getan? Miststück, spionierst du mich aus?«

»Natürlich nicht«, antwortete ich mit unschuldiger Miene. »Ich liebe Bücher.«

»Also bist du ganz zufällig hier hineingestolpert?«

»Ja.«

»Schwachsinn«, brach es aus ihm hervor. »Ich hasse Lügner. Und du sprichst gewiss nicht die Wahrheit.«

»Doch. Ich schwöre es«, gab ich flehend zur Antwort. »Warum sonst sollte ich hier sein?«

»Ich weiß es nicht. Erzähl du es mir!«, verlangte er.

Ich erschrak, als er in meine Haare griff und mir den Kopf in den Nacken bog. Gleichzeitig spürte ich kaltes Metall an meinem Gesicht. Aus dem Augenwinkel sah ich, was ich bereits wusste: Er hielt mir eine Waffe an die Schläfe.

»Sag es mir!«, brüllte er. »Was zum Teufel hast du gesucht?«

»Nichts. Ich bin hier hereingekommen, weil ich durch die offene Tür das Bücherregal sehen konnte.«

Ich schluckte heftig und versuchte, nicht an die Waffe zu denken, die auf meinen Kopf zielte.

Mich weiterhin an den Haaren zerrend und die Waffe auf meine Schläfe gerichtet stieß er mich vor sich. »Beweg dich!«, befahl er drohend und gab mir einen Stoß, um mich in Bewegung zu setzen.

»Wohin?«, fragte ich, während ich versuchte, mich nicht von meiner Angst überwältigen zu lassen.

»Wir werden eine kleine Autofahrt unternehmen. Ich traue dir nicht.«

Mit rasendem Herzen stolperte ich auf meinen hochhackigen Schuhen vor ihm her. Er zerrte so heftig an meinen Haaren, dass ich glaubte, er würde sie mir von der Kopfhaut reißen.

Marcus! Das Signal an Marcus.

Ich sah absolut keine Möglichkeit, mich aus Beckers tödlichem Griff zu befreien. Falls ich das Pfefferspray freisetzte, riskierte ich, von ihm erschossen zu werden.

Der einzige Ausweg, der mir blieb, bedeutete, Marcus in das Chaos zu verwickeln, das ich soeben verursacht hatte. Doch ich befürchtete, dass er verletzt oder gar getötet werden könnte. Außerdem hatte ich keine Möglichkeit, ihn zu warnen, dass Becker im Besitz einer Waffe war.

Ich zögerte, während Becker mich aus dem Haus brachte und zu seinem Wagen zerrte, der in der Auffahrt parkte. Fieberhaft überlegte ich, wie ich mich selbst aus dieser misslichen Lage befreien konnte, ohne dass Marcus Gefahr lief, verletzt zu werden.

Wie befohlen kletterte ich von der Fahrerseite auf den Beifahrersitz, während die Waffe stets auf mich gerichtet blieb.

»Du wirst für deinen Verrat bezahlen, Miststück. Niemand, der bei mir herumschnüffelt, bleibt am Leben, um ungestört alles auszuplaudern«, prahlte er und ließ sich auf dem Fahrersitz nieder.

»Greg, ich habe nicht herumgeschnüffelt. Ich wollte mir lediglich dein Büro ansehen«, versicherte ich in dem Versuch, mit einem Verrückten zu diskutieren.

»Ich hatte dir doch gesagt, was du tun solltest. Aber du musstest herumschnüffeln. Ich hatte dir gesagt, bleib den anderen Räumen fern. Du hast es dir selbst eingebrockt.«

Gütiger Gott! Er war tatsächlich so paranoid, dass man mit ihm nicht vernünftig reden konnte.

Schon drückte er auf den Startknopf, um den Motor anzumachen, und ich begann fieberhaft zu überlegen, ob ich den Notruf an Marcus absetzen sollte oder nicht.

Wahrscheinlich hatte er uns inzwischen bemerkt. Das Haus lag zwar geschützt, doch falls er sich auf der Straße aufhielt, wusste er vielleicht, was vor sich ging. Falls er Beckers Waffe bemerkt haben sollte, wäre er vielleicht auf der Hut.

Plötzlich schreckte ich aus meinen Gedanken, als die Lichter im Auto wieder angingen und Becker vorübergehend von einem Mann abgelenkt wurde, der neben der offenen Fahrertür stand. Die Waffe, die auf mich zielte, schwankte einen Moment lang und ich brauchte keine Sekunde, um die Ursache herauszufinden.

»Ich übernehme den Wagen, Arschloch. Steig aus oder ich blase dir den Kopf weg!«, knurrte Marcus gefährlich leise.

Wie Becker hatte auch Marcus eine Waffe in der Hand und zielte damit auf Beckers Kopf.

Ich beobachtete, wie Beckers Waffe im Zeitlupentempo, so erschien es mir jedenfalls, von meinem Kopf langsam auf Marcus umschwenkte.

Blitzschnell drehte ich den gewissen Stein an meinem Armband und traf mein Ziel punktgenau mit dem Pfefferspray. Während Becker aufheulte wie ein verwundetes Tier, versuchte ich, nach seiner Waffe zu greifen.

Doch Marcus bewegte sich schneller als ich, packte Becker am Hemd, zerrte ihn aus dem Wagen und schleuderte ihn zu Boden. Gleichzeitig hatte er sich Beckers Waffe geschnappt.

Bevor er Becker brüllend auf dem Boden zurückließ, vergewisserte er sich, dass sich die Wagenschlüssel im Auto befanden. Dann sprang er auf den Fahrersitz und wir rasten davon.

Ich fummelte an der elektrischen Fensteröffnung herum und ließ das Fenster auf meiner Seite so schnell wie möglich hinunter, da ich unter dem freigesetzten Pfefferspray litt.

Keuchend, nach Atem ringend und mit rasendem Herzen wurde mir bewusst, dass Marcus und ich entkommen waren.

»Was tust du? Wo fahren wir hin?«, fragte ich in Panik.

»Nicht weit«, erwiderte er in schneidendem Tonfall.

Einige Häuserblöcke von Beckers Haus entfernt hielten wir an. »Steigen wir aus?«

»Setz dich in meinen Sedan. Los!«, rief er drängend.

Ich stolperte aus dem luxuriösen Sportwagen und setzte mich in das Fahrzeug, das ich Marcus im Verlauf des Abends hatte fahren sehen. Kaum hatte ich die Tür geschlossen, als Marcus bereits aufs Gaspedal trat und sich in rasender Geschwindigkeit von dem zurückgelassenen Wagen entfernte.

Ich brachte kein Wort heraus. Ich zitterte immer noch am ganzen Körper und versuchte herauszufinden, was gerade geschehen war.

Marcus war aus dem Nichts aufgetaucht, obwohl ich sorgsam nach einem Zeichen von ihm Ausschau gehalten hatte, als Becker mich aus dem Haus herausgebracht hatte. Alles war so schnell abgelaufen. Mich hatte allein der Gedanke beschäftigt, dass Becker versuchte, Marcus zu erschießen. Das Pfefferspray hatte ich lediglich aus einer instinktiven Reaktion heraus freigesetzt.

Schließlich flüsterte ich heiser: »Du bist in Sicherheit. Wir beide sind in Sicherheit.«

»Ich hätte etwas Hilfe gebrauchen können, bevor du die Chemikalie eingesetzt hast«, warf mir Marcus vor. »Warum hast du mir kein Signal gegeben, als du in Schwierigkeiten geraten bist?«

Das war eine berechtigte Frage. Ich wusste jedoch nicht, was ich darauf antworten sollte.

Kapitel 16

Jett

Ich hatte selbst schon so einige verrückte, beschämende Sachen in meinem Leben angestellt, doch was gerade vor meinen Augen ablief, war wohl eines der abartigsten Dinge, die ich je zu sehen bekommen hatte.

Ich beobachtete, wie eine nackte Frau die Bühne verließ, nach ihrem Lächeln zu urteilen offensichtlich glücklich, welch hohen Preis ihr Körper eingebracht hatte. Augenscheinlich waren nicht alle anwesenden Frauen als Opfer anzusehen, doch ich bezweifelte, dass viele entweder einer Gehirnwäsche unterzogen oder genötigt worden waren.

Mein Gott!

Welche Frau würde sich verkaufen lassen wollen, als ob sie lediglich einen Geldwert besäße? Wahrscheinlich nicht sehr viele.

In der Vergangenheit hatte ich mir Schlimmes zuschulden kommen lassen, gewöhnlich jedoch, um Leben zu retten oder Menschen davor zu bewahren, verletzt zu werden. Auch hatte ich zur Genüge illegal im Netz gehackt. Im Verlauf meiner Arbeit mit Marcus für die PRO hatte ich sogar eine Waffe benutzt und sie auf Terroristen abgefeuert. Obwohl ich eigentlich als Techniker eingesetzt worden war, hatte sich doch jeder einzelne von uns im Umgang mit Waffen aller Gattungen üben müssen.

Doch niemals – nicht in meinen wildesten Träumen – hatte ich mir die Abscheulichkeiten vorstellen können, deren Zeuge ich heute Abend in diesem Club wurde.

Mein Körper versteifte sich, als ich gewahr wurde, dass das große Finale des Abends bevorstand, der Verkauf der Jungfrauen.

Ich hörte die Männer heiser tuscheln, als eine nackte Frau ins Scheinwerferlicht der Bühne trat. Und dann setzte mein Herz aus.

Die Frau wirkte jung, man hätte ihr wahrscheinlich kaum Alkohol ausgeschenkt – falls sie nicht noch jünger war. Ich zweifelte nicht daran, dass dies Ruby war. Obwohl ich bereits wusste, dass sie beinahe dreiundzwanzig Jahre zählte, sah sie aus, als käme sie gerade aus der High School. Ihr Körper war jugendlich gerundet und ihre Muschi offensichtlich rasiert, um sie jünger aussehen zu lassen, als sie eigentlich war.

Verflucht, selbst ihr Haar hatte man ihr auf kindliche Manier zu zwei seitlichen Pferdeschwänzen gebunden und komplett auf Make-up verzichtet – womit ich nicht sagen will, dass sie es nötig gehabt hätte.

Auf eine derbe Art war sie wunderschön. Doch es war ihr Gesichtsausdruck, der mein Herz dazu veranlasste, merkwürdige Dinge zu tun, die es noch niemals zuvor getan hatte.

Zwar trug sie den Kopf hoch, doch konnte ich die Angst in ihren Augen sehen. Ich hatte einen Tisch in der Nähe der Bühne ergattern können, daher konnte ich sehen, wie sie heftig schluckte, um den Mut aufzubringen, ihr Kinn in die Höhe zu recken.

Sie zitterte am ganzen Körper und versuchte, die Arme um ihren Leib zu schlingen, um es zu verbergen und um sich zu beruhigen. Als der Mann, der eine um ihre Taille gewickelte Kette in der Hand hielt, ihr die Hände vom Körper wegschlug, damit sie sich den Blicken nicht entziehen konnte, musste ich all meine Willenskraft aufbringen, um nicht auf die Bühne zu springen und den Hurensohn zu erwürgen.

Jetzt schallte die Stimme des Auktionators aus den Lautsprechern. »Sie ist einhundertprozentig eine Jungfrau und bereit zu allem, was Sie mit ihr vorhaben. Oder vielleicht ziehen Sie einen Kerker vor, in dem Sie sie langsam quälen können, bevor Sie sich nehmen, wofür Sie bezahlt haben. Eine Belohnung wie diese ist jeden Preis wert. Sie hat Angst und ich habe das Gefühl, dass sie einen guten Kampf liefern wird. Stellen Sie sich vor, wie Sie diese hier bestrafen, weil sie so ein ungezogenes Mädchen ist. Gentlemen ... lassen Sie mich Ihre Gebote hören!«

Mir drehte sich der Magen um. *Mein Gott!* Ich musste zugeben, ich hatte mich viel herumgetrieben und konnte genauso pervers sein wie der nächstbeste Kerl neben mir. Doch dies war einfach *zu* viel, um es mit ansehen zu können.

In den Augen der jungen Frau las ich Hoffnungslosigkeit, und ihren Schmerz und ihre Demütigung konnte ich beinahe spüren.

Ich versuchte, ihren Blick aufzufangen, doch sie starrte nach wie vor geradeaus, ihren Kopf hoch erhoben, als ob sie versuchte, ihren Stolz zu wahren.

Ich runzelte die Stirn, als ich genauer hinsah und bemerkte, dass sie sich auf die Unterlippe biss.

Wilde Beschützerinstinkte wallten in mir auf. Mein Verlangen, diese Frau vor weiterem Schmerz und weiterer Demütigung zu bewahren, war so stark, dass ich mich zwingen musste, sitzen zu bleiben.

Die Gebote waren geradezu lächerlich und die Versteigerung zog sich quälend langsam dahin, sodass ich mich kaum davon abhalten konnte, dem Ganzen ein Ende zu setzen und irgendeine Unsumme für sie zu bieten.

Bleib cool! Bleib ruhig!

Als ich meine Blicke durch den Raum schweifen ließ, sah ich mehrere alte Männer sabbern vor lauter Gier, Hand an die Frau zu legen, die auf der Bühne stand.

Zum Teufel, auch ich begehrte sie. Ich war auch kein Unschuldslamm. Doch im Moment verlangte es mich mehr danach, sie zu retten, als sie zu ficken.

Ich wollte keine verängstigte Frau.

Ich wollte eine Frau, die tatsächlich *mich* wollte, jetzt, da ich quasi als Ausschussware galt. Doch Lisette hatte mir bereits die Lektion erteilt, nicht mehr begehren zu wollen, als ich erwarten konnte.

Ich war entstellt und um nichts in der Welt würde ich eine Frau finden, die nicht vor meinen Narben zurückschreckte. Verdammt, manchmal brachten sie mich sogar dazu, vor den Verletzungen meines eigenen Körpers die Augen zu verschließen.

Ich signalisierte dem Auktionator – falls man ihn überhaupt so nennen konnte – mein Gebot anzunehmen.

Keinesfalls würde ich das Gebäude ohne Ruby verlassen.

Die Gebote erreichten sechsstellige Zahlen und die Männer begannen, sich einer nach dem anderen mit missgünstigen Blicken des Bietens zu enthalten. Die gebotene Summe berührte mich nicht im Geringsten. Ich hatte mehr Geld zur Verfügung, als ich in vielen Leben hätte ausgeben können. Es kümmerte mich nicht, ob sich die Gebote auf siebenstellige Zahlen oder mehr erhöhten.

Soeben hatte ich ein Gebot abgegeben, als ich unvermittelt den Kopf hob und auf Rubys Blick traf. Ihre konstant gequälte Miene erweckte in mir den Wunsch, sie von der Bühne zu holen, in etwas Warmes zu wickeln und mit zu mir nach Hause zu nehmen.

Ich wusste einiges über ihr Leben, Dinge, die Dani mir anvertraut hatte.

Sie war eine Frau, die niemals wirkliche Freundlichkeit kennengelernt hatte.

Sie war eine Frau, die normalerweise frierend, schutzlos und einsam auf der Straße lebte.

Sie hatte gehungert.

Und bei Gott, ich würde ihr zeigen, dass nicht *alle* Menschen schlecht waren.

Ruby verdiente ein weitaus besseres Leben, als die unerbittliche Hand des Schicksals ihr zugeteilt hatte.

Ich zwinkerte ihr verschwörerisch zu und schenkte ihr ein Grinsen. Ihre dunklen, gequälten Augen belohnten mich mit einem ersten Aufflackern von Gefühl.

Für einen kurzen Augenblick huschte ein Funke Hoffnung über ihr Gesicht, bevor er ebenso schnell wieder verschwand.

Dani hatte zwar Ruby nicht genau erklärt, auf welche Art sie ihr helfen wollte, doch ich hoffte, dass sie zumindest verstand, dass ich ihr nicht wehtun würde.

Endlich. Zum Ersten ...

Zum Zweiten ...

Verkauft – an den Gentleman in der ersten Reihe.

Ich stieß einen erleichterten Seufzer aus.

Ich würde Ruby mit zu mir nach Hause nehmen.

Kapitel 17

Dani

»**M**arcus, müssen wir uns wirklich so beeilen?«, erkundigte ich mich, während ich mir vor dem Start seines riesigen Flugzeugs den Sicherheitsgurt anlegte.

»Ja«, erwiderte er schlicht.

Nun gut, er war sauer auf mich, weil ich ihm kein Signal gegeben hatte, um ihn zu Hilfe zu holen. Vielleicht hätte ich ihm erklären sollen, dass ich Angst um ihn gehabt hatte, doch stattdessen hatte ich irgendeine dumme Entschuldigung erfunden.

Ihm hatte meine Erklärung keineswegs gefallen.

Daher hatte er beinahe fortwährend geschwiegen, während er uns wie ein Irrer zum Flughafen gefahren hatte.

Ehrlich, die Idee, das Auto zu entführen, war brillant. Unsere List war perfekt gelungen. Wir hatten Becker keinen Hinweis geboten, Marcus und mich in Verbindung zu bringen. Als wir am Flughafen eingetroffen waren, hatte ich die zierliche Kamera einem Regierungsbeamten übergeben, der sie sogleich zur Analyse gebracht hatte.

Falls sie bekommen konnten, was sie brauchten, wäre Becker tatsächlich erledigt. Falls Greg Marcus für einen einfachen Autodieb oder Strolch hielt, würde er sicher nicht damit rechnen, dass jemand hinter ihm her war. Höchstwahrscheinlich dachte er, der Kriminelle, der ihm das Auto mit der Frau darin gestohlen hatte, hätte kalte Füße bekommen, als er sie entdeckt hatte, und beide hätten sich davongemacht. Zumindest hoffte ich, dass er das glauben würde. Es würde den Gesetzeshütern Zeit geben, alles Nötige zu veranlassen, um das Schwein zu verhaften.

Ich wusste, wir steuerten Rocky Springs an. Ich hatte Marcus mit dem Piloten darüber reden hören. »Ich besitze noch nicht einmal eine Bleibe in Colorado«, informierte ich ihn.

»Du wirst bei mir wohnen«, erwiderte er in einem Tonfall, der keinen Widerspruch erlaubte.

»Habe ich bei dieser Entscheidung auch ein Wörtchen mitzureden?«

»Nein«, erwiderte er knapp.

»Und wirst du weiterhin sauer auf mich sein?«

Ich hätte ansprechen können, dass meine Schwester in Colorado lebte und dass ich bei ihr unterkommen könnte. Doch ich wusste, es war nicht der rechte Augenblick, um mit ihm zu diskutieren. Marcus war ... nun ja ... *er war eben Marcus*. Das bedeutete, er war außerordentlich herrisch, was unglaublich nerven konnte. Andererseits fiel es mir schwer, einem Mann zu zürnen, der mir des Öfteren den Hintern rettete.

»Höchstwahrscheinlich«, knurrte er.

»Ich wünschte, du wärest es *nicht*«, gab ich zu. »Du hast mir heute Abend das Leben gerettet.«

»Schon wieder«, sagte er schlecht gelaunt.

Zugegeben, er *hatte* mir bereits zweimal den Hintern gerettet. Und dafür war ich ihm dankbar. Doch ich wollte auf keinen Fall den langen Flug nach Colorado in dieser miesen Stimmung verbringen.

»Danke«, sagte ich daher und legte meine Hand auf seinen Arm.

»Bedanke dich nicht bei mir! Langsam beginne ich zu glauben, es sei meine Bestimmung, dafür zu sorgen, dass du am Leben bleibst.«

Die Tatsache, dass er sich genug um mich sorgte, um mich immer wieder zu retten, war eigentlich beschämend. Marcus war einer der reichsten Männer der Welt und hatte eine Menge auf dem Kasten. Er hätte sich nicht um mich kümmern müssen, doch er tat es. Das sagte eine Menge über sein Herz und die Freundlichkeit aus, die unter seiner sarkastischen, schroffen Schale verborgen war.

»Ich wollte vermeiden, dass Becker dich verwunden konnte«, platzte es aus mir heraus. »Ich hatte Angst um dich, weil er eine Waffe hatte. Ich wollte nicht, dass er dich unerwartet damit überraschte und du am Schluss meinetwegen noch verletzt oder getötet worden wärst.«

Marcus schwieg einen Augenblick, bevor er antwortete: »Falls ich mich jemals von jemandem hätte unerwartet angreifen lassen, wäre ich bereits tot. Um Himmels willen, Danica, ich habe natürlich gewusst, dass das Arschloch mehr als eine Waffe hat.«

»Ich konnte das Risiko nicht eingehen«, erklärte ich ihm und nahm meine Hand von seinem Arm.

»Das hättest du aber müssen«, widersprach er. »*Mein Gott!* Ich wäre niemals darüber hinweggekommen, wenn dir etwas zugestoßen wäre. Es hätte mich zerstört.«

Mein Herz schlug Purzelbäume, als ich erkannte, dass seine Wut auf mich von seiner Angst um meine Sicherheit zeugte.

Oh Marcus. Du bist ein besserer Mann, als dir bewusst ist.

Er mochte angsteinflößend erscheinen, doch der Kerl hatte ein gutes Herz.

»Ich war gewillt, das Risiko allein zu tragen«, erinnerte ich ihn.

Er wandte mir den Kopf zu und durchbohrte mich mit seinem stählernen Blick. »Ich war dagegen«, knurrte er. »Ich habe die ganze verdammte Idee von Anfang an gehasst. Hat er dir wehgetan?«

Langsam schüttelte ich den Kopf, wie hypnotisiert von den bewegten Gefühlen, die ich in seinen Augen lesen konnte. »Nein. Nicht wirklich.«

Jetzt konnte ich spüren, dass das Flugzeug die Flughöhe erreicht hatte, gleichzeitig erlosch die Anzeige für die Sicherheitsgurte.

»Ich muss die Toilette aufsuchen«, sagte ich, als sich alles in meinem Kopf zu drehen begann.

Ich nestelte am Sicherheitsgurt und stand unsicher auf.

Marcus stützte mich. »Alles in Ordnung?«

»Ja«, murmelte ich. »Gleich geht es mir wieder besser.«

Ich klammerte mich rechts und links an die Sitze, um das Gleichgewicht zu bewahren, während ich zum Badezimmer hastete. Ich ließ den Toilettendeckel hinunter und setzte mich darauf. Ich hatte die Toilette gerade noch rechtzeitig erreicht.

Meine Stirn war mit kaltem Schweiß bedeckt und mein Herz begann zu rasen, bis ich nach Atem ringen musste. In meinem Kopf summte ein lautes Geräusch und die Tränen flossen mir über die Wangen. Ich stützte meine Hand auf dem Waschtisch ab und wartete bereitwillig, dass das Gefühl der absoluten Hilflosigkeit verflog.

Doch es schien ewig anzudauern.

»Danica? Dani? Was zum Teufel ist denn los?«, hörte ich Marcus rufen. Wegen des Klingelns in meinen Ohren drang seine Stimme nur gedämpft zu mir.

Eine endlos lange Zeit schien ich gefangen in meiner eigenen schwindelerregenden, unbarmherzigen, atemraubenden Welt, bis ich langsam auf die Erde zurückzukehren begann.

»Dani!«, rief Marcus auf Antwort drängend.

Doch ich brachte kein Wort heraus. Nicht bis mein Körper wieder mir gehörte.

Ich legte meine zitternde Hand auf meinen Oberschenkel und beugte mich vor, um Luft zu bekommen. Ich glaubte, mich zu übergeben, doch ich wusste, dass es nicht so war.

Endlich klärte sich der Nebel und ich holte einige Male tief Luft.

»Ich mache eine Notlandung«, rief Marcus entschlossen. »Ich glaube, wir müssen dich in ein Krankenhaus bringen.«

Im selben Moment kehrte ich in meinen Körper zurück, sodass ich protestieren konnte. »Nein. Nicht!«

Er kniete vor mir und hielt einen kalten Lappen an meine schweißbedeckte Stirn. »Ich weiß nicht, was dir fehlt ⊠«

»Ich weiß es. Gib mir eine Minute«, bat ich. Ich begann, tief einzuatmen. Dann richtete ich mich auf und nahm ihm das Tuch aus der Hand, um mir mein verschwitztes Gesicht zu erfrischen. »Jetzt bekommst du wieder etwas Farbe. Mein Gott! Du warst so weiß wie ein Laken. Was ist geschehen?«

»Eine Panikattacke«, erklärte ich. »Solch einen ausgewachsenen Anfall habe ich seit Langem nicht mehr gehabt. Ich denke, die Geschehnisse heute Abend waren der Auslöser. Es wird mich nicht umbringen.«

Es war mir äußerst peinlich, vor seinen Augen zusammengebrochen zu sein. Ich hatte vergessen, dass das Badezimmer einen zweiten Zugang besaß, der durch das Schlafzimmer führte und den er offensichtlich benutzt hatte.

»Du leidest unter Panikattacken?«, fragte er sanft. »Seit dem Vorfall vor einem Jahr?«

Ich nickte. Inzwischen fühlte ich mich recht stabil, mein Herz hatte zu seinem normalen Rhythmus zurückgefunden. »Ich hatte mir eingebildet, das hinter mir zu haben. Damals, nachdem ich in die Staaten zurückgekehrt war, war es ziemlich schlimm. Mithilfe der Therapie habe ich mich Schritt für Schritt von dem posttraumatischen Syndrom und meinen Ängsten befreit. Doch jetzt glaube ich, dass ich doch noch nicht so weit bin. Entschuldige.«

Er nahm meine Hände in seine und tröstete mich. »Entschuldige dich nicht für etwas, das sich deiner Kontrolle entzieht. Falls das Einzige, unter dem du noch leidest, in gelegentlichen Panikattacken besteht, dann hast du gute Fortschritte gemacht. Warum kannst du dir nicht eine Pause gönnen?«

»Es hilft, beschäftigt zu sein«, sagte ich schwächlich.

»Du kannst dich mit etwas Sicherem beschäftigen«, erklärte er mit rasselnder Stimme. »Wie fühlst du dich jetzt?«

»Jetzt geht es mir wieder gut. Ich hasse es, die Anfälle nicht unter Kontrolle zu haben. Es fühlt sich so an, als ob ich nicht atmen könnte, mir wird schwindlig und ich komme mir von allem abgeschnitten vor. Außerdem rast mein Herz mit einer Geschwindigkeit von einer Million Stundenkilometern. Es ist peinlich und ich fühle mich so verdammt hilflos. Mein letztes Erlebnis dieser Art liegt Monate zurück. Ich habe gelernt, damit umzugehen, trotzdem, denke ich, wird es mich noch hin und wieder überfallen, besonders wenn ich gestresst bin.«

»Ich werde dir helfen. Sag mir, was du brauchst, und ich werde es dir beschaffen.«

Er klang so ernst, dass sich mein Herz zusammenzog. »Es ist vorbei. Es geht mir gut. Ich muss mich lediglich duschen und diese Kleider loswerden.«

Mit Sicherheit stank ich erbärmlich, nachdem ich so viel Schweiß produziert hatte.

»Was kann ich tun?« Er begann, einen meiner Füße von den lächerlich hohen Schuhen zu befreien.

»Du tust es bereits«, erwiderte ich lächelnd.

»Was?«

»Mir helfen, aus diesen Klamotten herauszukommen«, erwiderte ich.

Er warf die Schuhe beiseite, richtete sich auf und zog mich behutsam auf die Füße. »Ich bleibe bei dir, für den Fall, dass dir wieder schwindlig werden sollte.«

»Ich glaube nicht, dass es noch einmal passiert. Die Anfälle folgen nicht so dicht aufeinander. Trotzdem habe ich es gern, wenn du mir hilfst.« Mit zitternden Händen begann ich, meine Bluse aufzuknöpfen.

Marcus schob meine Hände beiseite und begann zufrieden, die Knöpfe zu öffnen. »Das werde ich machen.«

»Könntest du mit mir zusammen duschen, Marcus?« Ich litt nicht wirklich unter Folgeerscheinungen außer einer gewissen Müdigkeit. Nun, da ich den Stress abreagiert hatte, der sich in mir angestaut hatte, ging es mir relativ gut.

Während meiner Therapie hatte ich gelernt, dass Panikattacken mich nicht umbrachten, doch heute Abend wäre mein Leben beinahe von einem Verrückten ausgelöscht worden. Vielleicht war es dieser Wink des Schicksals, der mir gezeigt hatte, wie vergänglich das Leben sein konnte, der mich nach dem greifen ließ, was ich haben wollte.

»Warum? Du hast behauptet, es ginge dir wieder gut«, erinnerte er mich, während er mir die Bluse über die Schultern streifte.

»Weil ich es gern möchte«, gestand ich offen. »Du hast mich gefragt, ob ich etwas brauche. Das Einzige, was ich *wirklich* brauche, bist du.«

Kapitel 18

Marcus

I ch war mir nicht sicher, ob ich sie nackt sehen konnte, ohne sie ficken zu wollen.

Verdammt, ich konnte sie ja nicht einmal *angezogen* sehen, ohne mit ihr schlafen zu wollen.

Nachdem sie mich heute Abend zu Tode geängstigt hatte und dann gleich danach noch einmal, als sie Rotz und Wasser geschwitzt und nach Atem gerungen hatte, war mein Verlangen, tief in ihr zu sein, nur noch stärker geworden.

Ich hasste die Tatsache, dass sie immer noch unter Folgeerscheinungen ihrer Gefangenschaft litt, obwohl das nur zu verständlich war. Sie war so außerordentlich tapfer gewesen und ich wusste, dass diese jüngste Ermittlung sie tiefgreifend erschüttert haben musste.

Ich wollte dafür sorgen, dass sie sich sicher und beschützt fühlte. Und doch wollte ich außerdem sehen, wie sie für mich kam.

Sie bot sich mir an und ich fühlte mich unfähig zu widerstehen. *Aber ...* »Dani, ich werde jetzt keinen Vorteil aus der Situation ziehen. Wir haben einen wirklich stressigen Tag hinter uns. Unser Adrenalinspiegel ist immer noch sehr hoch.«

Ich beobachtete, wie sie sich aus ihrem Rock zwängte. »Mein Verlangen nach dir hat nichts mit Adrenalin zu tun, Marcus. Es ist einfach da. Es war stets da. Ich habe lediglich versucht, es zu ignorieren. Doch als ich heute Abend erkannt habe, dass ich innerhalb von Sekundenbruchteilen sterben könnte, habe ich eingesehen, dass ich in bestimmten Situationen auf meine Zurückhaltung verzichten sollte. Ich muss um das bitten, was ich brauche.«

Sie hatte Recht. Unsere gegenseitige Anziehungskraft, die vor Jahren bereits im Keim vorhanden gewesen war, während wir beide uns noch in Krisengebieten aufgehalten hatten, war *stets* präsent gewesen. Seit langer Zeit begehrte ich Dani, doch wir hatten uns beide entschlossen, unser Verlangen zu ignorieren. Verdammt, ich war an dem Punkt angelangt, an dem ich meine Begierde nicht mehr unter Kontrolle hatte, und ich war es verdammt leid, um Beherrschung zu kämpfen.

Sie war die Schwester meines besten Freundes. Dani sollte für mich tabu sein. Trotzdem konnte ich ihr in diesem Moment nicht widerstehen. »Ich möchte es nicht bereuen müssen«, sagte ich ehrlich.

Sie griff nach dem Taillenbund meiner Jeans. »Mit *dir* werde ich nichts bereuen.«

»Für keinen von uns beiden wird es bei einer Affäre bleiben«, warnte ich sie. »Wir bleiben zusammen und warten ab, was daraus wird. Wir werden keine getrennten Wege gehen, bevor wir nicht beide bereit dazu sind.«

»Abgemacht«, stimmte sie bereitwillig zu.

»Ein Zurück wird es nicht geben«, warnte ich.

»Das kümmert mich nicht«, murmelte sie, während sie die perfektesten Brüste entblößte, die ich je gesehen hatte, als sie sich den Sport-BH über den Kopf zog und ihn achtlos zu Boden warf.

»Dann soll es mir egal sein«, brummte ich und ließ meinen Blick über ihren strammen, kurvigen Körper gleiten, der nun beinahe vollkommen entblößt war, außer einem Paar schenkelhoher Strümpfe und einem winzigen Höschen. »Ich habe niemals behauptet, ein Heiliger zu sein, und in diesem Augenblick ganz gewiss nicht. Wenn du willst, gehöre ich dir.«

»Ich will dich«, erwiderte sie sogleich.

»Dann helfe Gott uns beiden«, sagte ich und zog sie in meine Arme, sodass ich sie zum Bett tragen konnte.

»Wahrscheinlich stinke ich«, bemerkte sie vorsichtig. »Ich war nassgeschwitzt.«

»Ganz im Gegenteil«, versicherte ich ihr. Für mich duftete sie so süß wie die Sünde selbst.

Schon verflüchtigte sich die Angst, die uns gehemmt hatte, und ich konnte an nichts anderes mehr denken als daran, wie richtig es sich anfühlte, ihren Körper an meinem zu spüren, Haut an Haut.

Behutsam legte ich sie aufs Bett. Ich durfte nicht zu schnell vorgehen.

»Warst du mit jemandem zusammen, seitdem dich diese Hurensöhne vergewaltigt haben?«

Ich war mir ziemlich sicher, wie die Antwort auf meine Frage lautete, trotzdem musste ich fragen. Falls ich der Erste wäre seit ihrem Vergewaltigungserlebnis, müssten wir langsam und vorsichtig vorgehen.

»Nein. Ich wollte niemand anderen. Davor war ich mit zwei Männern zusammen, aber seit meiner Entführung habe ich mit niemandem geschlafen. Du bist der Einzige, den ich begehre.«

Mist! Was zum Teufel sollte ich dazu sagen? Ich war froh, seit Langem der erste Mann zu sein, den sie begehrte, doch ich argwöhnte gleichzeitig, dass sie noch nicht bereit dazu war, mit jemandem zu schlafen.

Ich entledigte mich meiner Jeans und ließ sie auf den Boden fallen.

»Dani, bist du dir sicher, dass du dazu bereit bist?«

Mein Schwanz war ohnehin schon hart wie ein Stein, doch er versteifte sich noch mehr, als sie ihren Blick über meinen Körper wandern ließ, als ob sie mich verschlingen wollte.

»Ich bin mehr als bereit. Bitte Marcus!«, flehte sie in verletzlichem Tonfall.

Ich stieg zu ihr ins Bett und beugte mich über sie. In ihren Augen stand pures Verlangen. »Mein Gott! Wie schön du bist«, sagte ich heiser.

Ich erschauerte, als sie ihre Hände auf meine Brust legte und sie erst über meine Muskeln dort und dann über die meiner Oberarme gleiten ließ.

Für einen Augenblick bewegte ich mich nicht und gab mich ganz dem Gefühl hin, ihre Hände auf meiner Haut zu spüren. Solange hatte ich mich danach gesehnt, dass es mir jetzt beinahe unwirklich erschien. Schließlich senkte ich den Kopf, um sie zu küssen.

In dem Moment, in dem sie sich öffnete und auf mich reagierte, *wusste* ich, dass ich verloren war. Ich begehrte diese Frau seit so langer Zeit, dass sich mein Körper vor Anstrengung, mich zurückzuhalten, versteifte.

Ich nahm alles, was sie mir gab, und dann forderte ich mehr.

Schließlich hob ich den Kopf und vergrub mein Gesicht an ihrem Hals, ergötzte mich an ihrer zarten Haut, bis ich sie stöhnen hörte. Ich sehnte mich danach, ihren wunderschönen Körper zu erkunden und ihr ein lauteres Stöhnen zu entlocken.

»Marcus«, stieß sie atemlos hervor, als ich nach einer ihrer Brustwarzen schnappte, entschlossen, dafür zu sorgen, dass sie für jeden anderen Mann verdorben war.

Mein! Das Schicksal hat sie für mich bestimmt.

Ich lauschte auf ihre Reaktionen und beobachtete sie aufmerksam, da ich sie nicht in Panik versetzen wollte. Um jeden Preis wollte ich dieses Erlebnis in vollen Zügen genießen, doch mein Schwanz hatte es eilig.

»Das fühlt sich so gut an, Marcus«, sagte sie mit zitternder Stimme.

»Es wird noch viel besser«, erwiderte ich und richtete mich für einen Moment auf, um ihr den Stringtanga auszuziehen.

Sie unterstützte mich, indem sie ihren Hintern in die Höhe hob, und ich streifte ihr das winzige Stückchen Seide vom Körper.

Verdammt! Eine falsche Bewegung und ihre Pobacken hätten aus ihrem kurzen Rock hervorgelugt. Sie hätte sich nur einmal falsch vornüberbeugen müssen.

»Mit dem verbindet mich eine Hassliebe«, grollte ich und warf das Höschen aus dem Bett.

Ich hörte, dass sie ein Lachen unterdrückte, und war mir ziemlich sicher, dass sie genau wusste, was ich dachte. »Willst du, dass ich die Strümpfe ausziehe?«

Sie reichten ihr fast bis über die Oberschenkel und wurden von einem schwarzen Spitzengürtel gehalten.

»Nein«, entschied ich mich. »Lass sie da, wo sie sind!«

Ich streichelte mit meinen Händen über ihre Schenkel. Wie sehr ich dieses seidige Gefühl liebte! Doch es kam noch besser, als ich ihre satinweiche Haut erreichte.

Sie zuckte zwar zusammen, als ich mich zwischen ihren Schenkeln niederließ, wich jedoch nicht zurück. Mit rasendem Herzen erkundete ich die schmalen Streifen empfindlicher Haut oberhalb ihrer Strümpfe mit meinen Daumen. Dann tauchte ich mit einem Finger in ihre seidige Hitze, teilte ihre geschwollenen Falten und wurde von einer Feuchtigkeit willkommen geheißen, die mir den Atem verschlug.

Mein Gott! Sie begehrt mich wirklich.

Ihre Muschi war feucht und glitschig und mehr als bereit für meinen drängenden Schwanz. Doch ich ignorierte es. Ich wollte sie unbedingt schmecken und ihre Säfte verschlingen, bis sie gesättigt wäre.

Ich hörte sie wimmern, als ich mein Gesicht zwischen ihren Schenkeln vergrub und jeden Zentimeter ihrer süßen Muschi mit der flachen Zunge ableckte, wobei ich einen sanften Druck auf ihre Klitoris ausübte.

»Oh Gott! Marcus! Ja!«

Ihren verzweifelten Rufen folgte ein fester Griff in mein Haar, um mich zu drängen, sie vor Lust explodieren zu lassen.

Ich ließ mir Zeit und baute die Spannung in ihrem Körper nur langsam auf, indem ich mehr und mehr das kleine Nervenknötchen stimulierte, von dem ich wusste, dass es ihr einen Orgasmus bescheren würde.

Sie hob mir ihre Hüften entgegen, beseelt von dem einzigen Wunsch, ihr drängendes Verlangen zu stillen. Ihren Unterleib fest an meinen Mund gepresst bettelte sie stumm nach mehr.

Ich berauschte mich an ihren Säften und der erotischen Bewegung ihrer Hüften, die sich mir mit jedem Schlag meiner Zunge entgegendrängten.

Verzweifelt keuchte sie: »Bring mich zum Kommen, Marcus! Bitte, lass mich Kommen!«

Gern hätte ich es in die Länge gezogen, doch ich konnte die Anspannung in ihrer Stimme hören und wollte sie auf keinen Fall verwirren. Später stand uns noch genügend Zeit zur Verfügung für ausgedehnte, die Erlösung verzögernde Spielchen. Im Moment wollte ich ihr einfach alles geben, was sie wollte.

Also konzentrierte ich mich auf das kleine, pulsierende Knötchen und ließ meine Zunge fester darüber streichen, um Dani zu erlauben, ein bisschen höher zu fliegen.

Sie krallte sich noch fester in meine Haare, während mein Mund immer gröber vorging, wobei ich aufmerksam auf jeden ihrer Atemzüge lauschte.

Komm für mich, Dani! Mach schon! Lass los!

Mein Mund beschäftigte sich auch weiterhin mit ihrer Klitoris, doch zusätzlich drang ich jetzt mit meinen Fingern in ihre Muschi ein, wobei ich mit einem ihre Schamlippen spreizte und sie mit zwei weiteren fickte.

Sie krümmte sich unter meinem Mund und atmete schwer und schnell. Dann spannte sich ihr Körper an. Ein unterdrückter Schrei entwich ihren Lippen und ich spürte, wie die Innenwände ihres Tunnels sich um meine eindringenden Finger zusammenzogen.

»Ja! Ja! Ja!«, stieß sie unzusammenhängend hervor. Was sie noch gesagt haben mochte, konnte ich nicht heraushören. Doch ich konnte laut und deutlich vernehmen, dass sie ihren sich ankündigenden Orgasmus willkommen hieß.

Als ich mir vorstellte, ihre enge, glitschige Muschi würde meinen Schwanz umschließen, brach ich in Schweiß aus.

Ihre inneren Muskeln umklammerten jetzt noch heftiger meine Finger und sie begann, am ganzen Körper zu beben; sie ritt auf den Wellen ihres Orgasmus. Ihr Rücken drückte sich durch und ihre Finger klammerten sich mit tödlichem Griff in meine Haare.

Ich fing mit der Zunge die Säfte auf, die aus ihrer Muschi fluteten, und genoss jeden einzelnen Tropfen.

»Mein Gott, Marcus. Was zum Teufel war das?«, rief sie aus, als ihr Körper langsam wieder aus dem Strudel auftauchte.

Langsam schob ich mich an ihrem Körper hoch. »Ich glaube, das nennt man einen Orgasmus«, informierte ich sie.

»Ich *habe* bereits Orgasmen erlebt, wenn ich mich selbst befriedige. Das hier war aber ... anders.«

Ich versuchte, die Vorstellung, wie sie sich selbst befriedigte, nicht weiter zu verfolgen. Es war ein Bild, das sich mir jetzt wahrscheinlich unwiderruflich ins Gehirn gegraben hatte.

Ich ließ mich neben sie fallen, denn sie rang immer noch nach Atem. Dann hielt ich ihr einen meiner glitschigen Finger an die Lippen. »So schmeckst du«, raunte ich und sah zu, wie sich ihr Mund öffnete und sich dann um meine Finger schloss.

Mein Schwanz zuckte, scheinbar stellte er sich diesen sinnlichen Mund vor, wie er etwas anderes als meinen Zeigefinger in sich aufnahm.

Sie saugte ein wenig an meinem Finger, bevor sie ihn wieder freigab. »Wunderbar«, war ihr schlichter Kommentar.

Ich strich ihr das feuchte Haar aus dem Gesicht. »Ja, das bist du«, erwiderte ich, absichtlich ihre Worte missverstehend.

Sie reagierte so sensibel.

Sie war so bereit für mich.

So verdammt furchtlos.

Ich küsste sie auf die Stirn, als sie wieder zu Atem kam, und ließ mich auf den Rücken fallen. Ich begehrte sie mit jeder Faser meines Körpers, ich musste sie ficken und sie zu der Meinen machen.

Doch meine Beschützerinstinkte protestierten und sagten mir, ich hätte sie bereits so weit gebracht, wie ich es im Moment wagen konnte.

Kapitel 19

Dani

Ich hielt die Augen geschlossen. Mein Körper war so sensibilisiert, dass ich bei jedem Atemzug spüren konnte, wie die Luft in meine Lungen eingesogen und wieder ausgestoßen wurde.

Was Marcus mit mir angestellt hatte und die Gefühle, die er in mir ausgelöst hatte, hatten mich in höhere Sphären getragen. Ich hatte eine Welt reiner, sinnlicher Freude betreten, in der ich am liebsten für immer geblieben wäre.

»Das war ...« Verdammt, mir fehlten die Worte. Ich wollte Marcus meine Gefühle erklären, doch wie bedankt man sich für etwas, von dessen Existenz man nicht einmal etwas geahnt hatte? »Orgastisch«, beendete ich meinen Satz in heiserem Flüsterton, wohl wissend, dass dies mitnichten meine Gefühle ausdrückte, doch ich wusste nicht, wie ich sie besser hätte beschreiben können.

Ich hatte zwar zuvor ein wenig sexuelle Erfahrung sammeln können, doch nichts ließ sich mit *dieser* vergleichen. Die Intensität meiner Wollust hatte *beinahe* an Schmerz gegrenzt. Und die Tatsache, dass Marcus jeden einzelnen Moment genossen hatte, hatte meine Lust noch verstärkt.

Langsam erholte ich mich und bemerkte, dass Marcus flach auf dem Rücken lag.

Ich rollte mich auf die Seite und legte meinen Kopf auf ein Kissen. »Ist alles in Ordnung?«

Sein Arm verdeckte seine Augen. »Ja. Alles gut.« Er hörte sich indessen überhaupt nicht *gut* an, sondern eher bedrückt.

»Stimmt etwas nicht?«, erkundigte ich mich.

Er rollte sich auf die Seite, sodass wir uns gegenseitig ins Gesicht sehen konnten. Seine Finger fuhren durch meine Haare. »Es stimmt alles. Es war wunderbar, dich so zu sehen.«

Marcus sprach die Wahrheit. Ich konnte es in seinen Augen lesen.

»Worauf wartest du dann? Ich habe mich erholt und will nichts lieber als dich«, eröffnete ich ihm zaghaft.

Er stieß einen männlichen Seufzer aus. »Ich kann mich noch gut daran erinnern, wie verängstigt du warst, als ich dich damals nach deiner Rettung hier in meinem Flugzeug geküsst habe. Dani, diesen Ausdruck möchte ich nie mehr auf deinem Gesicht sehen.«

Ich stützte mich auf meinen Ellenbogen. »Warte! Du glaubst, ich hätte Angst?«

Er tat es mir gleich und stützte seinen Kopf in eine Hand. »Hast du das denn nicht? Du leidest immer noch unter Panikattacken, Dani, und du warst nicht mehr mit einem Mann zusammen, seitdem du von der ganzen Bande vergewaltigt worden bist.«

Mich ergriff eine Zärtlichkeit für diesen Mann an meiner Seite, die durch meinen Körper bis auf den Grund meines Herzens flutete. Er ängstigte sich um mich, befürchtete, dass ich nicht bereit wäre, wieder Sex zu haben. »Marcus, ich hätte dies nicht begonnen, wenn ich es nicht zu Ende führen wollte. Ich habe keine Angst vor dir«, erklärte ich ihm behutsam.

»Das solltest du aber«, knurrte er. »Die perverse Art, wie ich dich nehmen möchte, ängstigt mich zu Tode.«

Kurz entschlossen kniete ich mich neben ihn und fuhr mit der Hand über seinen muskulösen Bauch und weiter unter den elastischen Taillengummi seiner Boxershorts, um mir zu holen, was ich wahrhaft wollte. »Ich merke, dass du mich begehrst«, neckte ich ihn und strich mit meinen Fingern an seinem steinharten Schaft auf und nieder.

»Du lieber Himmel, Dani, hör auf damit, bevor du dich unter mir wiederfindest und dich meiner Gnade auslieferst«, stieß er zwischen zusammengebissenen Zähnen hervor.

Ich zerrte an seinen Boxershorts und zog sie ihm mit purer Willenskraft vom Körper, denn er half mir kein bisschen. Sein Körper versteifte sich, als ich mich mit gespreizten Beinen auf ihn setzte und mit meinen Händen durch sein Haar fuhr. Dann senkte ich mich auf ihn hinab und gab mich ganz dem Gefühl hin, ihn Haut an Haut zu spüren. Ich küsste ihn auf die Stirn, bevor ich meine Lippen an sein Ohr legte. »Fick mich, Marcus! Bevor ich noch verrückt werde. Ich *will* dich tief in mir haben. Ich will sehen, wie *du* kommst.«

Ich wusste, er kämpfte gegen sein Verlangen an, und ich war fest entschlossen, ihn verlieren zu lassen. Seine Besorgnis um mich rührte mich, doch sie war unnötig. Schließlich war ich keine zerbrechliche Blume und nie, niemals hatte ich Angst vor *ihm* gehabt. Mochte die Zeit auch noch nicht alle meine Wunden geheilt haben, so fürchtete ich doch weder Sex noch Marcus. Wirklich, alles, was ich wollte, war Sex *mit* Marcus.

Vielleicht, wenn es jemand anderes als Marcus gewesen wäre, hätte ich anders empfunden. Doch es war nun einmal *Marcus*, der Mann, den ich verzweifelt begehrte. Außerdem lag meine Rettung bereits ein Jahr zurück.

Ich wusste, was ich wollte.

Ich wusste, was ich brauchte.

Doch jetzt stand ich vor dem Problem, ihm begreiflich zu machen, dass ich keine Angst empfinden würde.

Auf keinen Fall durfte er mich wieder so zurücklassen, wie er es in jenem Toilettenraum getan hatte.

Ich seufzte, als seine heiße Haut meinen Körper wärmte, und schmiegte mich an ihn. Während ich hoffte, dass er meine Botschaft verstanden hatte, ließ ich meine Lippen über seine Wangen gleiten, bis ich seinen Mund erreichte.

Heftig küsste ich ihn, um ihn wissen zu lassen, dass ich nicht genug von ihm bekommen konnte. Als er endlich reagierte, ging mein Körper in Flammen auf. Seine Finger vergruben sich in meinem Haar und zogen mich näher an ihn heran. Dann eroberte er meinen Mund mit verzweifelter Begierde, die man beinahe mit Händen greifen konnte.

Als ich meinen Kopf hob, drohte ich ihm: »Falls du mich nicht fickst, werde ich mir *nehmen*, was ich haben will.«

»Dann tue es«, raunte er. »Ich habe keine Chance, dir zu widerstehen. Ich habe keine Ahnung, wie ich das so lange geschafft habe.«

Jetzt, da ich wusste, dass er mitspielen würde, konnte ich nicht länger warten. Ich glitt ein Stück zurück und positionierte mich so, dass ich ihn in mir aufnehmen konnte. Dann senkte ich mich auf seinen Schaft hinab. »Oh Gott, Marcus. Danach habe ich mich so lange gesehnt«, wimmerte ich, während sich meine Muskeln dehnten, um ihn zur Gänze in mir aufzunehmen.

»Mach weiter so, Baby! Nimm mich! Nimm mich ganz!«, verlangte er.

Lächelnd ließ ich mich voll auf ihn hinabsinken. Mein Körper schrie vor Glück, als ich endlich bekam, was ich brauchte.

Marcus' Hände schlossen sich fest um meine Hüften, als er sich mir entgegen hob.

Ich setzte mich aufrecht hin und stützte mich mit den Händen auf seine Schultern. Stöhnend spürte ich, wie er in mir noch weiter anschwoll.

»Halt dich nicht zurück!«, flehte ich ihn an, denn mir war bewusst, dass meine Begierde so stark war, dass »langsam und bedächtig« mich nicht befriedigen würde.

Er führte meine Hüften und ich passte mich seinem Rhythmus an. Auf meinem Gesicht bildeten sich Schweißperlen, als er mir mehr gab. Jedes Mal wenn er meine Hüften auf sich hinunterzog, trafen unsere Körper mit einem befriedigenden Klatschen aufeinander.

»Marcus«, wimmerte ich hilflos, mein Kopf fiel in den Nacken und mein Körper forderte die Erfüllung, die ihm versprochen worden war.

»Du bist so wunderschön«, brummte er. Seine Oberarmmuskeln boten ein prächtiges Schauspiel, wenn er in mich hineinstieß.

Härter und härter.

Immer und immer wieder.

Unsere Körper arbeiteten im Gleichklang, als ob sie dafür bestimmt wären.

Plötzlich wurde mein Unterleib von Hitze durchflutet, die nach außen drängte.

»Komm für mich, Dani! Ich kann mich nicht mehr lange zurückhalten«, stieß er hervor, während eine seiner Hände sich von meiner Hüfte löste und an die Stelle glitt, wo wir beide vereinigt waren.

Die erste unsanfte Berührung meiner Klitoris schickte mich in einem feurigen Strudel gen Himmel.

Die zweite schenkte mir den Höhepunkt. Der Orgasmus traf mich wie ein Hochgeschwindigkeitszug in voller Fahrt. »Marcus! Marcus!«

Ich konnte nichts tun, außer seinen Namen auszurufen, während ich unter der mächtigen Welle am ganzen Körper zitterte.

Ich fiel vornüber. Unsere schlüpfrigen Körper glitten ineinander. Marcus führte meine Hüften, sein Schwanz hämmerte mit einem solchen Verlangen in mich hinein, dass ich es sogar auf meinem Höhepunkt noch spüren konnte.

»Dani, Baby«, stöhnte er mit erotisch kehliger Stimme. »Fuck!«

Mein Tunnel zog sich fest um seinen zustoßenden Schaft zusammen und ich genoss den Ausdruck auf seinem Gesicht, als ich den Kopf senkte, um ihn zu küssen. Ich wusste, ich molk ihn bis zu seiner heißen Erlösung.

Sein Kuss war grob und fest, der leidenschaftliche Ausdruck unserer Gefühle; wir gaben uns einander vollkommen hin und fühlten uns, als ob wir in Rauch aufgingen.

Ich genoss sein tiefes, männliches Stöhnen, als er sich in mir ergoss. Auch ich wurde noch immer vom Höhepunkt meines Orgasmus geschüttelt, bis er langsam abzuebben begann.

»Gütiger Himmel!«, rief Marcus, schlang seine Arme um mich und barg mich sicher an seiner Brust.

Ich rang keuchend nach Atem und mein Herz raste so schnell, dass es beinahe unmöglich war, die einzelnen Schläge voneinander zu unterscheiden. Einer ging in den anderen über und ein tiefes Gefühl des Friedens überkam mich, wie ich es noch nie zuvor empfunden hatte. »Das habe ich schon so lange gebraucht«, flüsterte ich erstaunt. Vielleicht hatte ich versucht, ihn zu hassen.

Vielleicht hatte ich mich ständig daran erinnern müssen, dass ich ihn für ein Arschloch hielt, weil ich gedacht hatte, er hätte meine Schwester schlecht behandelt, damals vor einem Jahrzehnt. Vielleicht hatte ich mich schon immer von ihm angezogen gefühlt, es aber nicht bemerkt.

Doch wenn ich jetzt ehrlich zurückblickte, konnte ich mich an keinen Zeitpunkt erinnern, an dem ich Marcus *nicht* begehrt hätte, so sehr ich auch versucht hatte, es zu leugnen.

Er besaß eine wilde Natur und wahrscheinlich verkörperte er nicht das, was ich begehren *sollte*. Deshalb hatte ich wahrscheinlich meinem Verstand auch niemals erlaubt, über das Feuer nachzudenken, das zwischen uns beiden glühte.

Ich mochte es vielleicht unter Zorn und Groll begraben haben, doch was gerade zwischen uns geschehen war, hatte sich seit Langem angekündigt. Das Verlangen, das er in mir erwecken konnte, indem er sich mir lediglich näherte, war *immer* schon dagewesen.

»Ich weiß, Liebes«, antwortete er heiser und streichelte tröstend meine Haare. »Mir geht es genauso.«

Gewiss beruhte die Anziehungskraft auf Gegenseitigkeit. Unsere Vereinigung wäre nicht so explosiv gewesen, wenn es nicht so gewesen wäre, wenn wir nicht chemisch aufeinander reagiert hätten.

Mit Marcus Sex zu haben war wie mit dem Feuer zu spielen. Doch wenn ich bedachte, was gerade eben geschehen war, wollte ich das Risiko, zu verbrennen, gern auf mich nehmen.

»Ich habe kein Kondom benutzt, Dani«, stellte er reumütig fest.

»Ich war so überwältigt, dass ich nicht daran gedacht habe. Das ist mir noch niemals passiert.«

»Ich bin gesund«, versicherte ich ihm. Immerhin war ich von der ganzen Bande immer und immer wieder vergewaltigt worden.

Er hatte also allen Grund, sich Sorgen zu machen. »Außerdem nehme ich die Pille. Nach allem, was mir widerfahren ist, werde ich wahrscheinlich auf ewig an der Pille oder einem anderen Verhütungsmittel hängen bleiben.«

»Zum Teufel, darüber mache ich mir keine Sorgen«, sagte er schroff. »Aber du hast dich nicht bei mir erkundigt, ob ich gesund bin.«

»Das ist nicht nötig«, erklärte ich.

»Warum nicht?«

»Weil ich dich gut genug kenne, um zu wissen, dass du mich nicht ohne ein Kondom berührt hättest, wenn du nicht gesund wärst.«

»Ich bin kein Heiliger«, wehrte er ab. »Aber ich bin gesund. Vor heute hatte ich noch niemals Sex ohne Kondom und außerdem lasse ich mich regelmäßig untersuchen.«

»Also bin ich die Erste?«, neckte ich ihn.

»Und jetzt meine Einzige«, gab er zurück.

Mein Herz machte einen Sprung. Wie es mir gefallen würde, für eine Weile Marcus' Einzige zu sein! »Ich stinke«, stellte ich seufzend fest. »Doch ich weiß nicht, wie ich aufstehen und unter die Dusche gehen soll. Ich glaube, meine Beine sind zu schlaff.«

Mit einem Ruck setzte er sich auf die Bettkante und zog mich mit sich, einen Arm um meinen Körper geschlungen. Dann stand er auf und hob mich hoch. Schnell legte ich ihm meine Arme um den Hals.

»Was tust du?«, schrie ich lachend auf.

»Ich bringe meine schwächliche Frau in die Dusche«, antwortete er lässig.

Und wieder quietschte ich vor Lachen, als er mich höher auf seine Arme hob und sich auf den Weg zum Badezimmer machte.

Ich lachte, bis wir schließlich unter dem Wasserstrahl standen. Danach wandten wir uns wieder anderen vergnüglichen Beschäftigungen zu.

Kapitel 20

Dani

Als wir in Rocky Springs ankamen, blieb ich bei Marcus. Nicht etwa weil er es verlangte, sondern weil ich bei ihm bleiben *wollte*.

Irgendwann zwischen meiner Panikattacke und unserer Landung hatte ich begriffen, dass es keine Garantie für mein Glück gab, so sehr ich auch versuchte, mich zu isolieren. Ehrlich, wahrscheinlich hatte ich diese Wahrheit bereits während der Zeit meiner Gefangenschaft bei den Rebellen erkannt. Um in meinem Leben zu erreichen, was ich wollte, musste ich etwas riskieren.

Und falls ich nicht zumindest den Versuch unternahm, Marcus Teil meiner Zukunft werden zu lassen, würde ich lediglich an meinen Gefühlen hängen bleiben.

Ich hatte mich in ihn verliebt. *Vollkommen. Kompromisslos. Unwiderruflich.*

Und falls wir nicht für den Rest unseres Lebens zusammenbleiben konnten, würde ich zumindest jeden Augenblick mit ihm genießen.

»Ich muss zugeben, ich hatte damit gerechnet, einen endlosen Kampf mit dir ausfechten zu müssen, damit du bei mir bleibst«, stellte Marcus fest, während er begann, sich im Schlafzimmer seines Anwesens in Rocky Springs seiner Kleider zu entledigen.

Während unseres Fluges nach Colorado hatten wir kaum Schlaf bekommen und brauchten beide etwas Ruhe.

»Es ist beinahe drei Uhr morgens«, erinnerte ich ihn. »Und ich bin gerade in einer großmütigen Gemütsverfassung.«

Er grinste mich quer durch den Raum an. Ich war gerade in ein Nachthemd geschlüpft, das ich in meiner Reisetasche mitgebracht hatte. Er zog seine Kleider so hastig aus, dass man seine Bewegungen kaum verfolgen konnte.

Nach unserer Ankunft hatte er mich kurz durchs Haus geführt. Nach wie vor grinsend erkundigte er sich: »Und woran liegt das?«

»Weil ich bekommen habe, was ich wollte«, schnurrte ich und erwiderte sein Lächeln. »Das scheint mich milde zu stimmen.«

»Was für ein glückliches Zusammentreffen. Auch ich habe bekommen, was ich wollte, noch dazu musste ich dich nicht über die Schulter werfen, um dich hierbehalten zu können.«

»Ich *möchte* gern Zeit mit dir verbringen«, gestand ich. »Außerdem wollte ich Harper und Blake nicht überfallen. Sie sind noch nicht so lange verheiratet.«

»Dann kommt unser Arrangement ja uns beiden entgegen«, schmeichelte er und näherte sich mir so nackt, wie er auf die Welt gekommen war. »Weil ich auch mit dir zusammen sein will.«

Obwohl ich erschöpft war, konnte ich nicht umhin, seinen wunderbaren Körper und seine geschmeidigen Bewegungen zu bewundern. Er erinnerte mich an ein Raubtier, das sich an seine Beute anschleicht.

»Komm mit mir!«, verlangte er und streckte seine Hand aus.

»Darauf bin ich im Flugzeug auch hereingefallen«, antwortete ich neckend, legte jedoch meine Hand in seine.

»Besserwisserin«, erwiderte er, hörte sich aber eher amüsiert als gereizt an.

»Wohin gehen wir?«, fragte ich neugierig, während ich mich von ihm zu den hohen Glastüren führen ließ, von denen ich annahm, dass sie Zugang zu einem Innenhof gewährten, da sich sein Schlafzimmer im Erdgeschoss befand. Sein Haus war äußerst geräumig, ohne dass seine Ausmaße großspurig wirkten. Ich liebte die hohen Decken und die moderne Ausstattung, eine Eigenart, die zu Marcus' Persönlichkeit zu passen schien.

»Du wirst schon sehen«, erwiderte er geheimnisvoll und ließ die Türen aufschwingen. »Dafür habe ich mir schon eine Weile keine Zeit mehr genommen.«

Der große Innenhof war zwar von Mauern umschlossen, doch nach oben offen. »Das ist wunderschön«, bemerkte ich ehrfurchtsvoll. Die farbenprächtigen Gärten waren geschmackvoll angelegt und die Blumen hinreißend.

Als er schließlich innehielt, ließ ich meine Augen entzückt über die heißen Quellen vor mir gleiten.

Ich war in der Nähe von Rocky Springs aufgewachsen, daher wusste ich, dass die Colters die meisten heißen Quellen dieser Region zu ihrem Besitz zählten. Das Resort barg Becken in allen Größen, doch ich hätte wetten mögen, dass jeder einzelne der Colter-Geschwister sein Haus in der Nähe einer Quelle gebaut hatte. Verdammt, wenn mir solch ein Gelände gehören würde, hätte ich es auch so gemacht.

Ich konnte die Mineralien riechen, doch ihr Duft war angenehm und verlockend. Marcus hatte dem Becken sein natürliches Aussehen gelassen, es war umgeben von Felsen mit flachen Vorsprüngen, an denen ein Wasserfall hinunterplätscherte.

»Gehen wir hinein?«, fragte ich hoffnungsvoll.

»Ich dachte, du würdest dich vielleicht gern bei einem Bad entspannen«, antwortete Marcus, als ob es ihm gerade erst eingefallen wäre und er nicht der fürsorglichste Mann auf diesem Planeten wäre.

Er ließ sich zuerst ins Wasser gleiten und breitete dann die Arme aus, um mich aufzufangen. Ohne zu zögern, sprang ich.

»Oh Gott«, stöhnte ich, als das warme Wasser meinen Körper umspülte. »Das ist unbeschreiblich.«

»Es freut mich, dass es dir gefällt.«

T. A. Scott

Er setzte sich auf einen Felsvorsprung unter der Wasseroberfläche und zog mich zwischen seine Beine.

»Habe ich dir wirklich Angst eingejagt mit meiner Panikattacke?«, erkundigte ich mich neugierig. Weiß Gott, ich hatte versucht, wegzulaufen und den Anfall zu verbergen. Ich wusste, ich bot wahrscheinlich keinen vergnüglichen Anblick, wenn ich ausflippte.

»Ja«, war seine schlichte Antwort.

»Das ist mir seit Langem nicht mehr passiert«, erklärte ich, während ich in den Sternenhimmel blickte. »Ich hasse die Tatsache, dass ich niemals weiß, wann und wie es wieder geschehen wird.«

»Warum gestern Abend?«

Ich zuckte mit den Schultern. »Ich nehme an, es war der Stress, mit Becker klarkommen zu müssen. Und wenn du mich nicht beschimpft hättest, wäre es nicht passiert. Also mach das nie wieder.«

»Also gut. Mist!«, knurrte er.

Ich wusste, dass er mir unbedingt hatte sagen *müssen*, dass er die Sache anders angegangen wäre.

»Marcus, diese Sache musste ich durchziehen. Monatelang ist mir Beckers Name im Kopf umhergeschwirrt. Als ich mich endlich daran erinnerte, dass die Terroristen ihn als ihre Finanzierungsquelle erwähnt hatten, wusste ich, dass ich ihn um jeden Preis stoppen musste.«

Sein Arm schlang sich fester um meine Taille. »Warum? Du hättest die Information einfach an die Behörden weitergeben können.«

»Und dann?«, fragte ich. »Ich konnte nichts beweisen. Du sagtest mir doch, er habe seine schmutzigen Geschäfte seit Langem erfolgreich betreiben können, ohne verhaftet zu werden. Ich habe es als mein persönliches Anliegen betrachtet. Zu viele Menschen wurden bereits verletzt oder gar getötet, weil er die Rebellen finanziert und einer Art Wahnidee verfallen ist, sein eigenes Territorium auf der anderen Seite der Welt beherrschen zu können.«

»Ich verstehe«, lenkte er schließlich ein. »Es gefällt mir zwar nicht, aber ich verstehe dich.«

Jetzt lenkte ich das Gespräch wieder auf unser ursprüngliches Thema. »Ich lasse mich therapeutisch behandeln, und zwar seit meiner Entführung. Niemals verpasse ich eine Therapiestunde, weil ich mich wieder normal fühlen will. Falls nötig nehme ich den Termin mit meiner Therapeutin über einen Video-Chat wahr. Ich habe bereits eine Menge gelöst, doch in mancher Hinsicht werde ich immer anders sein, als ich es vorher war. Ich dachte, ich hätte meine Panikattacken überwunden. Vielleicht stimmt das sogar und der Anfall gestern Abend war lediglich ein Rückschlag.«

»Könntest du für eine Weile kürzertreten?«

Ich lächelte in die Dunkelheit. »Vielleicht.«

»Was hat sich noch verändert?«, erkundigte er sich.

Ich seufzte. »Alles und nichts. Ich bin immer noch derselbe Mensch, doch ich fühle mich, als würde ich das *Leben* mit anderen Augen betrachten. Ich weiß jetzt, wie schnell es enden kann, und will nichts und niemanden mehr als selbstverständlich hinnehmen.«

»Ich will, dass du in Sicherheit bleibst«, sagte er heiser. »Mein Herz kann im Moment keines deiner Abenteuer mehr verkraften.«

Es erstaunte mich, dass ein Mann wie Marcus über seine Verletzlichkeit sprechen konnte. »Eines Tages möchte ich gern in den Mittleren Osten zurückkehren, nur um mir selbst zu beweisen, dass ich es schaffe. Ich möchte die Gewissheit haben, dass mein Mut größer ist als meine Angst.«

»Das ist er«, knurrte Marcus. »Glaub mir, das ist er.«

»Ich habe mich früher niemals vor etwas gefürchtet«, bemerkte ich mit einem Hauch Wehmut, die der Frau galt, die ich einst gewesen war. »Und jetzt muss ich darum kämpfen, meine Angst loszuwerden.«

»Du bist die tapferste Frau, die ich kenne«, widersprach Marcus. »Kennst du den Sinnspruch, der ungefähr folgendermaßen lautet: *Ich habe gelernt, dass Mut nicht gleichzusetzen ist mit der Abwesenheit von Angst, sondern dem Sieg über dieselbe.*«

»*Der Tapfere ist nicht der, der keine Furcht empfindet, sondern der, der sie besiegt*«, führte ich den Spruch zu Ende. »Ich glaube, Nelson Mandela hat diese Version einer überaus wichtigen Weisheit geprägt. Doch manchmal bin ich mir nicht sicher, ob ich tatsächlich den Sieg davongetragen habe.«

»Du *besiegst* deine Angst, Dani. Du *hast* erfolgreich dein Leben wieder aufgenommen, trotz allem, was passiert ist. Hab Geduld mit dir selbst!«, ermunterte mich Marcus mit heiserer Stimme.

»Ich versuche es«, antwortete ich. »Das tue ich wirklich.«

»Es ist vollkommen in Ordnung, nicht perfekt zu sein«, stellte er fest. »Ich habe kompetente Geschäftsleute kennengelernt, die an ihrer Geiselnahme zerbrochen sind. Verdammt, sie wollten noch nicht einmal mehr das Haus verlassen.«

»Ich würde verrückt werden«, gab ich zu. »Doch ich würde wirklich gern mein Leben zurückhaben. Ich hätte gern *mich* zurück.«

»Das wird dir gelingen«, sagte Marcus. »Zum Teufel, du bist bereits mutig genug, um mich nervös zu machen.«

Ich lachte auf. »Den großen und einflussreichen Marcus Colter? Das bezweifle ich.«

»Ich bin auch nur ein Mann, der es nicht aushalten kann zuzusehen, wie du mit den Folgen deiner Entführung zu kämpfen hast. Eigentlich hätte das niemals passieren dürfen.«

Ich lehnte mich gegen seine Brust. Mein Herz zog sich zusammen angesichts des Kummers, der in seiner Stimme zum Ausdruck kam. »Es *ist* nun einmal geschehen, doch ich werde davon nicht länger mein Leben bestimmen lassen«, antwortete ich entschlossen.

»Du bist in Ordnung, so wie du bist«, versicherte er mir. »Jeder Mensch hat seine Ängste.«

»Wovor fürchtest du dich, Marcus?«, erkundigte ich mich neugierig.

Er schwieg einen Augenblick, bevor er antwortete: »Eines Tages werde ich dir diese Frage beantworten. Doch jetzt kann ich das nicht.«

»Okay.« Ich wünschte, er würde sich mir anvertrauen, doch nicht wenn er es nicht wollte. Fürs Erste gab ich mich damit zufrieden, unsere gemeinsame Zeit zu genießen.

Ich hatte keine Ahnung, wie viele Tage uns blieben, bis er seine nächste Geschäftsreise würde antreten müssen, doch ich würde mich an jedem einzelnen Augenblick unseres Zusammenseins erfreuen.

»Welche Maßnahmen hat dir dein Therapeut vorgeschlagen? Ich nehme an, er oder sie weiß über deine spezielle Situation Bescheid.«

»Sie weiß alles und wir nehmen ein Problem nach dem anderen in Angriff. Sie hat mir geraten, mir einen Hund anzuschaffen«, erklärte ich scherzend.

»Warum?«, wollte Marcus wissen, offensichtlich verwirrt.

»Ich sagte ihr, dass ich gern sesshaft werden würde, selbst wenn ich weiterhin reisen muss. Ich erwähnte, dass eine der schlimmsten Seiten des Reisens die Einsamkeit sei. Ich habe mir schon immer einen Hund gewünscht, habe dann aber darauf verzichtet, weil mein Leben zu chaotisch verlief. Ich würde niemals genügend Zeit aufbringen können, um mich einem Tier zu widmen.«

»Du magst Hunde?«, fragte er.

»Ich liebe sie. Welche Rasse auch immer. Mir ist noch niemals ein Hund begegnet, den ich nicht gemocht hätte.«

»Dann schaff dir einen an!«

»Wir werden sehen«, erwiderte ich ausweichend. »Ich kann mir keinen Hund zulegen, bevor ich mich nicht entschieden habe, wo ich mich niederlasse und wie viel Zeit ich zu Hause verbringen will.«

»Was hat sie außerdem noch vorgeschlagen?«

»Einen sehr langen Urlaub, während dem ich mich mit Lesen oder Filmen beschäftigen sollte oder mit jeglichen anderen Dingen außer beruflichen Reisen.«

»Ein guter Rat«, stimmte Marcus zu. »Alles was du brauchst findest du gleich hier.«

Ehrlich, ich hatte keine Ahnung, wie lange Marcus und ich hier zusammen herumhängen würden, doch ich hatte durchaus nichts dagegen, meinen Urlaub hier in Rocky Springs zu verbringen. Ich hoffte lediglich, es am Ende nicht bereuen zu müssen.

Kapitel 21

Dani

Nach einigen Tagen erreichte uns die Nachricht, dass Gregory Becker endlich verhaftet worden war. Mithilfe der Informationen, die ich hatte beschaffen können, hatte man ihm schließlich zahlreiche Verbrechen nachweisen können.

Ruby ging es gut. Sie hielt sich vorerst bei Jett in Florida auf, um im Prozess um den Menschenhandel als Zeugin aufzutreten.

Es gab mir ein gutes Gefühl, das zumindest eine meiner Leistungen des letzten Jahres Becker davon abhalten würde, noch weiteren Menschen Schaden zuzufügen. Zwar wäre es mir lieber gewesen, wenn ich schneller gehandelt hätte, doch Marcus war stets zur Stelle, um mich daran zu erinnern, dass ich den letzten Nagel zu Beckers Sarg geliefert hatte, egal ob er nun früher oder später zu Fall gebracht worden war.

Der Hurensohn machte endlich nicht mehr die Straßen unsicher und war nicht mehr in der Lage, die Rebellentruppen zu finanzieren.

Eiligst hatte ich meinen Ermittlungsbericht fertiggestellt und meinem alten Chef eingereicht. Damit hatte ich meinem früheren Arbeitgeber einen ziemlich dicken Knüller geliefert. Der Artikel war gerade veröffentlicht worden, als die heutigen Nachrichten von Beckers Verhaftung berichteten.

Ich saß in Marcus' Büro, einem männlich und etwas steif eingerichteten Raum, der mich jedoch nur allzu sehr an den Mann erinnerte, dem er gehörte. Merkwürdig, während der letzten paar Tage hatte ich seinen extrem trockenen Humor und seine zuvor als ärgerlich empfundene Arroganz lieb gewonnen. Er hatte sich endlich dazu entschlossen, dass er keinen Anzug und keine Krawatte tragen *musste*, wenn er nicht gerade arbeitete, sogar an einem normalen Wochentag. Und seine Distanziertheit und sein Stolz waren Qualitäten, die er brauchte, wenn er Dinge tun musste, die seine Firma und sein Land von ihm forderten.

Indem ich ihn neckte, konnte ich ihn aus seiner autokratischen Haltung hervorlocken, und gelegentlich entwickelte er sogar die Fähigkeit, über sich selbst zu lachen.

Na gut ... dass er über sich selbst lachte, geschah nicht allzu oft, doch immerhin einige Male während der letzten Tage.

Außerdem hatte ich entdeckt, dass Marcus, egal wie sehr er auch schimpfen mochte, seine Familie liebte und sich um weit mehr kümmerte, als er sich anmerken ließ. Ich konnte zwar nicht behaupten, *all* seine Geheimnisse aufgedeckt zu haben, doch ich war ihm auf der Spur. Es gab so viel mehr an ihm zu entdecken, als ein flüchtiger Bekannter wahrnehmen konnte. Er wollte für gewöhnlich nur nicht zeigen, was sich unter der Oberfläche verbarg.

Marcus mochte keine Ahnung haben, wie man sich wirklich entspannte, doch dann musste ich dasselbe über mich behaupten. Zusammen lernten wir das Gefühl kennen, einfach mal eine Auszeit zu nehmen. Zugegeben, einen großen Teil unserer Freizeit widmeten wir uns dem Sex, doch hatten wir auch einige Male eine Partie Schach gespielt, uns Filme angesehen, die wir schon immer hatten sehen wollen, und ich versuchte mich im Kochen. Also gut, vielleicht würde ich keine wirklich gute Köchin werden, doch gestern hatte Marcus' Mutter vorbeigeschaut und mir geholfen, einen Braten zu retten, den ich vermasselt hatte. Glücklicherweise unterwies sie mich bereitwillig in den Grundlagen der Kochkunst. Überraschenderweise lernte ich, wie viel Spaß mir das Kochen und Backen bereitete, jetzt, da ich ein bisschen Zeit hatte und mich mehr als einen Tag an einem Ort aufhielt.

Ich scrollte ans untere Ende des ganzseitigen Berichts, den ich auf meinem Laptop geschrieben hatte, und sah befriedigt meinen Namen in der Autorenzeile. »Es ist ein Livebericht«, erzählte ich Marcus aufgeregt.

Er saß hinter seinem massiven Eichenholzschreibtisch, lässig gekleidet in ein graues Polohemd und eine Jeans. Ich selbst hatte es mir auf seiner gemütlichen Ledercouch mit meinem Computer bequem gemacht.

»Ich weiß«, sagte er triumphierend. »Ich sehe mir den Artikel gerade an.«

Besserwisser. Ich hätte wissen sollen, dass er meinen Beitrag vor mir finden würde. Doch es war irgendwie süß, dass er sich tatsächlich dafür interessierte. »Er ist gut«, stellte ich ohne jegliche Arroganz fest. Ich war eine ebenso gute Schreiberin wie Reporterin und es stellte keine große Leistung dar, dass ich in der Lage war, einen guten Artikel zu produzieren, wenn ich eine entsprechende Story aufgetrieben hatte.

»Er ist fantastisch«, korrigierte er mich. »Du hast Talent, Dani. Das habe ich immer gewusst. Deine Reportagen als Korrespondentin waren stets brillant. Du hast den Bogen raus, jedes beliebige Thema ansprechend zu präsentieren.«

Als ich den Blick von meinem Laptop hob, sah ich sein breites Lächeln. Angesichts seines Kompliments begann mein Herz zu jubilieren, denn es bedeutete einiges, wenn es von Marcus kam. Er war keineswegs der Typ, der mit Lob um sich warf. »Danke«, sagte ich und erwiderte sein Lächeln. »Ich bin froh, dass alles vorbei ist.«

»Und woran arbeitest du jetzt?«, fragte er neugierig.

Ich zuckte mit den Schultern. »An nichts Bedeutendem, lediglich an meinem persönlichen Tagebuch.«

»Und worüber schreibst du?«, hakte er nach.

»Über alles, von dem mir mein Gefühl sagt, ich sollte es aufzeichnen«, erläuterte ich. »Im Augenblick stelle ich eine Liste von den Dingen zusammen, die ich noch unbedingt erleben will.«
»Glaubst du nicht auch, dass du ein bisschen zu jung dazu bist?«, erkundigte er sich stirnrunzelnd.

Ich schüttelte heftig den Kopf. »Nicht im Geringsten. Als ich gefangen gehalten wurde, glaubte ich, sterben zu müssen. Es ist schon merkwürdig, was in einem vor sich geht, wenn man in einer solchen Situation ist, und wie viele unbedeutende, törichte Sachen man bereut, niemals getan zu haben.«

»Was zum Beispiel?«, fragte er heiser.

Direkt nach der High School hatte ich das College besucht und den größten Teil meines Lebens als Erwachsene hatte ich mit der Jagd nach Storys im Mittleren Osten verbracht. »Dummes Zeug«, wich ich aus.

»Sag es mir!«, drängte er mich. »Vielleicht habe ich ja schon einiges davon erlebt und kann dir sagen, ob es sich lohnt.«

Ich sah meine Liste durch. »Ich habe niemals eine Sandburg am Strand gebaut. Ja, ich habe sogar noch niemals Zeit am Meer verbracht. Das war einer der vielen Gedanken, die mir während meiner Gefangenschaft ständig durch den Kopf gegangen sind.«

»Das habe ich auch noch nicht gemacht«, erwiderte er. »Ich habe noch nie viel Zeit am Strand verbracht, obwohl ich oft genug darüber hinweggeflogen bin.«

»Ich habe mich niemals im Bungeespringen oder Seilrutschen versucht«, fuhr ich fort.

»Ich auch nicht«, gab Marcus zu. »Beides ist äußerst gefährlich ⊠«

»Sagt der Mann, der hobbymäßig Spionage betreibt«, beendete ich seinen Satz.

»Macht jedenfalls mehr Sinn, als von einer Brücke zu springen und meinen Hintern einem langen Gummiband anzuvertrauen«, knurrte er.

Ich biss mich auf die Lippe, um nicht lachen zu müssen. »Ich denke, den Punkt ›Kochen lernen‹ kann ich von der Liste streichen. Zumindest habe ich es versucht.«

»Was noch?«

»Ich bin noch niemals betrunken gewesen, nicht einmal andeutungsweise«, gab ich zu. »Im College war ich zu beschäftigt, alles Mögliche zu leisten, um nach meinem Abschluss einen Job als Journalistin zu ergattern.«

»Das kannst du streichen. Da hast du nichts verpasst«, brummte Marcus. »Auf einen Kater kann man gern verzichten.«

»Meinst du, baden in den heißen Quellen gilt als Nacktschwimmen?«, fragte ich ihn, meinen Blick auf die Liste geheftet.

»Im Wasser. Draußen. Nackt. Ja, das kann ich wärmstens empfehlen, besonders wenn du eine wunderschöne Rothaarige zur Gesellschaft hast, die dich verrückt macht.«

Ich verdrehte die Augen. »Ich war mit einem gutaussehenden, dunkelhaarigen Mann in den Quellen. Zählt das?«

»Ich würde sagen, vorerst ja«, stimmte er zu. »Streich das auch von der Liste! Lies mir den Rest vor!«

»Die restlichen Punkte sind zu persönlich«, sagte ich zögernd.

»Du willst sie mir nicht anvertrauen?«, erkundigte er sich und klang leicht verletzt.

»Na gut«, gab ich nach. »Aber sie sind wirklich ein bisschen albern.«

»Lies sie mir vor!«, verlangte er.

»Ich habe noch niemals einen Mann im Regen geküsst. Ich hatte noch niemals einen Mann, der mich wirklich liebt. Ich war noch niemals verlobt. Und ich habe noch niemals ein Kind bekommen.«

»Du wünschst dir Kinder?«, fragte er mit seinem tiefen Bariton wissbegierig.

Ich zuckte mit den Schultern. »Eines Tages. Ja. Ich habe niemals richtig darüber nachgedacht, bevor ich entführt worden bin. Ich nehme an, solche Gedanken beschäftigen dich, wenn du glaubst, dein Leben könnte vorzeitig zu Ende sein. Habe ich die richtige Wahl getroffen? Habe ich genügend Aufmerksamkeit auf meine Beziehungen verwand? Habe ich meine Familie und meine Freunde genug geliebt?«

Marcus lehnte sich in seinem Ledersessel zurück und konzentrierte sich ganz auf mich. Sein intensiver Blick zeugte davon, dass er über meine Überlegungen nachdachte.

»Ich kann nicht behaupten, deine Gefühle zu kennen«, gab er schließlich zu. »Doch ich verstehe, dass du einige Entscheidungen, die du für dein Leben getroffen hast, neu überdenkst.«

»Tust du nicht genau das, was du tun willst?«, fragte ich ihn überrascht.

»Nicht immer. Meine Familie steht mir nicht so nahe, wie ich es mir wünsche, und ich habe keine Ahnung, was ich für einen Beruf gewählt hätte, wenn ich nicht von dem Gefühl geleitet worden wäre, keine Wahl zu haben.«

»Du hast den Konzern deines Vaters überhaupt nicht leiten wollen?«

Er zuckte mit den Achseln. »Ich habe niemals darüber nachgedacht. Ich war der Älteste und unser Vater ist früh gestorben. Er wurde bei einem Terrorakt getötet – am falschen Ort zur falschen Zeit im Mittleren Osten.«

Mein Herz zog sich zusammen. Kein Wunder, dass er sich für die Sicherheit der Amerikaner einsetzte. War doch sein eigener Vater den instabilen Zuständen in einem fremden Land zum Opfer gefallen.

Meine und Marcus' Mutter waren Freundinnen gewesen. Ich wusste, dass sein Vater gestorben war, doch damals war ich zu jung gewesen, um zu begreifen, wo und wie es geschehen war.

Marcus fuhr fort: »Was die Leitung des Konzerns meines Vaters anbelangt ... ich nehme an, dass vorausgesetzt wurde, dass ich sie übernahm. Ich wurde dazu erzogen und es kam mir niemals in den Sinn, es anzuzweifeln. Ich weiß, meine Mutter hätte mir gewünscht zu tun, was immer mich glücklich gemacht hätte, doch eigentlich gab es nichts anderes, wofür ich mich wirklich interessiert hätte.«

»Also bereust du es nicht, die Firma übernommen zu haben?«

»Nein. Ich bin verdammt gut in meinem Metier geworden. Allerdings bedaure ich die Distanz zu meiner Familie, die damit einhergeht. Zur Hölle, ich habe selbst die gute Verbindung zu meinem Zwillingsbruder verloren. Ich habe mir eingeredet, sie so beschützen zu können, falls irgendjemand herausfinden sollte, dass ich für die Regierung arbeite. Doch mittlerweile bin ich davon überzeugt, dass ich mich isoliert habe, weil ich wusste, dass ich sie sonst zu sehr vermissen würde.«

»Und funktioniert es?«, fragte ich.

»Nicht wirklich. Es erleichtert mir lediglich den Umgang mit dem Gefühl der Leere.«

»In der ganzen Welt herumzureisen ist hart«, stellte ich voller Mitgefühl fest. »Manchmal war ich für einen Auftrag monatelang am Stück unterwegs und habe meine Familie unsäglich vermisst.«

Marcus zuckte mit den Schultern. »Ich empfand es als großartig, als ich frisch vom College kam. Aber jetzt geht es mir ebenso wie dir. Ich frage mich, was ich verpasse, wenn ich nicht zu Hause bin.«

»Keine dauerhaften Beziehungen?«, erkundigte ich mich. Ich konnte mich nicht erinnern, dass Marcus je mit irgendeiner Frau außer meiner Schwester verbunden gewesen wäre. Und das war auch nicht gerade dauerhaft gewesen und außerdem – wie ich inzwischen wusste – hatte dem ja auch eine Verwechslung mit seinem Zwilling zugrunde gelegen.

Er schüttelte den Kopf. »Nein.«

»Weil du so oft auf Reisen warst?«

»Ich glaube eigentlich nicht, dass es tatsächlich daran lag«, widersprach er.

»Woran lag es dann?«

Er warf mir einen scharfen Blick zu und wandte sich dann wieder seinem Computer zu. Die Augen auf den Bildschirm gerichtet sagte er: »Ich glaube, ich habe ganz einfach niemals eine Frau getroffen, die die Mühe wert gewesen wäre, zu Hause zu bleiben ... bis jetzt.«

Kapitel 22

Marcus

E
s war keineswegs so, als ob ich nicht *wusste*, dass ich vollkommen verloren war – ich wollte es nur nicht zugeben. Einen Tag, nachdem sie mir einige Punkte von ihrer *Liste* verraten hatte, unternahm ich mit Dani eine Wanderung. Unvermittelt wurde mir bewusst, dass ich es überhaupt nicht vermisste, in meinem Flugzeug oder im Ausland unterwegs zu sein. Zum ersten Mal hielt ich mich mehr als ein paar Tage im Lande auf, trotzdem fühlte ich mich nicht im Geringsten kribbelig oder begierig, in mein Privatflugzeug zu steigen und loszufliegen.

Ich hielt ihre Hand übertrieben fest, als wir einen felsigen Abhang hinunterkletterten und ich mich sorgte, ihr könnte etwas zustoßen. *Verflucht!* Ich denke, ich wäre verdammt sauer geworden, wenn sie sich auch nur einen Fingernagel gebrochen hätte – nicht dass sie so lange Nägel gehabt hätte.

Nach allem, was sie durchgemacht hatte, galt mein einziger Gedanke meinem Bemühen, sie zu beschützen und dafür zu sorgen, dass ihr niemals wieder etwas Böses widerfuhr. Immer noch litt ich unter Albträumen, in denen sie mir so erschien, wie ich sie nach ihrer Entführung gesehen hatte. Und dieses Bild wollte ich eigentlich nie wieder vor Augen haben müssen. Verdammt, ich wollte sie nie wieder unglücklich sehen, egal in welcher Beziehung.

Vielleicht sah sie sich selbst nicht als sehr stark an, doch sie war eine der tapfersten Frauen, die ich kannte. Ehrlich, wahrscheinlich hätte sie sterben müssen, während sie gefangen gehalten worden war, doch sie hatte durchgehalten und war trotz allem bereit gewesen, ihren Hintern ein weiteres Mal zu riskieren, um einen Mann zu Fall zu bringen, der anderen Menschen Schaden zufügte. Danicas Fähigkeit, sich um andere Menschen zu kümmern, stellte wahrscheinlich zugleich einen Segen als auch einen Fluch dar. Manchmal wünschte ich mir beinahe, sie wäre etwas eigennütziger, doch dann wäre sie nicht Dani.

»Alles in Ordnung, Marcus«, meldete sie sich atemlos an meiner Seite zu Wort. Wir hatten den Grund des felsigen Abhangs erreicht und wieder festen Boden unter den Füßen. »Du kannst aufhören, meine Hand zu zerquetschen. Ich werde nicht fallen.«

Ich lockerte meinen Griff. Erst jetzt wurde mir bewusst, dass ich ihre Finger fest zusammendrückte, ich hatte nicht einmal bemerkt, dass ich sie so fest hielt, dass ich die Durchblutung unterbrochen hatte. »Entschuldige«, knurrte ich. »Ich wollte dich stützen, falls du gefallen wärst.«

»Ich falle nicht hin«, versprach sie und warf mir ein glückliches, glühendes Lächeln zu, als wir nebeneinander weiterwanderten.

Ihr Lächeln traf mich, als hätte ich einen Schlag in die Magengrube erhalten. Daher wusste ich, ich war ihr hoffnungslos verfallen. Sobald sie auch nur den geringsten Anschein erweckte, glücklich zu sein, quälte mich der Gedanke, wie ich sie jemals wieder gehen lassen konnte.

Vergiss es! Sie wird nirgendwohin gehen!

Die Frau brauchte dringend jemanden, der dafür sorgte, dass sie nicht in Schwierigkeiten geriet, und ich war mehr als gewillt, mich freiwillig für diesen Job zu melden.

Obwohl wir uns so sehr glichen, waren wir in mancher Hinsicht auch grundverschieden. Keiner von uns beiden hatte jemals dauerhaft

Wurzeln geschlagen und sie im Boden verankert. Was ich gestern zu ihr gesagt hatte, entsprach der Wahrheit. Ich hatte niemals eine Frau gefunden, die in mir den Wunsch erweckt hätte, weniger zu reisen. *Bis ich sie kennengelernt hatte.*

Bis jetzt.

Angesichts ihrer Traurigkeit über all die Dinge, die sie vielleicht verpasst haben mochte, falls sie tatsächlich gestorben wäre, wuchs in mir der Wunsch, ihr zu helfen, jeden einzelnen Punkt ihrer Liste zu verwirklichen. Leider konnte ich ihr keine große Stütze bei der Entscheidung sein, auf was sie getrost verzichten konnte und auf was nicht. Mein Leben war ebenso sehr von meinem Beruf beherrscht worden wie ihres.

Jeder einzelne Augenblick, den ich mit ihr verbrachte, war es wert, mein Geschäftsleben ein wenig einzuschränken, was auch immer ich verpassen mochte. Ich hatte meine Verpflichtungen von zu Hause aus überprüft und festgestellt, dass nur wenige Geschäftsabläufe meine Aufmerksamkeit erforderten. Mein Konzern verfügte über reichlich oberes und mittleres Management, sodass sie längst nicht mehr auf meine dauernde Anwesenheit angewiesen waren. Meine Geschäfte liefen gut, auch ohne dass ich durch die Welt hasten musste.

Einen Haken besaß die ganze Geschichte allerdings: Jetzt, da ich erfahren hatte, wie wohltuend ich es empfand, langsam wieder Teil meiner Familie zu werden und zu allem Überfluss Dani an meiner Seite wusste, befürchtete ich, mich zu sehr an diese Zufriedenheit zu gewöhnen.

Ich war ein Einzelgänger.

Ich blieb niemals längere Zeit an einem Ort.

Verdammt, ich wusste nicht einmal, was ich mit mir anfangen sollte, wenn ich nicht ständig unterwegs war.

Im Augenblick konzentrierte ich mich darauf, dafür zu sorgen, dass Dani sich entspannte und sich glücklich fühlte. Zu schnell hatte sie sich von einer entsetzlichen Situation in die nächste katapultiert. Sie hatte sich wenig Zeit zur Erholung genommen und es überraschte mich nicht, dass sie eine Panikattacke erlitten hatte, nachdem sie so lange davon verschont geblieben war.

Ich mochte vielleicht nicht der am besten geeignete Mann sein, ihr beizubringen, wie man sich entspannte. Ich konnte mich nicht gerade als *Mr. Zufrieden und Glücklich* bezeichnen. Doch eines wusste ich ... niemand sorgte sich mehr um ihr Wohlergehen als ich.

»Ist alles in Ordnung mit dir?«, erkundigte sich Dani leise.

Ich schüttelte meine Gedanken ab. »Ja. Alles bestens.«

»Du hast die Stirn gerunzelt«, stellte sie fest. »Und du sahst aus, als wärst du tief in Gedanken versunken.«

Ich schüttelte den Kopf. »Nichts Wichtiges.«

Ich habe lediglich einen Lebensplan für dich entworfen!

Gütiger Himmel! Immerhin war sie eine erwachsene Frau. Es ging mich absolut nichts an, wie sie ihre Zukunft gestaltete. Wir hatten einander geholfen, ein gemeinsames Ziel zu erreichen: Becker für immer hinter Gitter zu bringen.

Unglücklicherweise hatte ich irgendwo auf dem Weg aufgehört, sie lediglich als eine kooperative Journalistin zu betrachten. Zur Hölle, wahrscheinlich hatte ich in ihr *niemals* lediglich die Reporterin gesehen. Es hatte nicht einen Tag gegeben, an dem ich sie nicht hätte ficken wollen, und der heutige Tag stellte keine Ausnahme dar. Doch zwischen uns beiden war erheblich mehr als purer Sex. Wir hatten eine gewisse Intimität entwickelt, wie ich es noch niemals zuvor mit einer Frau erfahren hatte.

Diese Überlegungen brachten mich zu der Schlussfolgerung, ihr vollkommen verfallen zu sein, und ich war mir nicht einmal sicher, ob mich das überhaupt störte.

Es fühlte sich zu gut an, mit ihr zusammen zu sein, als dass ich mir Sorgen gemacht hätte, wie stark ich mich bereits auf sie eingelassen hatte. Doch wahrscheinlich war mir tief in meinem Inneren bewusst, dass ich es am Ende vielleicht bereuen würde. Trotz alledem, mein Wissen, am Schluss eventuell vollkommen allein und am Boden zerstört zurückzubleiben, genügte nicht, um mich abzuschrecken.

»Es regnet«, bemerkte ich, denn plötzlich spürte ich den leichten Sprühregen, der bereits seit einer Weile gefallen sein mochte.

»Das tut gut«, antwortete sie. »Mir ist langsam heiß geworden.«

Wir trugen beide Jeans und T-Shirt. Ich selbst hatte mir ein Paar selten benutzte Wanderstiefel angezogen, während Danis Füße in Leinenschuhen steckten.

»Zumindest stürmt es nicht«, erwiderte ich. Weder Blitz noch Donner waren zu bemerken und Dani hatte Recht. Auch mir war warm geworden.

»Wir sind beinahe zu Hause, richtig?«, erkundigte sie sich neugierig, ohne auch nur im Geringsten besorgt zu klingen.

»Beinahe«, bestätigte ich. Mitten im Wald blieb ich stehen und bedeutet ihr, es mir gleichzutun. »Das erinnert mich an etwas, das auf deiner Liste steht.«

Für einen Moment wirkte sie verwirrt; ihre erstaunte Miene und ihre fragenden Augen baten um eine Erklärung.

Ich schob sie ein paar Schritte rückwärts, bis ihr Rücken gegen den Stamm einer riesigen Kiefer stieß.

»Zeit für den Kuss im Regen«, erläuterte ich mit heiserer Stimme. »Das stand auf deiner Liste von Dingen, die du noch niemals getan hast.«

Gott, wie ich ihr Lächeln liebte, mit dem sie ihr Gesicht dem Regen entgegen hob, um die vom Himmel fallenden Tropfen aufzufangen.

»Ja, es ist an der Zeit«, antwortete sie. »Eine Erfahrung, die du, wie du sagtest, selbst noch nicht gemacht hast.«

Ich zuckte mit den Schultern. *Was zur Hölle wusste ich schon über Romantik? Ich hatte Quickies gehabt, doch niemals hatte ich mich emotional mit jemandem eingelassen.* »Das könnte interessant werden.«

Sie schlang die Arme um meinen Hals. »Wir könnten es versuchen«, reizte sie mich.

Als sie mit ihrer Zunge einen Regentropfen von ihren Lippen leckte, verlor ich beinahe die Beherrschung. Mein Schwanz presste sich mit aller Macht gegen den Stoff meiner Jeans, während ich dem Zauber eines Paars verlockender Lippen erlag, denen ich nicht widerstehen konnte.

»Dann verwirkliche deinen Wunsch!«, forderte ich sie auf und legte je eine Hand seitlich neben ihren Kopf an den massiven Kieferstamm.

Ich wollte, dass *sie* den Kuss initiierte. Ich hatte keine Ahnung, wie ich reagieren würde, falls sie es nicht tat, da es für mich inzwischen kein Zurück mehr gab.

Ich begehrte sie zu sehr.

In ihren Augen konnte ich beinahe lesen, was in ihrem Kopf vorging, während sie überlegte, wie sie beginnen sollte.

Küss mich, verdammt!

Einen mir endlos erscheinenden Augenblick wartete ich darauf, dass sie aktiv wurde. Mein Herz klopfte bis zum Hals, als wir uns gegenseitig anstarrten und doch beide dasselbe wollten.

Endlich fuhr sie mit den Händen in mein feuchtes Haar und zog meinen Kopf zu sich hinab.

Verzweifelt kam ich ihr auf halbem Weg entgegen.

Kapitel 23

Dani

Unsere Lippen fanden sich in wahnsinniger Wildheit, wie von Marcus nicht anders zu erwarten. Doch an die überwältigenden Gefühle hatte ich mich noch nicht gewöhnt.

Wie üblich übernahm er fast sogleich die Kontrolle und ich öffnete mich ihm mit rückhaltloser Hingabe, die ich nicht leugnen konnte.

Marcus war meine Schwäche; die Art, wie er mich verschlang, als wäre ich die einzige Frau auf der Welt, die er begehrte, führte mich viel zu stark in Versuchung.

Wollüstig stöhnte ich auf, als seine Zunge heftig fordernd in meinen Mund vordrang und meine Sinne überwältigte.

Ich *wollte* mehr.

Ich *brauchte* mehr.

Ich begann, nach Marcus' Berührung zu gieren, was auch immer er mit mir anstellte.

Meine Finger klammerten sich an seine Haare und mein Körper presste sich an seinen, denn ich wollte seine harten Muskeln spüren. Mich ergriff eine Leidenschaft, die ich nicht zügeln konnte, die ich nicht zügeln wollte, denn ich wusste, dass er mit jeder einzelnen Faser das Gleiche empfand.

Als er schließlich den Kopf hob, war ich vollkommen erregt. »Marcus«, murmelte ich an seiner Schulter. Ich fühlte mich so verletzlich, dass ich nicht wusste, was ich sonst hätte sagen sollen.

»Du begehrst mich«, knurrte er und hob mein Kinn in die Höhe, sodass ich den intensiven Ausdruck auf seinem Gesicht sehen konnte. »Ebenso wie ich dich begehre. Wir spüren es beide, Dani. Nicht nur du allein.«

Bemerkenswert, wie *exakt* er meine Gedanken in Worte fassen und mich dazu bringen konnte, meine Gefühle anzunehmen, indem er zugab, das Gleiche zu empfinden. Ich fühlte mich unbehaglich mit meinen so offen zur Schau gestellten Emotionen, doch das Wissen, in ihm dieselben urtümlichen, unbeherrschbaren Instinkte zu wecken, machte es mir leichter, damit umzugehen.

»Ich weiß«, sagte ich mit erstickter Stimme, meinen Kopf an seinen Hals gebettet.

Ich hatte durchaus verstanden, dass es nicht nur mir so erging, doch es fühlte sich weitaus besser an, es ihn sagen zu hören.

Zuerst verspürte ich Enttäuschung, als er ein paar Schritte zurücktrat, doch mein Missbehagen verwandelte sich schnell in Erstaunen, als er sein T-Shirt über den Kopf zog und es zu Boden warf. »Was machst du da?«

Er grinst mich an, ein wollüstiges Lächeln, das ich anzubeten begann. Vielleicht weil ich mir ziemlich sicher war, dass Marcus diese Seite von sich nicht oft hervorkehrte.

»Ich ziehe mich nackt aus«, erklärte er.

»Hier?«, rief ich mit schriller Stimme.

»Genau hier und jetzt«, bestätigte er und begann, an meinem T-Shirt zu zerren.

»Wir sind draußen im Regen«, erinnerte ich ihn.

»Ich weiß.« Und wieder zog er an meinem feuchten T-Shirt.

Ich hob die Arme und ließ zu, dass er mir das T-Shirt über den Kopf zog. Es regnete zwar, doch es war noch Sommer und warm genug.

»Und wenn jemand vorbeikommt?«, fragte ich.

»Es wird mit Sicherheit jemand *kommen*«, antwortete er zweideutig und fuhr ungerührt fort, mich zu entkleiden. »Hoffentlich wir beide«, fügte er hinzu.

Ich musste tatsächlich kichern, als ich zusah, wie er mit meinen Schuhen kämpfte. Schließlich siegte mein Mitleid und ich streifte sie einfach von den Füßen und stieg dann aus meiner Jeans. »Ist das nicht etwas gewagt?«, fragte ich ihn, während ich mich auf seine Schultern stützte, um mein Gleichgewicht zu halten.

Mein Gott, wie ich seine unverfrorene Art liebte, seine stille Zuversicht, alles tun zu können, was er wollte.

»Eigentlich nicht«, erwiderte er und legte meine Kleider auf den Boden, sobald ich vollkommen nackt vor ihm stand. »Wir befinden uns auf meinem Besitz. Und ich weiß, dass dich ein bisschen zusätzliches Risiko erregt.«

Seine Finger glitten über meine Schenkel. Ich schnappte nach Luft, denn ich spürte etwas Ähnliches wie einen elektrischen Stromstoß durch meinen Körper rasen. Ich fühlte mich nicht vollkommen behaglich, doch es *war* erregend. »Woher weißt du das?«, fragte ich, mittlerweile keuchend, denn sein warmer Atem streifte meine entblößte Muschi.

»Weil ich dich in einem Waschraum zum Kommen gebracht habe, obwohl sich jemand, kaum außer Sicht, darin aufhielt«, erklärte er mit angsterregender Ruhe.

»Ich war –« Mir versagte die Stimme und ich vergaß vollkommen zu protestieren, als ich Marcus' Hände auf meinen Pobacken spürte und seine Zunge durch das rosa Fleisch drang, das sich direkt vor seinem Gesicht befand.

»Oh Gott!«, stöhnte ich und sog scharf die Luft ein, als dieser schlüpfrige Mund begann, mich gnadenlos zu verschlingen.

Ich krallte meine Finger in seine nassen Haare, denn ich suchte inneres Gleichgewicht und Vernunft, wo es keine gab. Ich war bereits vollkommen verloren, als Marcus wohlüberlegt seinen sinnlichen Feldzug antrat, mich in den Wahnsinn zu treiben.

Er legte eines meiner Beine auf seine Schulter und zwang mich, am Baum Halt zu suchen und mich noch fester an seine Haare zu klammern, um mich aufrecht zu halten.

Wenn Marcus es verlangte, war ich kaum fähig, *nicht* zu reagieren. Jetzt tauchte er tiefer in meine Muschi ein und stimulierte mit Mund, Zunge und Nase zugleich mein sensibilisiertes Fleisch. Seine Zunge leckte gnadenlos meine Klitoris und ich bebte vor Lust. Inzwischen war mein nackter Körper nass vom Regen und der wunderbarste Mann auf Erden verschlang meine Muschi, als ob er sich von nichts anderem ernähren wollte – die erotischste Erfahrung meines Lebens.

Genüsslich schloss ich die Augen und löste meine Hände aus seinem Haar, um über mir nach einem Halt zu suchen, den ich schließlich an der rauen Borke des Stammes über meinem Kopf fand.

Marcus neckte mich, dann griff er an. Er reizte mich quälend langsam, dann verschlang er mich mit einem Hunger, der unersättlich schien.

»Bitte, lass mich kommen!«, flehte ich, während ich vor Begierde am ganzen Körper zitterte.

Doch er wusste genau, wie er meinen Höhepunkt hinauszögern konnte, und balancierte mich auf Messers Schneide, was mich vollkommen verrückt machte. Wenn ich spürte, dass der Höhepunkt kam, verringerte er genau im richtigen Maß die Intensität seiner erotischen Spiele, sodass dieses Gefühl wieder abklang. Marcus war ein Meister darin, mich in einem Zustand des verzweifelten Verlangens zu halten.

»Marcus!«, schrie ich. Es kümmerte mich nicht im Geringsten, ob mich jemand hören konnte. Ich *musste* kommen.

Als ich spürte, wie sich die nächste Welle aufbaute, warf ich den Kopf zurück. Marcus presste sein Gesicht noch heftiger zwischen meine Schenkel als zuvor. Unerbittlich tropfte der Regen vom Himmel herab und lief über mein Gesicht und über meine Brüste, doch ich hieß diese sinnliche Erfahrung willkommen. Ich hatte mich so in der Wollust verloren, die mir Marcus' Mund bescherte, dass ich an nichts anderes denken konnte.

Meine Finger klammerten sich so fest in die raue Rinde der Kiefer, dass sie wahrscheinlich bluteten, doch das spielte keine Rolle. Ich war vollkommen auf meine Gier nach einem Orgasmus konzentriert. »Jetzt!«, verlangte ich, überwältigt von meiner Begierde.

Der Orgasmus rollte so abrupt und machtvoll über mich hinweg, dass es beinahe beängstigend war. Vor Erleichterung und Befriedigung stöhnte ich laut auf. Mein Körper zuckte, denn ich wurde von einer Welle nach der anderen erfasst. Marcus fuhr ohne Unterlass fort, mein zartes Fleisch zu lecken, an ihm zu knabbern und jedes bisschen Lust aus mir heraus zu melken. Er schien nach jedem Tropfen meines Saftes zu gieren, den er zwischen meinen Schenkeln auflecken konnte.

Nach Atem ringend versuchte ich, mich zu erholen. Meine Beine fühlten sich äußerst geschwächt an. Marcus nahm mein Bein von seiner Schulter und setzte es behutsam auf dem Boden ab.

»Ich hasse es, wenn du mich so hinhältst«, stieß ich atemlos hervor, während ich mich streckte, um ihm anschließend die Arme um den Hals zu schlingen.

»Nein, tust du nicht«, widersprach er heiser. »Du liebst es.«

Gott helfe mir, doch wahrscheinlich hatte er Recht. Ich liebte die freudige Erwartung und die enorme Befriedigung, die nur er mir jemals geschenkt hatte. Oder vielleicht konnte man es eher als eine Art Hassliebe bezeichnen. Ich liebte den Höhepunkt, doch ich hasste das quälende Hinauszögern.

Ich liebe dich.

In meinem jetzigen emotionalen Zustand wünschte ich mir wie verrückt, diese Worte laut auszusprechen, doch ich biss mich auf die Lippe, um sie zu unterdrücken.

»Vielleicht gefällt es mir ein wenig«, gab ich zu.

Zärtlich strich er mir die Haare aus dem Gesicht. »Du bist ganz nass«, stellte er ernst fest. »Ist dir kalt?«

»Machst du Witze?«, schnaufte ich.

»Ich wollte mich lediglich vergewissern.«

Ich streichelte mit den Händen über seinen muskulösen Rücken, sanft glitten sie über seine feuchte, glitschige Haut. »Fick mich, Marcus! Ich muss dich in mir spüren.«

Er löste sich gerade weit genug von mir, um meine Brüste umfassen zu können, und neckte meine feuchten, steil aufgerichteten Brustwarzen mit seinen Daumen. »Gib mir eine Minute Zeit, dich zu betrachten!«, erwiderte er.

Ich blickte ihm in seine sturmverhangenen Augen. »Warum?«

»Weil du wunderschön aussiehst, nachdem du gekommen bist. Es gefällt mir zu wissen, dass ich der Mann bin, der diesen Ausdruck auf dein Gesicht gezaubert hat«, antwortete er begehrlich.

»Sehe ich lächerlich aus?«, fragte ich zaghaft, denn ich hatte nicht geahnt, dass mein Gesicht einen *besonderen Ausdruck* zeigte.

Statt einer Antwort kniff er mir leicht in die Brustwarzen, um sie danach beschwichtigend zu umkreisen. Ich schloss meine Augen, um das wollüstig schmerzhafte Gefühl zu genießen, als er dieses Spiel immer und immer wieder wiederholte.

Dann beugte er sich zu mir und küsste meine schlüpfrigen Lippen, bevor er schließlich antwortete: »Verdammt, nein. Du siehst keineswegs lächerlich aus. Du siehst aus, als würdest du mir gehören.«

Ich ließ meine Hände an seinem Rücken hinauf wandern, um sie in seinen feuchten Haaren zu vergraben. Ich empfand die gleichen besitzergreifenden Gefühle wie er, doch immer noch zog es mir das Herz zusammen, wenn er etwas sagte, das so *klang*, als ob er mich für sich beanspruchte. Ich fühlte mich primitiv und ursprünglich und begehrte ihn mit einer urtümlichen Wildheit, die ich kaum ertragen konnte.

Ich langte nach unten und nestelte an dem Reißverschluss seiner Jeans. Ich wollte von ihm so hart gefickt werden, dass ich die wie auch immer geartete Verbindung zwischen uns spüren konnte.

Als meine Finger endlich seinen zu enormer Größe erigierten Schwanz befreit hatten, wischte ich den Sehnsuchtstropfen von seiner Spitze, bevor der Regen ihn fortwaschen konnte. Dann führte ich den Finger an meine Lippen und sah seine silbernen Augen in einem Gefühl aufleuchten, das ich nicht benennen konnte, als ich mir den Finger in den Mund steckte und an ihm saugte, genau vor seinem Gesicht.

»Ich mag es, wie du schmeckst«, raunte ich verführerisch.

»Dito«, erwiderte er mit erregter, rauer, maskuliner Stimme. Dann senkte er den Kopf und presste seine Lippen auf meine.

Ich genoss es, uns beide zu schmecken, als er meinen Mund plünderte. Wenn es auch ein schmutziges Spielchen war, so empfand ich es doch als so berauschend, dass es mich nach mehr verlangte.

Niemals hatte ich meine sexuelle Seite wirklich ausgelebt, bis ich Marcus begegnet war.

Meine Hände glitten abwärts, um seinen Schwanz zu umfassen, der warm in meiner Hand pulsierte.

Inzwischen waren wir beide durchnässt und der Regen nahm noch zu, doch Marcus und ich waren so ineinander versunken, dass es uns nicht kümmerte.

Als er seinen Mund von mir löste, mussten wir beide nach Luft schnappen. Ich ergötzte mich an dem wollüstigen Ausdruck auf seinem Gesicht, während ich meine Hand immer und immer wieder an seinem Schaft auf- und abgleiten ließ. Dabei legte ich ein solch wildes Tempo an den Tag, dass er meine Handgelenke packte.

»Nicht!«, wehrte er ab. »Ich habe nicht mehr viel Geduld.«

»Dann gib uns beiden, was wir brauchen! Fick mich!«

»Mir geht es nicht nur ums Ficken, Danica. Ich muss *dich* haben«, stieß er ungestüm hervor, in seinen Augen schmelzendes Verlangen.

»Oh Gott, Marcus. Manchmal frage ich mich, wie ich damit umgehen soll«, gestand ich keuchend, entwand ihm meine Handgelenke und schlang ihm meine Arme um den Hals.

Ich fühlte mich vereinnahmt.

Ich fühlte mich überwältigt.

Und die rasiermesserscharfe Begierde, die mich mit Haut und Haar verschlang, verwirrte mich.

»Dann stell dir nicht solche Fragen«, knurrte er und ließ mich für einen Moment los, um mich herumzudrehen, bis mein Rücken an seinem Brustkorb lag. Sogleich nutzte er den Vorteil der neuen

Position und fuhr fort, meine Brüste zu attackieren. »Lass mich dich einfach ficken!«, fügte er hinzu.

Jedes Mal wenn sich seine Finger um meine gequälten Brustwarzen schlossen und sie wieder losließen, entrang sich mir ein leises Stöhnen. Jede einzelne seiner Berührungen setzte meine ganze Welt in Brand.

Er beugte mich vornüber und half mir, Halt am Stamm des Baumes zu finden. Dann glitten seine Hände zwischen meine Schenkel und zwangen meine Beine weiter auseinander. Jetzt stand ich mit gespreizten Beinen da und spürte, wie sich sein gieriger Schwanz an meine Pobacken presste, während er meine Hüften umfasste.

Der Boden unter der Kiefer war leicht abschüssig und erlaubte ihm so, eine perfekte Position hinter mir einzunehmen. Ich wartete, mit dem Kopf nach unten und meinen nassen Haaren im Gesicht, und bettelte ihn insgeheim an, er möge mich endlich ausfüllen. Die Leere in mir schrie danach, von Marcus genommen zu werden.

Als er sich in mich hineindrängte, ging er nicht gerade zimperlich vor. Zudem war es das erste Mal, dass er mich in dieser Position nahm. Da ich es nicht gewohnt war, dass er so tief vorstieß, gab ich einen kleinen, quietschenden Laut von mir. Doch meine inneren Muskeln gaben nach und erlaubten ihm, tief in meine glitschige Muschi einzudringen.

Im Augenblick verlangte es mich geradezu nach Marcus' Wildheit. Zuvor war er stets vorsichtig und langsam vorgegangen, wahrscheinlich wegen meiner gewaltreichen Vorgeschichte. Doch mein Körper gierte nach ihm und ich verspürte nicht einen Hauch von Angst. Ich wollte nur, dass er mich heiß und hart in Besitz nahm.

»Ja!«, ermunterte ich ihn deshalb, als meine Muskeln sich entspannten und ihn tief in mir aufnahmen, bis er bis zu seinen Hoden in mir vergraben war.

Er lehnte sich über meinen Rücken und sprach barsch in mein Ohr: »Willst du es auf die harte Tour, Baby?«

»Ja«, wimmerte ich.

»Kommst du damit zurecht?«

»Ja!« Ich war kurz davor, wahnsinnig zu werden. Mich verlangte verzweifelt danach, dass er in mich hineinstieß, bevor ich den Verstand verlor.

Er leckte die Regentropfen von meinem Nacken und dann biss er in meine empfindliche Haut. Es tat keineswegs weh, sondern trieb meine Begierde nur noch mehr an.

Die Hitze seiner Brust an meinem Rücken.

Die Art, wie unsere Haut sich sinnlich aneinander rieb.

Die heißen, schmutzigen Worte an meinem Ohr.

Das scharfe Empfinden seiner Bisse in meinem Nacken.

Die Kombination all dieser Einzelheiten erschien mir wie ein Fest der Wollust. Ich schauderte in ungezügelter Begierde. Mein ganzer Körper gierte so verzweifelt nach Marcus, dass ich zu schreien begann.

»Marcus. Bitte! Fick mich!«

Ohne ein weiteres Wort richtete er sich auf, zog sich zurück und stieß dann mit gleicher Kraft wieder zu.

Erleichtert schluchzte ich auf. Meine Hüften warfen sich ihm entgegen, mein Körper gierig jeden kraftvollen Stoß erwartend.

Er steigerte sich zu einem atemberaubenden Rhythmus, der uns beide verzehrte. Nichts existierte mehr außer der Vereinigung unserer Körper.

Ich genoss jedes Eindringen seines Schaftes. Es befriedigte mich wie nichts anderes es gekonnt hätte.

Es gab nur noch Marcus und den prasselnden Regen.

Meine Hände klammerten sich fest an den Baum und die ruckartigen Bewegungen meiner Hüften wurden immer gewaltsamer, während ich spürte, wie die warme Spirale in mir sich zu einem Inferno entfaltete.

»Härter!«, stöhnte ich hilflos.

Er gab es mir *härter* und stöhnte: »Du gehörst mir, Danica.«

»Ja«, bestätigte ich ungestüm.

In diesem Augenblick gehörte ihm meine Seele und es war mir sogar egal, im Gegenteil, ich war froh, dass es so war.

Die heiße Spirale in meinem Bauch begann, sich auszudehnen, und ich bereitete mich gerade auf ihren Angriff vor, als sich dieses Gefühl zwischen meine Schenkel verströmte.

Marcus löste eine Hand von meiner Hüfte, um sich besser zu positionieren, hielt jedoch seinen brutalen Rhythmus bei.

Ich zuckte zusammen, als ich unvermittelt seinen Finger spürte, der sich zwischen meine Pobacken zwängte und meinen Anus fand. Da unsere Körper von Regen und Schweiß vollkommen durchnässt waren, glitt er schnell und schmerzlos bis zur Öffnung. Das enge Löchlein dehnte sich, doch er drang nicht vollkommen ein, sondern reizte es mit pumpenden, nur Millimeter vordringenden Bewegungen, die er an den hämmernden Takt seines Schwanzes anpasste.

Ich explodierte, die neue Empfindung rief eine solch intensive Lust hervor, dass ich meinen Orgasmus wahrscheinlich nicht hätte aufhalten können, selbst wenn ich es gewollt hätte – was gewiss nicht der Fall war.

Dieses Mal ließ ich los, erlaubte meinem Orgasmus über mich hinwegzufluten und gab mich ihm vollkommen hin.

»So gut«, brach es aus mir hervor. »So verdammt gut.«

Die Muskeln meines Tunnels zogen sich um Markus' pulsierenden Schaft zusammen und molken ihn bis zu seiner wilden Erlösung.

Ich sog den Klang seines gepeinigten Stöhnens in mich hinein, suhlte mich geradezu darin. So sehr er es liebte, mich zu betrachten, nachdem ich gekommen war, so sehr gefiel es mir, diesen Geräuschen seiner intensiven Erleichterung und Lust zu lauschen.

Nach ein oder zwei Augenblicken zog er sich aus mir zurück, schwang mich zu sich herum und schlang seine muskulösen Arme um mich. Er kuschelte mich an sich und summte beruhigende, beinahe unzusammenhängende Worte, während er mein durchnässtes Haar streichelte.

Ich ließ mich von seinen süßen Worten einlullen und fühlte mich wie die begehrteste Frau auf Erden.

Nachdem er wieder zu Atem gekommen war, zog er seine Jeans hoch und hob mich auf seine Arme.

»Was tust du?«, fragte ich verwundert.

»Ich bringe dich nach Hause. Ich will nicht, dass du dir deine Füße an den Felsen oder an etwas anderem auf dem Boden verletzt.«

Ich war barfuß, während er noch seine Wanderschuhe an den Füßen trug. »Du kannst mich doch nicht den ganzen Weg zum Haus zurücktragen«, protestierte ich.

Er *schleppte* mich wahrhaftig auf seinen Armen den ganzen Weg bis zum Haus zurück.

Zugegeben, es war näher, als ich gedacht hatte, doch immer noch so weit entfernt, dass kein normaler Mann unter der Last meines Gewichts diese Entfernung hätte zurücklegen können. Doch als wir an seiner Haustür ankamen, war er noch nicht einmal außer Atem.

Ich begann zu begreifen, dass ich Marcus niemals sagen sollte, er könne *irgendetwas nicht* tun, denn er war stur genug zu beweisen, dass er es *doch* konnte.

Kapitel 24

Dani

»Wirst du den ganz aufessen?«, fragte mich Marcus, als wir uns am Abend desselben Tages die Nachrichten anschauten, aneinandergekuschelt auf der Couch in seinem Wohnzimmer.

Ich lächelte, während ich genüsslich einen weiteren Löffel von dem riesigen Eisbecher mit heißer Karamellsoße in mich hineinschaufelte, den ich mir erst vor ein paar Minuten zusammengestellt hatte. In seiner Stimme klang ein Hauch von Verlangen mit. Ich lehnte mit dem Rücken gegen ihn, eine Position, die wir am liebsten einnahmen, wenn wir uns zusammen entspannten.

»Das habe ich mir jedenfalls vorgenommen«, neckte ich ihn.

Er antwortete nicht, doch ich wusste bereits, dass er darauf hoffte, ich würde mit ihm teilen. Ich hatte inzwischen herausgefunden, dass er Zucker und Junkfood nicht etwa deshalb mied, weil er es nicht mochte, sondern weil er eine strikte Disziplin einhielt, sich gesund und fit für seine Reisen zu halten. Dagegen hatte ich gewiss nichts einzuwenden. Ich sah ein, dass meine Leidenschaft für Junkfood keineswegs meine Gesundheit förderte. Doch das war mir schlichtweg egal. Meist aß ich ausreichend gesund. Als Mensch musste man ab und zu etwas Nachsicht mit sich haben.

Und seit Kurzem erlaubte sich Marcus äußert bereitwillig, gelegentlich etwas zu essen, das nicht allein seiner Gesundheit diente. Ich nahm an, dass es ihm normalerweise gelang, ungesundes Essen zu meiden, weil er es nicht ständig vor Augen hatte, doch da ich regelmäßig Ungesundes vertilgte, geriet er in Versuchung. Seine Mutter Aileen war eine phänomenale Köchin und Bäckerin, daher hatte er als Kind gewiss des Öfteren genascht.

Er war nicht annähernd so versnobt, wie er es vorgab zu sein, was das Essen aus purem Genuss anbelangte.

Marcus konnte es sich leisten zu essen, was immer er wollte. Jeden Morgen unterzog er sich in seinem privaten Fitnessraum dem härtesten Training, das ich je gesehen hatte. Ich hatte versucht, mit ihm Schritt zu halten, doch ich war kläglich gescheitert.

Laut Aileen hatte Marcus während seiner Kindheit Schokolade geliebt und ich konnte behaupten, dass diese Vorliebe sich nicht ausgewachsen hatte. Er wusste sie lediglich gut zu verbergen.

Ich deutete mit meinem Löffel auf den Becher. »Es schmeckt wirklich gut. Bist du sicher, dass ich dir nicht auch einen machen soll?«

»Nein. Ich möchte keinen«, wehrte er ab.

Ehrlich, ich glaube, er mochte Junkfood am liebsten, wenn er *meines* aß. Vielleicht war ihm das bewusst, denn er weigerte sich standhaft, einen eigenen Becher zu bekommen.

Seufzend schob ich mir einen weiteren Löffel in den Mund. Der Geschmack der heißen Karamellsoße und des cremigen Vanilleeis auf meiner Zunge war absolut perfekt.

»Ich würde vielleicht ein wenig von deinem probieren«, knurrte Marcus. Seine tiefe Stimme vibrierte an meinem Rücken, als er mir über die Schulter schaute.

Mein Lächeln wurde breiter, als ich ihn endlich die Frage stellen hörte, die ich vorausgeahnt hatte. Tatsächlich hatte ich nur darauf gewartet.

»Ich will dich zu nichts zwingen«, erwiderte ich mit vorgetäuschter Besorgnis.

»Du zwingst mich keineswegs«, gab er eilig zurück. »Es macht mir wirklich nichts aus.«

Ich war nahe daran, Marcus dazu zu bringen zuzugeben, dass er unbedingt etwas von dem meisterhaft zubereiteten Eisbecher kosten wollte, den ich für mich zubereitet hatte. Da ich damit gerechnet hatte, ihm etwas abzugeben, hatte ich einen besonders großen Becher gefüllt.

Ich füllte den Löffel mit genau der richtigen Menge, drehte mich herum und hielt ihn an seine Lippen.

»Was sagst du dazu?«, fragte ich, nachdem er hastig das Eis vom Löffel geleckt hatte.

»Du hattest Recht. Es schmeckt wirklich gut.«

Ich teilte den ganzen Becher mit ihm. Es amüsierte mich, dass ich ihn nur auf diese Art dazu bringen konnte, etwas zu essen, das er wirklich genoss.

Ich fühlte mich ziemlich erschöpft von unserer Wanderung und dem darauffolgenden leidenschaftlichen Zwischenspiel unter freiem Himmel. Als wir dem Regen entkommen und das Haus erreicht hatten, hatten wir uns geduscht und zu Abend gegessen. Jetzt, da wir zur Ruhe gekommen waren, konnte ich die Schmerzen in meinem Körper spüren, die die gewaltsame Art unserer Vereinigung hervorgerufen hatte, doch das war es wert gewesen.

Meine Finger waren ziemlich zerkratzt, worüber Marcus viel Aufhebens gemacht hatte, als er es unter der Dusche bemerkt hatte. Er hatte mich mindestens zehnmal gefragt, ob es wehtut.

Was nicht der Fall war.

Und ich bereute das Erlebnis meines ersten Kusses – und so viel mehr – im Regen keinen einzigen Augenblick.

Marcus hätte sich selbst *niemals* als Romantiker bezeichnet und vielleicht war er das auch nicht, zumindest im üblichen Sinne. Doch allein die Tatsache, dass er sich für mich wünschte, jede Erfahrung auszuleben, von der ich angenommen hatte, niemals die Chance zu bekommen, sie zu verwirklichen, berührte mich so, dass es mich nicht weiter kümmerte, wenn er für gewöhnlich recht pragmatisch war. Es ließ seine Fürsorge besonders süß erscheinen.

Ich beugte mich vor und stellte unseren leeren Becher auf das Beistelltischchen. Ich würde ihn vor dem Zubettgehen in die Küche bringen.

»Ich muss morgen abreisen«, platzte er unerwartet heraus. Seine Stimme klang entschieden unglücklich. Er zog mich in seine Arme und ich lehnte mich gegen ihn.

Ich hatte gewusst, dass seine Abreise unvermeidlich war, doch trotzdem versetzte es mir einen Stich ... einen heftigen. »Wohin musst du diesmal reisen?«, erkundigte ich mich beiläufig und versuchte, nicht so zu klingen, als ob die Welt unterginge, weil es für uns an der Zeit war, getrennte Wege zu gehen.

»Ich muss in den Mittleren Osten. Ich wünschte, ich könnte es verschieben, aber –«

»Ich verstehe dich«, unterbrach ich ihn, da ich die Tatsache, dass er gehen musste, nicht aufbauschen wollte. In meinem Inneren barg ich ein gebrochenes Herz, obwohl ich gewusst hatte, wer Marcus war, als ich mich entschlossen hatte, Zeit mit ihm zu verbringen. *Ich darf nicht zusammenbrechen. Ich habe immer gewusst, dass dies irgendwann geschehen würde.*

Ich nahm an, ich hatte mir einfach mehr gemeinsame Zeit erhofft, aber ehrlich, es würde immer genauso wehtun, egal *wann* der Zeitpunkt gekommen wäre.

»Nein, du verstehst mich *nicht*, Danica. Ich würde dich nicht gerade jetzt verlassen, wenn ich nicht dazu gezwungen wäre«, knurrte er.

Plötzlich fiel mir etwas ein, das sich zugetragen hatte, nachdem wir geduscht hatten. »Hat das irgendetwas mit deinem Gespräch mit Jett zu tun?«

Er hatte ausgiebig in seinem Büro mit Jett telefoniert, als ich nach unten gekommen war und er das Handy an mich weitergereicht hatte.

Er stieß einen männlichen Seufzer aus. »Deshalb drängt es mich zur Eile, ja.«

»Was ist geschehen?« Ich drehte mich zu ihm herum und schaute ihn besorgt an.

»Es scheint so, als ob wir einige Jungfrauen vermissen«, erklärte er. »Vor der Versteigerung hatte man Ruby mit zwei weiteren Frauen in einem Raum eingesperrt, offensichtlich zwei Frauen, die sich nicht freiwillig dort aufhielten. Ruby wurde wie geplant versteigert und hält sich bei deinem Bruder in Florida auf, wie du weißt.«

»Und die beiden anderen Frauen?«, fragte ich.

»Sie sind verschwunden. Sie haben überhaupt nicht an der Auktion teilgenommen. Dein Bruder hat seine Fähigkeiten eingesetzt, um nachzuverfolgen, was aus ihnen geworden ist. Ruby hat mitbekommen, sie seien nach Syrien verschifft worden, als Geschenk für einen Rebellenführer.«

Entsetzt schloss ich die Augen. »Oh Gott! Wenn das wahr ist, stecken sie in Schwierigkeiten, Marcus.«

»Ich weiß. Doch ich hoffe, sie sind noch hinter der Grenze in der Türkei. Jett hat ein paar Hinweise gefunden.«

»Bis wohin konntet ihr sie zurückverfolgen?«

»Bis zu derselben Stadt, von der aus du dich entschlossen hast, den Teenagern zu folgen.«

Eigentlich konnte man den Ort eher als Dorf anstatt als Stadt bezeichnen. Im Laufe der Jahre hatte ich viele der Einheimischen kennengelernt und ihr Vertrauen gewonnen. Oft hielten sich Vertreter der Medien dort auf. Außerdem beherbergte das Städtchen viele Flüchtlinge. Meine Aufgabe als Journalistin hatte darin bestanden, über die Lage der Flüchtlinge und den Stand der Kämpfe in Syrien zu berichten. Ich kannte dieses Gebiet auf sehr persönliche Art. In der Region hielt sich außerdem medizinisches Personal aus aller Welt auf, das sich freiwillig gemeldet hatte, den Menschen zu helfen, die sich in die Grenzstadt geflüchtet hatten, um den Kämpfen zu entkommen.

»Ich werde dich begleiten«, schlug ich kurz entschlossen vor. »Ich weiß, du verfügst über mehr Erfahrung beim Spionieren als ich, doch ich kenne die Einheimischen dort. Ich spreche Türkisch und ausreichend Arabisch. Ich kann dir helfen, an Informationen zu gelangen, falls jemand sie versteckt.«

»Auf keinen Fall«, wehrte Marcus ab. »Du brauchst mehr Zeit. Du willst doch jetzt nicht dorthin zurückkehren.«

»Doch«, erklärte ich bestimmt. »Ich muss es tun.«

Zu dem Ort zurückzukehren, der sich für mich mit so viel Schmerz verband, würde meiner Rehabilitation zugutekommen. Ich hatte immer gewusst, dass ich irgendwann wieder dorthin gehen musste, um meine Ängste zu besiegen, doch hatte ich den Punkt bisher noch nicht erreicht. Jetzt, da die beiden Frauen dort in Schwierigkeiten steckten, war ich sogleich bereit dazu.

»Du wirst nicht mitkommen, Danica«, widersetzte sich Marcus. »*Mein Gott!* Du bist gerade erst einer misslichen Lage entkommen. Und jetzt willst du deinen Hals schon wieder riskieren?«

»Ja«, beharrte ich. Unsere Blicke trafen sich und lieferten sich einen Willenskampf. »Marcus, dies ist etwas, das ich tun *muss*. Ich habe immer gewusst, dass ich nicht zulassen darf, dass meine Entführung das Beste in mir erstickt. Ich darf sie nicht gewinnen lassen.«

»Die Terroristen, die dich gefangen gehalten haben, sind tot.«

»Nicht für mich«, erklärte ich. »Ich muss mich dieser Angst stellen, um sie auszumerzen. Dieses Dorf hat nichts mit dem zu tun, was mir zugestoßen ist, doch ich verbinde es in meinen Gedanken stets mit dem Schmerz und der Furcht vor Gefangenschaft und Folter.«

»Und genau deshalb werde ich dich nicht mitnehmen.«

»Genau deshalb *sollte* ich dorthin gehen. Du wirst bei mir sein und ich kann dir helfen.«

»Ich bringe es nicht fertig«, antwortete er und seine Stimme brach vor Emotion.

Ich konnte ihm seine Sorge am Gesicht ablesen. »Mit dir bin ich sicher.«

»Ich werde dich mit Handschellen an mich fesseln, um zu verhindern, dass du über die Grenze läufst, wenn du glaubst, jemand sei in Gefahr.«

»Damit kann ich mich abfinden«, erwiderte ich in dem Versuch, ihn zu überreden, mich mitzunehmen.

»Nein.«

Gott, wie stur er war. Ich wusste zwar, dass er versuchte, mich vor Schmerz zu bewahren, doch ich konnte nicht ewig auf meiner Angst hängen bleiben. Der Gedanke, mit Marcus dorthin zu gehen, war weit weniger furchterregend, als wenn ich mich allein auf den Weg hätte machen müssen. »Ich werde keine Angst haben. Du wirst doch bei mir sein.«

»Aber *ich* werde mich zu Tode fürchten«, gab er knurrend zu. »Du hast genug durchgemacht, Dani.«

»Eines Tages werde ich dorthin zurückkehren müssen, Marcus. Und wenn ich dir jetzt eine Hilfe sein kann, ist der Zeitpunkt geradezu perfekt. Ich werde diese Hurensöhne nicht gewinnen lassen. Ich werde bestimmt nicht mein ganzes Leben mit der Angst vor einer Region leben, in der ich mich so lange als Korrespondentin bewegt habe. Ich habe mit den Einheimischen zusammengelebt. Dort habe ich mich öfter aufgehalten als hier.«

»Und es war *niemals* sicher«, grollte er. »Das Dorf liegt zu nahe an der Grenze. Die Städte dort sind nicht immer sicher.«

»Ist es überhaupt noch irgendwo sicher?«, fragte ich. »Überall auf der Welt kann jederzeit irgendetwas passieren.«

»Da hast du Recht«, räumte er ein. »Trotzdem musst du dich nicht so nahe an die Schusslinie bringen.«

»Irgendwann werde ich doch dorthin gehen. Du kannst mich nicht mein ganzes Leben lang beschützen. Und *mit* dir bin ich sicherer als *ohne* dich«, argumentierte ich.

Diesmal konnte ich nicht nachgeben. Zwar wollte ich Marcus nicht verletzen, doch es lag mir wirklich am Herzen, ihn zu begleiten und für die beiden Frauen, die Gregory Beckers Menschenhändlerring nicht entkommen waren, alles zu tun, was in meiner Macht stand. Allein der Gedanke an entführte Frauen in den Klauen eines so teuflischen Mannes wie des Rebellenführers war ekelerregend. Ich wusste, was sie würden durchmachen müssen und dass sie höchstwahrscheinlich der Tod erwartete, nachdem sie benutzt worden waren wie eine Ware, nicht wie Menschen.

»Wir brechen in aller Frühe auf«, sagte er schließlich gereizt. »Und du machst keine Bewegung, ohne sie mit mir abzusprechen!«

Mein Herz zog sich zusammen, als ich einen gequälten Ausdruck über sein Gesicht huschen sah. Es kostete ihn einiges, mich mitzunehmen, doch ich nahm an, er hatte sich überlegt, dass er mit mir bessere Chancen hatte als ohne mich. Zwar mochte er über eigene Kontakte in diesem Gebiet verfügen, doch hatte er nicht gerade übermäßig viel Zeit dort verbracht. Er war stets nur kurz dort aufgetaucht, wahrscheinlich lediglich lange genug, um seine Informanten zu treffen.

Ich hob meine Hand und streichelte zärtlich über seine leicht stopplige Wange. »Danke«, sagte ich ernst.

Seine Arme schlossen sich fester um mich. »Verdammt, ich hatte von Anfang an keine Wahl. Ich wusste, du würdest dich sogleich in Bewegung setzen, als ob man dir Feuer unter dem Hintern gelegt hätte, sobald du hören würdest, dass zwei Frauen in Schwierigkeiten stecken.«

Ich lächelte. »Du bewegst dich selbst auch nicht gerade langsam.«

Er zuckte mit den Schultern. »Dein Bruder kann nicht dorthin gehen. Er passt auf Ruby auf.«

Obwohl Marcus seine humanitären Bemühungen wahrscheinlich nicht an die große Glocke hängen wollte, war er doch der Typ Mann, der nicht in der Lage wäre, mit dem Wissen zu leben, jenen Frauen nicht geholfen zu haben. »Du willst ihnen doch auch helfen«, entschuldigte ich ihn freundlich.

»Ich *will* deinen wunderschönen Hintern in Sicherheit wissen. Ich hätte die Entführung der beiden Frauen überhaupt nicht erwähnen dürfen. Ich hätte wissen müssen, dass du direkt ins Feuer springst, um sie zu retten«, gab er zurück.

Ich küsste ihn zärtlich. Dann lehnte ich mich wieder an ihn. »Du bist ein guter Mann, Marcus.«

Er schnaufte. »*Das* hat mir noch niemand gesagt.«

»Das ist aber die reine Wahrheit.«

»Dann bist du wahrscheinlich die Einzige, die das glaubt. Die meisten Leute denken, ich sei ein Arschloch, selbst meine Freunde.«

Ich lachte über seine selbstkritische Bemerkung. Ich hatte bereits mehr als einmal gehört, dass Jett Marcus als Arschloch bezeichnete, doch ich wusste, es war reine Neckerei. Unter seinem polternden Wesen lag ein unglaublicher Mann verborgen. Oh ja, er war recht argwöhnisch, ein Charakterzug, der wahrscheinlich in seiner Arbeit für die Regierung begründet lag. Doch jeder, der ihn besser kennenlernte, würde mit der Zeit merken, dass hinter dem Arschloch ein Mann mit einem äußerst guten Herzen steckte.

»Du nimmst mich mit«, erinnerte ich ihn.

»Widerstrebend«, erwiderte er unglücklich. »Und nur weil ich glaube, dass du dich ohne mich in noch größere Schwierigkeiten bringst.«

»Du weißt, ich verfüge über mehr Beziehungen in dem Gebiet als du«, gab ich zu bedenken.

»Das mag zwar so sein, doch trotzdem bin ich mit der ganzen Situation nicht glücklich. Doch ich wollte dich nicht belügen. Ich denke, ich habe unterstellt, du würdest mich allein gehen lassen, da du gewiss nicht so bald an jenen Ort zurückkehren wollest.«

»Ich *muss* gehen«, wiederholte ich. »Ich muss mich selbst befreien.«

»Und ich möchte dich am liebsten an mich fesseln«, sagte er heiser.

»Wir könnten diese Handschellen im Voraus testen«, schlug ich vor.

»Du traust mir das nicht zu?«, fragte er und hob herausfordernd eine Augenbraue.

Ich schlang ihm die Arme um den Hals. »Ich spüre *nicht* die geringste Angst.«

Tatsächlich, ich konnte mir das erotische Vergnügen, nackt Marcus' Gnade ausgeliefert zu sein, sehr gut vorstellen und war mir sicher, es zu genießen.

Er stand auf und zog mich mit sich. Ich schrie schrill auf, als er mich über seine Schulter warf. »Marcus, lass mich runter! Ich glaube, für dich ist es eine fetischistische Handlung, mich wie einen Höhlenmenschen durch die Gegend zu schleppen.«

Ich lachte, als er mir spielerisch einen Klaps auf den Hintern gab und stur dem Schlafzimmer zustrebte, ohne auf meine Einwände zu achten.

»Kein Fetisch«, wehrte er ab. »Ich bin lediglich begierig darauf, dich in Handschellen zu sehen.«

Ich lächelte immer noch, als wir das Schlafzimmer erreichten, wo er mich auf meine Füße stellte.

»Du bist unmöglich«, beschimpfte ich ihn, unfähig, das törichte Lächeln auf meinem Gesicht zu unterdrücken.

»Das gefällt dir doch an mir«, stellte er arrogant fest.

Ich konnte ihm nicht widersprechen. Er hatte Recht. Ich liebte seine Sturheit tatsächlich, wenn sie mich nicht gerade in den Wahnsinn trieb.

»Nein, das gefällt mir keineswegs«, gab ich vor, legte meine Hände auf seine Hüften und verdrehte die Augen.

»Doch«, beharrte er mit heiserer Stimme. »Du liebst es, wenn ich nicht eher Ruhe gebe, bis du nackt vor mir stehst, und dann darauf *bestehe*, dich zum Orgasmus zu bringen.«

Oh verdammt, und wie ich das *liebte*.

»Wirst du weiter so viel reden oder wirst du es mir beweisen?« Mein Körper stand bereits vor Begierde nach ihm in lodernden Flammen und er hatte mich noch nicht einmal berührt.

Er wurde still, als er sich an die Arbeit machte, mir zu beweisen, wie sehr ich seine Beharrlichkeit liebte.

Kapitel 25

Marcus

»Was zum Teufel soll das heißen, sie sind nicht hier?«, schnauzte ich Jett an, der sich am anderen Ende der Telefonleitung befand.

Wir hielten uns erst einen Tag in der Türkei auf und es war so verdammt heiß, dass ich in Anzug und Krawatte beinahe dahinschmolz.

Ich stand etwas abseits auf einer kleineren Straße des besagten Städtchens und hatte kurz haltgemacht, um Jett anzurufen, während sich Dani gleich die Straße hinauf und um die Ecke herum mit einem Einheimischen unterhielt.

»Ich will damit sagen, dass wir sie gefunden haben«, antwortete Jett, scheinbar ungerührt von meinem Temperamentsausbruch. »Sie wurden mithilfe einiger Ärzte befreit, in derselben Stadt, in der du dich gerade aufhältst. Sie kamen ziemlich erschüttert in Europa an, doch ansonsten ging es ihnen gut.«

»Und das hast du nicht herausfinden können, bevor ich mit deiner Schwester amerikanischen Boden verlassen habe?«, beschwerte ich mich, obwohl ich wusste, dass Jett keine Schuld traf.

»Verdammt, ich wusste nicht, dass du Dani mitgenommen hast.«

»Hätte ich sie aufhalten können?«, verteidigte ich mich. Danica hatte die Fähigkeit, die Menschen im Sturm zu überrollen.

»Wahrscheinlich hättest du das gekonnt, aber offensichtlich hast du es nicht gewollt«, stellte Jett fest.

»Niemand stoppt Dani, wenn sie sich etwas in den Kopf gesetzt hat«, erwiderte ich grimmig.

»Ja, sie ist stur«, stimmte Jett mir zu. »Aber *du* solltest doch in der Lage sein, *das* einzuplanen.«

»Sie macht mich verrückt«, vertraute ich ihm an. »Sie scheint entschlossen, sich in schwierige Situationen zu bringen.«

»Immerhin ist sie in deiner Begleitung«, sagte Jett. »So ist sie sicher. Und zur Verteidigung meiner Schwester: Sie legt es doch nicht darauf an, sich in Schwierigkeiten zu bringen. Sie sorgt sich einfach zu sehr um das Wohlergehen anderer Menschen. Wie geht es ihr psychisch?«

»Ich würde sagen, als wir hier eingetroffen sind, war sie zunächst etwas bedrückt, doch bereits nach einer Stunde lief sie herum und sprach mit den Einheimischen und dem medizinischen Personal. Mittlerweile scheint sie sich hier wieder wohlzufühlen.«

»Du magst sie.« Für Jett stand das außer Frage.

»Mehr als ich sollte«, antwortete ich widerstrebend. »Sie wird mir die Hölle bereiten.«

»Sie ist ein dicker Brocken, doch ich denke, du wirst damit zurechtkommen, denn davon abgesehen ist sie einer der nettesten Menschen, die ich kenne. Und das sage ich nicht nur, weil sie meine Schwester ist. Sie ist bei allem, was sie tut, mit Leib und Seele bei der Sache«, gab Jett zurück.

»Ich weiß«, stimmte ich ihm zu. »Doch manchmal bürdet sie sich zu viele Lasten auf, die nicht ihre sind.«

»Dani betrachtet alles, was sie möglicherweise lösen kann, als ihren eigenen persönlichen Kampf. So ist sie schon immer gewesen, Marcus. Und keiner von uns kann irgendetwas tun, um ihre Natur zu ändern, und ich bin mir auch keineswegs sicher, ob ich das wollen würde, selbst wenn ich es könnte.«

»Ich weiß«, erklärte ich. »Ich will sie auch nicht ändern, doch ich mache mir Sorgen um sie.«

»Wenn du ihr das Herz brichst, bringe ich dich um!«, bemerkte Jett lässig.

»Höchstwahrscheinlich wird sie eher meines brechen«, murmelte ich.

»Besser deins als ihres«, sagte Jett ruhig. »Dani hat genug durchgemacht. Ich weiß zwar nicht, was du für sie empfindest, doch falls du keine festen Absichten hegst, verdreh ihr nicht den Kopf!«

»Fuck! Ich *will* etwas Festes. Aber ich bin mir nicht sicher, ob sie sich festlegen will.« Auf keinen Fall wollte ich sie verscheuchen, indem ich ihr eingestand, für den Rest unseres Lebens mit ihr zusammenbleiben zu wollen. Jetzt, da wir zusammen waren, konnte ich mir nicht mehr vorstellen, mein Leben ohne sie zu verbringen. Jede Sekunde, die ich mit ihr verbrachte, war wie ein Geschenk und ich wünschte, es würde niemals enden.

»Wenn sie mit dir zusammen ist, dann will sie etwas Dauerhaftes«, klärte mich Jett auf. »Sie ist nicht der Typ, sich auf etwas einzulassen, ohne gleich alles zu wollen.«

»Es gab andere Männer in ihrem Leben«, wandte ich ein.

»Nicht sehr viele«, sagte Jett. »Und nichts wirklich Ernstes.«

»Weshalb glaubst du, sie will mehr als nur eine Affäre?«, erkundigte ich mich neugierig.

»Weil sie eben Dani ist«, erklärte er schlicht. »Ich habe noch niemals gesehen, dass sie irgendeinen Mann mit solchen Blicken betrachtet wie dich.«

In meinem Herzen begann ein winziger Same der Hoffnung aufzukeimen. »Ich hoffe, du hast Recht«, erwiderte ich. »Denn sonst bin ich erledigt.«

Jetts amüsiertes Lachen schallte aus dem Telefon. »Alter, ich habe nicht geglaubt, dir das sagen zu müssen, aber du klingst reichlich armselig.«

»Ich weiß«, stimmte ich ihm bereitwillig zu. »Ich hasse es.«

»Sie ist es wert«, argumentierte er.

Ich gab Jett Recht. Dani war jede Unsicherheit und alle Ängste wert, die ich durchleben musste, um sie zu behalten. Da es mir unangenehm war, mit Danis Bruder über sie zu reden, lenkte ich das Gespräch auf ein anderes Thema. »Ist bei euch alles in Ordnung?« »Ja. Mit uns ist alles okay. Ruby ist zwar durch die Hölle gegangen, aber sie besitzt eine Kämpfernatur.«

»Und du bist dir absolut sicher, dass jene beiden Frauen in Sicherheit sind?«, fragte ich, denn ich wollte sicher sein, bevor ich es Dani erzählte.

»Ja, das kann ich bestätigen«, betonte Jett. »Ich habe gerade eben mit jeder von ihnen gesprochen. Ich wünschte nur, ich hätte diese Information erhalten, bevor ihr euch auf den langen Flug in die Türkei begeben habt.«

»Nicht der Rede wert«, erklärte ich, denn ich verspürte leichte Gewissensbisse, weil ich ihm auf so grobe Weise Vorhaltungen gemacht hatte. »Wie gesagt, du hast vor ein oder zwei Tagen selbst nicht gewusst, ob sie in Sicherheit sind oder nicht. Ich bin nur froh, dass alles gut gegangen ist. Jetzt kann ich deine Schwester einpacken und mich vom Acker machen.«

»Wie sicher ist es dort, ehrlich?«, erkundigte sich Jett.

»So sicher wie eine Grenzstadt eben sein kann, denke ich«, erläuterte ich. »Und nicht annähernd so sicher, wie ich es mir wünschte. Deine Schwester hat es sich zu eigen gemacht zu betonen, dass überall jederzeit alles Mögliche passieren kann, doch ganz bestimmt widerstrebt es mir, dass sie sich hier aufhält. Ich weiß nicht, wie ich sie je habe in Krisengebieten zurücklassen können.«

»Vielleicht hast du den Umstand verdrängt«, schlug Jett vor. »Ich denke, uns allen ist es so gegangen. Dani schien sich niemals Sorgen zu machen, also hatten sich all meine Geschwister, einschließlich mir, damit abgefunden. Wir machten uns zwar Gedanken, doch je mehr Zeit verstrich, ohne dass ihr irgendetwas zustieß, desto weniger ängstigten wir uns um sie. Das war ein Fehler, der sich niemals mehr wiederholen wird.«

»Ich habe mir damals verdammte Sorgen gemacht«, gab ich zu. »Doch wir kannten einander kaum und hatten nichts Besseres zu tun, als uns Wortgefechte zu liefern. Ich denke, auf diese Weise habe ich die Angst, ihr könne etwas zustoßen, kompensiert. Wenn sie mich stets nur schlecht behandelte, so sagte ich mir, könne ich mich glücklich schätzen, sie ihren eigenen Angelegenheiten zu überlassen.«

»Doch so einfach war es dann doch nicht?«, hakte Jett nach.

»Mit deiner Schwester ist *nichts jemals* so einfach«, knurrte ich. »Sie reizt mich immer noch bis zur Weißglut.«

»Aber du liebst sie *trotz alledem*«, stellte Jett fest.

Mehr als du jemals ahnen kannst! Laut erwiderte ich: »Ja. Das soll mir erst einmal jemand erklären!«

»Ich glaube, jeder, den du liebst und es wert ist, um ihn zu kämpfen, kann dich gelegentlich in den Wahnsinn treiben«, scherzte Jett.

»Ich glaube, ihre Sturheit ist einer der Charakterzüge, die ich andererseits an ihr liebe, was mir ziemlich paradox erscheint. Liebe lässt sich eben nicht analysieren«, erklärte ich Jett genervt.

Jett lachte leise. »Liebe *muss* man nicht analysieren. Sie wäre nicht so aufregend, wenn man es täte.«

Ich fragte mich, wie mein Freund der Liebe noch etwas abgewinnen konnte, da er doch von einer teuflischen Hexe verlassen worden war, nur weil ihr sein Äußeres nach seinem Unfall nicht mehr gefiel. Vielleicht hatte er mit der Zeit erkannt, dass seine Beziehung mit Lisette einseitig und konventionell gewesen war.

Die Liebe war nicht nur angenehm für mich. Sie machte mich viel zu verletzlich und dieses Gefühl hasste ich. Doch lieber offenbarte ich Dani mein Innerstes, als sie zu verlieren.

»Ich glaube«, wandte ich schließlich ein, »jetzt werde ich losgehen, um deine Schwester einzusammeln, und dann verschwinden wir möglichst schnell von hier, sodass ich sie in Sicherheit weiß.«

»Gut. Lass mich wissen, wenn ihr in die Staaten zurückgekehrt seid«, bat mich Jett.

Das bestätigte ich ihm und wir beendeten unser Gespräch.

Ich verstaute mein Handy wieder in der Jackentasche meines Anzugs. Dann entledigte ich mich eiligst der Jacke. Es war so heiß, dass ich schwitzte wie ein Schwein.

Erleichtert löste ich meine Krawatte und steckte sie ebenfalls in die Tasche meiner Jacke.

Obwohl dieses Land heißere Regionen aufzuweisen hatte, gehörte diese Stadt eigentlich nicht dazu, doch es war Sommer hier, Juli. Die Hitze erreichte zwar nicht solche Temperaturen wie in Saudi Arabien, doch da hier kein einziges Gebäude mit einer Klimaanlage ausgestattet war, ließ sich die Hitze kaum ertragen.

Ich fragte mich, wie Dani sie mit ihrem hellen Teint aushalten konnte.

Entschlossen, sie zu finden und ihr die freudige Nachricht zu überbringen, dass die beiden Frauen, nach denen wir suchten, sich bereits in Sicherheit befanden, drehte ich mich herum und folgte der holprigen Straße.

Wir hatten uns in ein Stadtviertel begeben, in dem nur wenige Menschen unterwegs waren. Ihre Kontaktperson lebte in einiger Entfernung vom Stadtzentrum, weshalb ich ihr erlaubt hatte, sich eine Weile ohne mich zu bewegen, während ich mit ihrem Bruder telefoniert hatte. Das Viertel war ziemlich ruhig, daher hatte ich gedacht, es böte genügend Sicherheit, sie aus meiner direkten Sichtweite zu entlassen. Doch eigentlich war sie kaum aus meinem Blickfeld gelangt. Wenn nicht einige Häuser dazwischen gelegen hätten, hätte ich sie sehen können.

Ich hatte beinahe die Ecke erreicht, als eine Explosion die Luft zum Beben brachte. Später sollte ich mich nicht daran erinnern, den jungen, unerfahrenen Kamikazebomber wahrgenommen zu haben, der hinter mir die Stadt betreten hatte.

Ich konnte mir nur noch die Art ins Gedächtnis zurückrufen, wie die Bombe explodierte, als ob alles im Umfeld in Rauch aufgehen würde.

Splitterndes Glas.

Die Gewalt der Explosion warf mich in den Schmutz, mein Kopf schlug auf dem Boden auf.

Für ein paar Augenblicke schwanden mir die Sinne.

Danach, inmitten von umherwirbelnden Trümmern, empfand ich lediglich lähmende Angst, als ich den Laden entdeckte, den

Dani aufgesucht hatte, und wilde Entschlossenheit, Dani aus dem einstürzenden Gebäude herauszuholen, selbst wenn ich mir mit bloßen Fingern den Weg hätte freischaufeln müssen.

Kapitel 26

Dani

Die Explosion hatte mich vollkommen überrascht, daher verstand ich zunächst nicht, was auf mich hinabstürzte. Fassungslos lag ich im Dreck und versuchte immer noch nachzuvollziehen, was geschehen war, als mir plötzlich etwas einfiel: Marcus war draußen auf der Straße.

Marcus. Oh Gott! War er in Sicherheit?

»Eine Bombe. Es muss eine Bombe gewesen sein«, murmelte ich vor mich hin. »Und ganz hier in der Nähe.«

Das Geräusch einer detonierenden Bombe war mir zwar nicht vollkommen unbekannt, doch ich hatte eine Minute gebraucht, um den Schock zu überwinden und zu erkennen, was in unmittelbarer Nähe meines Aufenthaltsortes geschehen war. Nie zuvor hatte ich das Geräusch so laut und verheerend wahrgenommen.

Das ganze Gebäude war über meinem Kopf in sich zusammengestürzt. Mir blieb nur wenig Raum, um mich zu bewegen, und es war mir unmöglich, mich selbst aus den Trümmern zu retten. Ein Teil der Decke hatte sich über mir verklemmt und zwischen den Deckenbalken auf dem Boden konnte ich Tonnen von Glas erkennen.

*Wenn ich mich schon in einer solch verzweifelten Lage befinde
... wie ist es Marcus dann ergangen?*
Er hatte sich unter freiem Himmel aufgehalten, der vollen Macht
der Explosion vollkommen ausgeliefert.

Langsam begannen meine Augen, sich an das Dämmerlicht um
mich herum zu gewöhnen; die Luft war noch angefüllt mit kleinen
Staubpartikeln und Rauch.

»Baris!«, versuchte ich meinen Freund ausfindig zu machen, der
sich mir gegenüber auf der anderen Seite des Raumes aufgehalten
hatte, als die Bombe explodiert war.

Ich erhielt jedoch keine Antwort, so blieb mir nur die Hoffnung,
dass er sich aus dem einstürzenden Gebäude hatte retten können.
Baris hatte sich nahe dem Ausgang aufgehalten, daher war es gut
möglich, dass er in Sicherheit war.

Ich rief wiederholt den Namen meines Freundes, erhielt jedoch
wieder keine Antwort.

Draußen hörte ich schreiende Stimmen. Offensichtlich war
Hilfe eingetroffen. Mit klopfendem Herzen bettete ich meinen
schmerzenden Kopf in den Staub.

»Bitte lass Marcus unversehrt sein!«, murmelte ich gequält
flüsternd. »Lass ihm nichts zugestoßen sein!«

Eine Träne rollte mir die Wange hinab, während mein Herz
verzweifelt versuchte zu leugnen, er könne verletzt worden sein ...
oder Schlimmeres.

»Ich liebe ihn«, sagte ich laut und hörte mich so die Worte
aussprechen, die mir seit Tagen nicht aus dem Kopf gingen.

Ich empfand große Erleichterung, mir meine Gefühle für Marcus
endlich eingestanden zu haben. Ehrlich, wahrscheinlich war ich
schon immer ein bisschen in diesen frustrierenden Alpha-Mann
verliebt gewesen. Doch während unserer gemeinsamen Zeit in
Florida und Colorado hatte sich dieses Gefühl ernsthaft vertieft.
Während dieser Zeit hatte ich Marcus' weichen Kern kennengelernt
und mich Hals über Kopf vollkommen in ihn verliebt ... das allererste
Mal in meinem Leben, dass ich mich überhaupt verliebt hatte.
Es fühlte sich gut an.

Doch gleichzeitig tat es weh, denn ich wusste, unsere Beziehung war zeitlich begrenzt. Marcus würde irgendwann wieder seine Reisen aufnehmen müssen und ich meiner nächsten Story hinterherjagen. Das Problem lag darin, dass ich inzwischen auf keinen einzigen Augenblick mit ihm hatte verzichten wollen und mir erlaubt hatte, die Lust kennenzulernen. Für diese Sünde würde ich einen hohen Preis zahlen müssen, doch das war mir einerlei.

Er war wahrscheinlich der einzige Mann, dem ich genügend vertraute, um mit ihm zu schlafen, nach allem, was man mir angetan hatte.

Es erschien mir wie eine Ironie des Schicksals, dass der Heilungsprozess, der mir durch Marcus zuteilgeworden war, mir in naher Zukunft das Herz brechen würde.

»Lass ihm nur nichts geschehen sein! Mit allem anderen werde ich klarkommen, wenn die Zeit reif ist«, flüsterte ich. Lauter konnte ich nicht mehr sprechen, denn meine Kehle war mittlerweile wund und trocken. Staub und Rauch setzten mir zu.

So quälte ich mich mit der Frage nach Marcus' Sicherheit, gefangen, bis jemand kommen würde, um mich aus dem eingestürzten Gebäude zu befreien. Ich fühlte mich so verdammt schuldig. Schließlich war ich diejenige gewesen, die ihn letztendlich in diese Situation gebracht hatte. Wenn er nicht nach Miami gekommen wäre, um mich aufzuspüren, wäre er jetzt vielleicht nicht in genau dieser Grenzstadt. Wenn ich nicht gewesen wäre, würde er jetzt in Sicherheit sein.

Immer und immer wieder verbot ich mir, über die Vergangenheit nachzudenken, doch ohne Erfolg. Falls Marcus etwas zugestoßen war, würde ich mich hassen, weil ich darauf bestanden hatte, ihn zu begleiten. Selbst wenn er trotz alledem in dieser Stadt gelandet wäre, um nach den vermissten Frauen zu suchen, hätte er sich definitiv nicht in diesem Viertel aufgehalten, denn ich war es gewesen, die ihn hierhergeführt hatte, um meine eigenen Kontaktpersonen aufzusuchen.

»Bitte sei gesund! Bitte sei gesund!«

Atemlos wiederholte ich die Worte immer und immer wieder, den kurzen Satz als mein persönliches Mantra benutzend.

Ich war hierhergekommen, um dabei zu helfen, Leben zu retten, und hatte recht schnell meine Zuversicht zurückgewonnen und meine Angst vor dieser Stadt und ihrer Umgebung verloren. Nach meiner Ankunft hatte es nicht lange gedauert und ich war wieder von meinem alten Drang besessen gewesen, Informationen aufzuspüren. Die Freunde, die ich mir in dieser Stadt gemacht hatte, hatten mich wärmstens begrüßt und sich gefreut, dass es mir gut ging.

Schließlich hatte ich mich so gefühlt, als hätte ich meine Ängste besiegt.

Verzweifelt hoffte ich, dass Marcus meinen Heilungsprozess nicht mit einer Verletzung bezahlen musste.

Wenn ich nicht gewesen wäre, hätte er sich wahrscheinlich jetzt nicht hier in der Türkei aufgehalten, geschweige denn in einer Grenzstadt, die offensichtlich gerade einem Bombenangriff zum Opfer gefallen war.

In die Geschichte in Florida wäre er erst überhaupt nicht verwickelt worden, wenn ich Becker nicht gejagt hätte, und weitaus mehr Zeit wäre ins Land gegangen, bis wir uns wieder über den Weg gelaufen wären.

Ich schloss meine Augen, der Rauch und die staubige Luft um mich herum begannen, sie wie verrückt zu reizen.

Obwohl ich Marcus über alles liebte, würde ich unsere Beziehung, ohne zu zögern, aufgeben, nur um ihn in diesem Moment lebendig zu sehen.

Ich muss ihn finden!

Nichts wünschte ich mir sehnlichster, als aus diesem Laden herauszukommen und Marcus zu suchen, doch falls ich mich jetzt bewegte, würde höchstwahrscheinlich die Decke auf mich hinabstürzen. Jemand musste von außen die Trümmer beseiteräumen, sodass ein Fluchtweg entstand, ohne dass ich die eingestürzten Gebäudeteile bewegte, die mich davor bewahrten, zerquetscht zu werden.

Mein Herz begann, wie wahnsinnig zu hämmern, als ich Geräusche von außerhalb des Gebäudes wahrnahm, die auf Rettungsarbeiten schließen ließen. Ich konnte hören, dass Menschen daran arbeiteten, mich auszugraben. Obwohl ich kaum die Geduld aufbringen konnte, in Ruhe abzuwarten, musste ich dafür sorgen, mir mein Leben zu erhalten, sodass ich alles dafür tun konnte, Marcus zu helfen. Ich musste ihn finden und um das zu ermöglichen, musste ich lebend aus den Trümmern herauskommen.

»Danica!«

Mein Herz krampfte sich zusammen, als ich hörte, wie eine männliche Stimme meinen Namen rief, eine Stimme, die stark nach Marcus klang.

Abrupt öffnete ich meine Augen. Ich sah, dass sich jemand erfolgreich seinen Weg zu mir freischaufelte. Die männliche Gestalt warf riesige Trümmer beiseite, mit einer Geschwindigkeit, die man niemandem zugetraut hätte.

»Markus!«, kreischte ich.

»Dani?«, schrie er mit heiserer, gestresster Stimme.

»Ich bin hier. Sei vorsichtig! Das Dach könnte zusammenbrechen. Es gibt nicht viel, was es noch davon abhält, vollkommen zu Boden zu stürzen.«

Jetzt konnte ich ihn deutlich erkennen. Ich beobachtete, wie er lose Holzbalken beiseiteschob und dabei äußerste Vorsicht übte, kein tragendes Teil zu entfernen.

»Bist du in Ordnung?«, brüllte er.

»Ja. Ich brauche lediglich eine Öffnung, durch die ich nach außen gelangen kann. Ich kann keine dieser Trümmer in meiner unmittelbaren Nähe bewegen; ich befürchte, das Dach könnte vollkommen einstürzen.«

»Rühr dich nicht!«, verlangte Marcus. »Ich schaffe dir einen Fluchtweg von dieser Seite aus.«

»Geht es dir gut?«, erkundigte ich mich ängstlich.

»Verdammt, nein. Es geht mir *nicht* gut. Ich habe verdammte Angst, du könntest unter den Trümmern zerquetscht werden.«

Die Antwort war typisch für Marcus, doch so unglaublich süß, dass mir die Tränen kamen. »Ich meinte, ob du *physisch* unverletzt bist? Wurdest du bei der Explosion verwundet?«

»Ich werde es überleben«, beruhigte er mich, laut genug, sodass ich es hören konnte.

Ich wusste, das bedeutete, dass er zwar verletzt war, es aber nicht zugeben wollte.

Endlich konnte ich seinen Kopf sehen, als er sich in die Öffnung kauerte, die er mit bloßen Händen freigelegt hatte.

»Marcus, du bist verletzt«, schrie ich auf, vollkommen in Panik, weil ich Blut auf seinem Gesicht entdeckt hatte.

»Mir geht es gut«, sagte er in scharfem Tonfall. »Im Augenblick geht es mir nur darum, dich dort herauszuholen. Kannst du mir deine Hände reichen, ohne irgendwelche Trümmer in Bewegung zu setzen? Dann ziehe ich dich durch den Tunnel, den ich gerade freigelegt habe.«

Er spielte seine Verwundung herunter, doch bevor er mich nicht aus dem Gebäude herausgebracht hatte, würde ich keine ehrliche Antwort erhalten.

»Ja, ich kann sie bewegen.« Behutsam hob ich meine Arme und streckte ihm meine Hände entgegen.

»Bist du verletzt? Ich will nichts noch schlimmer machen«, fragte er zögernd.

»Nein«, erwiderte ich. »Ein paar Minuten lang war ich verwirrt, aber ich bin nicht verletzt.«

Er streckte mir seine Hände entgegen, ergriff meine und zog mich hinaus, langsam und stetig. Aufmerksam achtete ich darauf, mich von den Balken fernzuhalten, die mit Sicherheit das Dach davon abhielten, zu Boden zu stürzen.

Innerhalb weniger Augenblicke war ich draußen, weg von dem Gebäude und geborgen in Marcus' Armen.

Wir klammerten uns aneinander und ich hätte ihn am liebsten niemals mehr losgelassen. In den Momenten, in denen ich mich gefragt hatte, ob er noch lebte, war ich beinahe selbst gestorben.

»Baris?«, erkundigte ich mich ängstlich nach meinem Freund, während ich Marcus ebenso fest umarmte wie er mich.

»In Sicherheit«, antwortete Marcus. »Er hat lediglich ein paar kleinere Verletzungen erlitten und ist zur Behandlung im Krankenhaus.«

Ich lehnte mich zurück, sodass ich ihn näher in Augenschein nehmen konnte.

Ich streckte die Hand aus, um seine Kopfwunde zu betasten. Ich konnte nicht umhin, auch das Blut an seinen Händen zu bemerken, das von Verletzungen stammte, die er sich zugezogen hatte, als er sich mit bloßen Händen durch Holz und Glas einen Weg zu meinem Gefängnis freigeräumt hatte. »Du bist verletzt, Marcus. Du musst ins Krankenhaus.«

Von der klaffenden Wunde an seinem Kopf floss stetig Blut über sein Gesicht. Sein T-Shirt, das noch am selben Morgen weiß gewesen war, war nun blutdurchtränkt. Ohne Zweifel hatte die Wunde die ganze Zeit über geblutet, während er mich aus den Trümmern befreit hatte.

»Mir geht es gut«, sagte er in einem Tonfall, der seine Emotionen verriet. »Ich will dich, verdammt noch mal, schnellstens von hier wegbringen.«

»Mir geht es gut«, widersprach ich.

»Mir nicht«, gab er zu. »Ich will niemals mehr erleben, dass ich nicht weiß, ob du lebst oder ob du tot bist, Danica. Das ertrage ich einfach nicht mehr.«

»Ich hatte auch solche Angst um dich«, bekannte ich mit bebender Stimme. Und wieder schlang ich die Arme um ihn und schmiegte mich eng an ihn. »Ich wusste, du warst dort draußen. Ich wusste doch nicht, wo du dich aufhieltest, als die Bombe explodierte.«

»Ich habe mir Sorgen um dich gemacht. Es scheint, dass ich darin mittlerweile gut bin«, antwortete er und streichelte tröstend mit dem Handrücken meine Haare.

»Wir sind in Sicherheit«, sagte ich unter Tränen, denn langsam wurde mir die Ungeheuerlichkeit der Ereignisse bewusst.

»Lass uns nach Hause fliegen!«, schlug er vor, rührte sich jedoch nicht von der Stelle.

»Zuerst müssen wir die beiden Frauen finden –«

»Sie sind in Sicherheit«, unterbrach Marcus mich. »Jemand hat ihnen geholfen, nach Hause zu gelangen. Jett hat das bestätigt.«

Oh Gott! Was für eine Ironie: Wir hielten uns in der Türkei auf und suchten die beiden Frauen, während sie sich zu Hause in Sicherheit befanden. Wir hatten uns beinahe selbst zu Tode gebracht für zwei Frauen, die unsere Hilfe nicht brauchten.

Obwohl ich es kaum übers Herz brachte, löste ich mich von Marcus, damit wir gehen konnten. »Wir müssen deine Verletzungen behandeln lassen, bevor wir fliegen können«, verlangte ich, besorgt über die Größe der Platzwunde an seinem Kopf.

»Ich werde sie zu Hause versorgen lassen«, beharrte er dickköpfig.

»Nein, jetzt«, widersprach ich.

Ich erwartete eigentlich eine besserwisserische Antwort und war ehrlich besorgt, als ich keine erhielt. Ängstlich musterte ich ihn und bemerkte, dass er leichenblass war und sich eine Hand an den Kopf hielt.

»Ich werde ... « Seine Stimme versagte und er sank auf eine Holzkiste, die nicht hinweggefegt worden war.

Hastig sprang ich an seine Seite. »Marcus, rede mit mir!«, rief ich in Panik.

Doch er sagte nichts mehr.

Er verlor das Bewusstsein und ich konnte ihn gerade noch auffangen, während ich schrie, jemand – irgendjemand – möge mir helfen.

Kapitel 27

Dani

Zwei Tage später befanden wir uns endlich an Bord von Marcus' Flugzeug und auf dem Weg nach Hause.

Ich hatte mich furchtbar um ihn geängstigt und daran würde ich ihn stets erinnern. Nachdem er im Krankenhaus vor Ort so gut wie möglich versorgt worden war, war er zur Weiterbehandlung in die Hauptstadt transportiert worden. Dort musste er ein paar Tage zur Beobachtung bleiben, bis die Untersuchungen ergaben, dass er sich keine Knochenbrüche zugezogen hatte. Er hatte zwar eine heftige Gehirnerschütterung, erholte sich jedoch mittlerweile.

Glücklicherweise war der Kamikazebomber unerfahren gewesen. Eigentlich nur ein Mädchen, erst ungefähr achtzehn Jahre alt. Ganz auf sich allein gestellt hatte sie sich in das falsche Stadtviertel begeben. Der Angriff hatte zwar arge Verwüstungen angerichtet, doch außer der Attentäterin selbst keine Todesopfer gefordert.

Ich betrauerte das noch so junge Leben und empfand tiefe Traurigkeit über den Menschen, in dem ein solches Potenzial an Gewalt gesteckt hatte.

»Hey, alles in Ordnung?«, fragte Marcus, der sich auf seinem Rücken im Bett ausgestreckt hatte. Nachdem wir abgehoben hatten, hatte ich darauf bestanden, ihn wieder zur Ruhe zu bringen.

Ich saß mit gekreuzten Beinen neben ihm, tief in Gedanken versunken, und betrachtete die Bandage, die um seine Stirn gewickelt war. Ich hatte den Überblick über die Anzahl der Stiche verloren, mit denen man seine Platzwunde genäht hatte, doch sie heilte gut. »Ich bin nur müde, nehme ich an«, antwortete ich und lächelte auf ihn hinab.

»Du *befindest* dich momentan in einem Bett«, erinnerte er mich. Ich rieb mir die Augen. »Ich weiß. Aber ich kann nicht schlafen.«

»Machst du dir etwa Sorgen um mich?«, fragte er neugierig. Ich warf ihm einen verärgerten Blick zu. »Ja, das tue ich allerdings.«

»Ich besitze einen ziemlich harten Kopf«, bemerkte er amüsiert und streichelte tröstend meinen Rücken.

Seine Handflächen und Finger heilten bereits. Glücklicherweise waren die Verletzungen an seinen Händen nur oberflächlich gewesen. Ich schnaufte. »In diesem besonderen Fall bin ich froh, dass du einen Dickkopf hast.«

Behutsam legte ich mich neben ihn, drehte mich ihm zugewandt auf die Seite und stützte meinen Kopf mit einer Hand.

»Ich erhole mich doch gut. Warum sehe ich dann diesen nachdenklichen Ausdruck auf deinem Gesicht?«, fragte er zärtlich.

Behutsam strich ich ihm die Haare aus der Stirn. »Ich muss ständig daran denken, wie es hätte enden können. Wenn du dich näher an der Explosion aufgehalten hättest, hätte es wirklich schlimm ausgehen können.«

»Tu das nicht, Dani!«, sagte er ernst. »Mach dich nicht verrückt, indem du darüber grübelst, was alles hätte passieren können. Am ersten Tag nach der Explosion habe ich mich mit den gleichen Gedanken gequält. Doch dann habe ich erkannt, wie verdammt glücklich wir uns schätzen können. Jetzt konzentriere ich mich auf die Tatsache, dass wir beide noch leben, zudem noch beinahe unversehrt.«

Marcus mochte seine Verletzungen noch so sehr herunterspielen können, ich jedoch konnte das nicht. Andererseits hatte er Recht. Ich musste wirklich froh sein, dass wir beide überlebt hatten. Er würde genesen und in etwa einer Woche wieder sein normales Leben aufnehmen können. Außer vielleicht einer kleinen Narbe würde er keine dauerhaften Folgen davontragen.

»Ich weiß ja, dass du Recht hast, doch ich hatte wirklich große Angst«, gab ich zu.

Marcus schlang einen Arm um meine Taille und zog mich an sich. Ich entspannte mich und bettete meinen Kopf auf seine Brust.

»Du hast mich einmal gefragt, wovor ich mich fürchte«, sagte Marcus gedankenverloren.

»Ich erinnere mich«, murmelte ich.

»Was vor ein paar Tagen geschehen ist, ist genau das, wovor ich Angst habe«, gestand er mit rasselnder Stimme. »Ich ängstige mich zu Tode, dir könnte etwas zustoßen. Du führst nicht gerade ein ereignisloses Leben und das bereitet mir die größte Sorge. Mich kann eigentlich nichts so schnell aus der Ruhe bringen, doch dich zu verlieren oder dich noch einmal verletzt zu sehen stellt eine meiner größten Ängste dar. Ich halte es nicht mehr aus, dich je wieder brutal behandelt oder verwundet zu erleben, Dani. Es hat mich beinahe umgebracht, deinen Zustand mitzuerleben, nachdem wir dich aus dem Rebellenlager herausgeholt hatten.«

Meine Augen füllten sich mit Tränen und ungeachtet dessen, wie sehr ich mich auch bemühte, sie zurückzuhalten, liefen sie mir unkontrolliert über die Wangen. »Aber ich habe überlebt, Marcus. Vielleicht werde ich niemals mehr dieselbe sein wie zuvor, doch ich habe bereits vor dem Bombenangriff erkannt, dass mich die Rückkehr in dieses Städtchen irgendwie befreit hat.«

Er schwieg einen Augenblick, bevor er sich erkundigte: »Meinst du das ernst?«

»Ja. Ich möchte zwar nicht behaupten, dass ich jetzt auf meine Therapie verzichten kann, doch alles nimmt wieder seinen normalen Stellenwert ein. Ich muss mich lediglich noch etwas festigen. Ich empfinde keine Angst mehr. Ich bezweifle, dass ich je wieder so furchtlos sein werde, wie ich es früher war, doch ein Teil dieses Mangels an Furcht gründete sich auf die Tatsache, dass ich nie wirklich verstanden hatte, wie schnell das Leben zu Ende sein kann. Ich hatte niemals wahren Schmerz oder wahre Angst kennengelernt. Nachdem ich diese Erfahrungen gemacht habe, bin ich etwas misstrauischer geworden.«

»Ich habe dir niemals gewünscht, Schmerzen oder Angst zu erleben.«

»Ich habe sie auch nicht gerade herbeigesehnt«, stellte ich richtig. »Doch ich muss zugeben, so sehr ich auch in den Mittleren Osten zurückkehren und dieselbe Person sein wollte, die ich vor meiner Entführung war, dass das unmöglich ist. Ich muss mich so akzeptieren, wie ich jetzt bin.«

»Und? Tust du das?«

»Ja. Ich denke, das tue ich«, überlegte ich.

»Hat unser Aufenthalt in deinem früheren Einsatzgebiet in dir den Wunsch geweckt, dein altes Leben wieder aufzunehmen?«, erkundigte er sich zaghaft.

Ich seufzte. »Nein. Ich werde niemals mehr dorthin zurückkehren können. Ich muss mir ein neues Leben aufbauen. Ich würde gern freiberufliche Reporterin bleiben und dort arbeiten, wo auch immer gute Storys zu finden sind. Doch ich bin längst nicht mehr traurig darüber, meinen Jagdtrieb verloren zu haben. Ich habe erkannt, dass ich mich nicht ständig in jedem Krisengebiet der Welt aufhalten muss. Überall auf der Welt kann ich Geschichten auftreiben, von der die Welt in Kenntnis gesetzt werden muss.«

»Gott sei Dank!«, stieß Marcus hervor. »Ich will, dass du bei mir bleibst.«

Ich versuchte, die Galoppsprünge meines Herzens zu ignorieren. Ich liebte Marcus mit allen Fasern meines Seins, doch ich würde mich nicht der Hoffnung hingeben, unsere gemeinsame Zeit könne unbegrenzt sein. »Irgendwann wirst du das Reisen wieder fortsetzen«, bemerkte ich so lässig wie möglich, denn ich versuchte darüber hinwegzutäuschen, dass eine Trennung mir das Herz zerrissen hätte.

»Ich werde nicht mehr so viel reisen«, informierte er mich. »Offensichtlich übernehmen meine Manager in Übersee meine Aufgaben ziemlich gut und falls die Regierung kein Problem darin sieht, dass ich jemanden trainiere, einen Teil meiner Spionagetätigkeit zu übernehmen, kenne ich auch bereits den perfekten Mann für diesen Job, denke ich.«

»Du wirst aufhören, James Bond zu spielen?«, erkundigte ich mich ungläubig.

»Ich spiele *nicht* James Bond und ja, ich glaube nicht, dass es mir etwas ausmacht, einen Teil meiner Tätigkeit an jemand Jüngeres abzugeben. Ich bin es leid, auf Schokolade verzichten zu müssen«, scherzte er. »Ich werde das Reisen keineswegs vollkommen aufgeben und mich auch weiterhin mit einigen meiner Kontaktpersonen treffen, doch ich bin inzwischen so weit, mehr Zeit mit meiner Familie und in meinem Haus in Rocky Springs verbringen zu können. Ich bereue es sehr, so viel verpasst zu haben, weil ich ständig unterwegs bin.«

Ich verstand sehr gut, wie einsam man sich fühlen konnte, wenn man ständig auf Reisen war. Lange Zeit hatte ich unter der Trennung von meinen Geschwistern gelitten. »Auch ich habe meine Familie vermisst«, gab ich zu. »Ich glaube, ich habe mich lediglich zu tief in die Arbeit gestürzt, um es zu bemerken.«

»Du hast dich noch nicht zu meinem Wunsch geäußert«, erinnerte er mich.

»Was?«

»Ich möchte, dass du mit mir zusammen bist, Dani. Ich möchte, dass du bei mir bleibst. Bist du einverstanden?« Seine Stimme klang hoffnungsvoll.

»Ich weiß nicht, ob ich das kann«, erwiderte ich ehrlich. Und wieder stürzten die Tränen aus meinen Augen und tropften auf seine nackte Brust.

»Warum nicht?«, knurrte er.

Ich schwieg, denn ich hatte Angst, ihm alles zu erzählen, worüber ich nachdachte. Ich wollte vermeiden, dass er sich von mir unter Druck gesetzt fühlte, doch ich musste ehrlich zu mir selbst sein. »Ich liebe dich, Marcus.«

Er rollte sich auf die Seite, stützte seinen Kopf mit der Hand und bedeutete mir, es ihm gleichzutun, sodass wir einander ins Gesicht sahen. »Was hast du gesagt?«

»Du hast mich sehr wohl verstanden. Ich liebe dich so sehr, dass es schmerzt. Ich bin mir nicht sicher, ob ich mit dir eine Beziehung führen kann, ohne mehr zu wollen als reinen Sex.«

»Bei uns beiden ist es *niemals* nur um Sex gegangen«, protestierte er. »Mein Gott, Dani! Kannst du es denn nicht spüren? Ich glaube, ich weiß seit Langem, dass wir einander auf mehr als nur der sexuellen Ebene anziehen, doch ich wollte es nicht wahrhaben. Also gut. Ja. Meine erste Reaktion war von dem Instinkt bestimmt, dich ficken zu wollen, und das hat sich auch niemals geändert. Aber ich denke, wir beide wissen, dass es bei uns niemals nur allein um reinen Sex gegangen ist.«

»Nein, das glaube ich auch nicht, doch ich war mir über deine Wünsche nicht im Klaren. Ich wusste nicht, ob du meine Liebe wolltest, doch ich schaffe es nicht mehr, es *nicht* auszusprechen.«

»Ich will verdammt noch mal alles«, stellte er drohend fest. »Ich will alles, was du mir bereitwillig gibst, und danach will ich noch mehr.«

»Du willst eine verbindliche Beziehung eingehen?«

»Oh zum Teufel, ja. Ich will, dass du und ich uns so verbindlich miteinander vereinen, wie es zwei Menschen möglich ist«, antwortete er mit heiserer Stimme. »Ich will eine Art Kompromiss vereinbaren, der es uns erlaubt, zusammen zu reisen und uns beide gleichzeitig zu Hause aufzuhalten. Ich will, dass du mich heiratest und meinen Ring an deinem Finger trägst, damit jeder Hurensohn da draußen sofort sieht, dass du mir gehörst.«

»Du willst, dass ich dich heirate?«, fragte ich und begriff langsam seine Absicht.

Marcus Colter war doch nicht der Typ, der eine Ehe einging … jedenfalls hatte ich ihn bis jetzt nicht als solchen eingeschätzt.

»Ich kann einfach nicht glauben, dass du jemals an meinem Wunsch gezweifelt hast, mit dir zusammen zu sein. Ich liebe dich auch, Danica. Also sag mir endlich, dass du mich heiraten wirst, sonst bekomme ich noch einen Herzanfall aufgrund der Ungewissheit, ob du zustimmst oder nicht.«

Unsere Blicke trafen sich mit einer solchen Intensität, dass die Luft um uns herum damit erfüllt war.

Ich mochte zwar immer daran gezweifelt haben, wie weit wir es als Paar brachten, doch nun, da ich wusste, dass er meine Liebe erwiderte, meinte ich, fliegen zu können. »Ja«, gab ich schlicht zur Antwort.

»Ja, heißt das Ja?«, vergewisserte sich Marcus. »Wirst du mich heiraten? Ich habe zwar noch keinen Ring, aber ⊠«

Zärtlich fuhr ich ihm mit der Hand durchs Haar und hinderte ihn am Weiterreden, indem ich mich vorbeugte, um ihn zu küssen. Ein Ring oder Formalitäten waren mir vollkommen unwichtig. Ich brauchte lediglich die Gewissheit, dass er mich liebte.

Alles andere bedeutet nichts weiter als irrelevante Details.

Er schlang mir einen Arm um die Taille und schubste mich in die Rückenlage. Fordernd übernahm er die Führung.

Es war der süßeste, heißeste Kuss, den ich je erlebt hatte.

Er ließ sich Zeit, knabberte an meiner Unterlippe und streichelte sie danach beruhigend mit seiner Zunge.

Es war kein wollüstiger Kuss und ich würde ihn nicht außer Kontrolle geraten lassen. Nichts weiter würde ich zulassen. Marcus war gerade erst aus dem Krankenhaus entlassen worden und Olympische Spiele im Schlafzimmer konnte er jetzt am allerwenigsten gebrauchen.

Doch wir konnten den Moment genießen und all die Gefühle, die damit einhergingen, dass wir uns unsere Liebe gestanden und uns entschlossen hatten, den Rest unseres Lebens miteinander zu verbringen.

Als er schließlich den Kopf hob, sah ich ihm in die Augen und sagte schlicht: »Ja, ich werde dich heiraten. Ich werde mit dir zusammenbleiben. Ich werde dir erlauben, bis ans Ende unserer Tage meine Schokolade zu stibitzen«, scherzte ich. »Doch jetzt brauchst du etwas Ruhe.«

»Viel lieber würde ich dich nackt ausziehen«, erwiderte er.

»Kein Sex. Wir haben doch beide gerade erst zugegeben, dass es uns nicht nur um Sex geht. Und du kommst frisch aus dem Krankenhaus. Anstrengende Aktivitäten sind dir untersagt.«

Sein Gesicht zeigte Enttäuschung. »Ich weiß, dass es *nicht nur* um Sex geht, doch das bedeutet noch lange nicht, dass ich mich nicht verzweifelt danach sehne, dich nackt zu sehen.«

Ich begehrte ihn auch, doch ich war zufrieden damit zu warten. »Deine Gesundheit steht für mich an erster Stelle.«

»Für mich auch«, sagte er grollend. »Meine Eier sind bereits blau angelaufen.«

Ich musste laut auflachen. Ich konnte mir einfach nicht vorstellen, dass er sich nach Sex sehnte, obwohl er sich immer noch von seinen Verletzungen erholte. »Schlaf jetzt!«, verlangte ich und drückte ihn aufs Bett zurück. »Sex ist das Letzte, woran du im Moment denken solltest.«

»Ich denke nur daran«, antwortete er verdrießlich.

»Du kannst gut ein paar Tage ohne ihn auskommen«, erklärte ich bestimmt und kuschelte mich an ihn, meinen Kopf auf seine Brust gebettet.

»Ja, das kann ich«, räumte er ein. »Verdammt, ich bin es gewohnt, monatelang auf Sex zu verzichten, oder sogar ein ganzes Jahr. Doch seitdem ich dich in Florida das erste Mal berührt habe, kann ich an nichts anderes mehr denken.«

Ich lächelte und spürte die weiche Haut seiner Brust unter meiner Wange. Ehrlich, ich empfand so ziemlich das Gleiche, doch in diesem Augenblick würde ich das bestimmt nicht zugeben. »Ich liebe dich, Marcus«, murmelte ich stattdessen.

»Mein Gott! Ich liebe dich auch, Baby«, sagte er mit heiserer Stimme, während er seine Arme fester um mich schlang. »Du kannst einen weiteren Punkt von deiner Liste streichen, denn niemals wirst du einen Mann finden, der dich mehr liebt als ich.«

Ich seufzte und lauschte glücklich Marcus' gleichmäßiger werdenden Atemzügen, ein deutliches Anzeichen, dass er erschöpft war und Ruhe brauchte.

Er will den Rest seines Lebens mit mir zusammen verbringen. Er will mich heiraten.

Ich beschloss, dass für mich endlich die Zeit gekommen war, das Fenster in die Vergangenheit zu schließen und die Tür zu öffnen, die in meine Zukunft mit Marcus führte.

Eine einzelne Träne lief über meine Wange, doch nicht aus Traurigkeit oder Angst. Sie war Ausdruck der intensiven Freude meines Herzens über das Wissen, dass Marcus mich ebenso sehr liebte wie ich ihn.

All das Leid, das ich erfahren hatte, war Vergangenheit und ich war endlich bereit voranzuschreiten.

Das Wissen, dass ich mit großen Sätzen der Zukunft mit einem Mann entgegensprang, den ich mehr als mein Leben liebte, versüßte meinen Gemütszustand auf eine Weise, wie ich es noch niemals zuvor erlebt hatte.

Er verkörperte das wichtige Puzzleteil in meinem Leben, das ich ohne mein Wissen stets vermisst hatte, bis er sich so perfekt in die Lücke eingepasst hatte.

Erschöpft fiel ich in den Schlaf, sicher in seinen Armen geborgen und mit der Gewissheit, dass unsere Liebe *immer* fortbestehen würde, egal wie sehr wir uns auch gegenseitig ärgern mochten.

Kapitel 28

Dani

»Ich liebe es, wie vertraut ihr in eurer Familie miteinander umgeht«, bemerkte ich, als wir ein paar Tage später von einem Abendessen im Haus seiner Mutter in Rocky Springs nach Hause zurückfuhren.

Es war ein wunderschöner, klarer Sommerabend. Weil wir in einem von Marcus' zahlreichen Sportwagen saßen, konnte ich die Sterne betrachten. Das offene Dach schenkte mir eine perfekte Aussicht auf den Himmel von Colorado.

Ich genoss das Gefühl, unter offenem Himmel dahinzusausen. Meine Haare würden am Ende wahrscheinlich wie ein Vogelnest aussehen, doch das Gefühl der Freiheit und die Hochstimmung waren diese kleine Unannehmlichkeit wert.

»In deiner Familie stehen sich alle sehr nahe«, antwortete er.

Ich zuckte mit den Schultern. »Wenn wir es einmal so einrichten können, dass wir alle beieinander sind. Ich denke, die Familie ist auseinandergefallen, als meine Eltern so plötzlich starben. Jeder von uns ist dann seinen eigenen Weg gegangen, um mit der Trauer fertigzuwerden. Deine Mutter scheint eure Familie zusammenzuhalten.«

»Da hast du Recht«, antwortete er. »Sie war der Leim, der unsere Familie nach dem Tod meines Vaters zusammengehalten hat. In der Welt herumzureisen wird uns auch nicht weiterhelfen. Wir brauchen jetzt beide etwas Zeit, um wieder mit unseren Familien vertraut zu werden.«

Marcus und ich hatten oft darüber geredet, wie sich unsere Zukunft gestalten sollte.

Ich würde Harper viel öfter sehen können, da sie in derselben Stadt lebte. Außerdem hatten meine Schwester und ich uns geschworen, uns öfter mit unseren Brüdern zu treffen. Harper würde noch viel mit ihrem Ehemann Blake, der das Amt eines Senators innehatte, zwischen Washington und Rocky Springs hin- und herpendeln und ich wollte Marcus auf seinen internationalen Reisen begleiten, um Themen ausfindig zu machen, über die ich schreiben konnte. Doch Harper und ich würden viel öfter zu Hause sein und uns an ein und demselben Ort aufhalten und wir waren entschlossen, uns in das Leben unserer Brüder zu drängen, falls es nötig war.

Ich liebte alle meine Geschwister. Keiner von uns hatte jemals die Absicht gehabt, sich von den anderen zu entfernen.

Es war einfach ... geschehen.

Marcus streckte die Hand nach mir aus und ich verschlang meine Finger mit seinen, während ich schließlich versprach: »In Zukunft werden wir uns Zeit für unsere Familien nehmen.«

Bereits jetzt hatte ich an Tate und seiner Frau Lara einen Narren gefressen. Zane und seine Frau Ellie waren beide extrem nett. Heute Abend hatte ich auch Gabe und Chloe kennengelernt. Und natürlich waren auch Harper und Blake zu dem Familienessen erschienen.

Ehrlich, ich wusste jetzt schon, dass ich Marcus' Familie in gleichem Maße lieben würde, wie er es tat. Die Colter-Frauen versuchten bereits, mich in ihren Zirkel zu locken, um gemeinsame Aktivitäten zu planen. Es würde nett werden, wieder eine Familie zu haben, doch die Nähe zu Marcus' Familie würde meine und Harpers Bemühungen, unseren Kontakt zu meinen Brüdern Jett, Carter und Mason wieder aufzubauen, nicht verringern.

Ich lächelte, als wir in Marcus' Einfahrt einbogen und er die schmale, gepflasterte Straße entlangfuhr, die um das riesige Haus herum zu dessen Rückseite führte, wo er eine Garage errichtet hatte, die für zehn *Sommer*-Wagen ausgerichtet war. Außerdem besaß er eine weitere Garage, in der er seine Luxusfahrzeuge unterstellte, die sich für jegliches Wetter eigneten.

So seriös und sensibel Marcus ansonsten auch sein mochte, es amüsierte mich immer wieder zu sehen, dass er noch ein kleiner Junge war, der seine Spielzeuge liebte. Alle zehn Plätze waren besetzt mit luxuriösen oder klassischen Sportwagen. Dies schien Marcus' einzige Schwäche zu sein und ich würde mich keineswegs darüber beklagen. Schließlich konnte er es sich leisten und ich kam so in den Genuss, in seinen mit kräftigen Maschinen ausgestatteten Fahrzeugen herumgefahren zu werden.

Irgendwann würde ich ihn überreden, mich alle fahren zu lassen. Auch ein Mädchen liebte seine Spielzeuge.

Nachdem er die Garage geschlossen hatte, nahm er meine Hand und zusammen gingen wir zum Haus. »Es ist merkwürdig, tatsächlich ein festes Zuhause zu besitzen«, bemerkte ich gedankenverloren.

Jahrelang war ich durch die Welt gehetzt, doch niemals hatte ich in ein Zuhause investiert. Ja, Harper und ich hatten uns gemeinsam die Eigentumswohnung in Miami gekauft, doch die konnte man eher als eine Investition als ein Heim betrachten.

»Falls dir dieses nicht gefällt, können wir ein anderes Haus kaufen«, schlug er vor.

Oh verdammt, nein! »Das Haus ist wie maßgeschneidert«, beeilte ich mich ihm zu versichern. »Und ich liebe es.«

Marcus' Haus war zwar riesig, doch es spiegelte seine Persönlichkeit wider und ich hätte kein besseres Heim für uns beide finden können.

Er ließ mich eintreten und entsicherte die Alarmanlage, bevor er sich zu mir herumdrehte. »Ich möchte nicht, dass sich alles nur um mich dreht, Dani. Verdammt, ich weiß nicht einmal, ob du überhaupt in Rocky Spring leben willst. Ich kann überall leben, aber ohne dich kann ich überhaupt nicht leben.«

Ich warf mich in seine Arme, mir war so leicht ums Herz, dass ich hätte davonfliegen können. »Es dreht sich *nicht* alles nur um dich. Ich besitze kein Zuhause, Marcus. Dafür habe ich mich niemals interessiert, weil ich zu beschäftigt war, Storys hinterherzujagen. Hier sind wir beide aufgewachsen und außerdem lebt meine Schwester hier. Es ist perfekt.«

Er drückte mich fest an sich. »Ich möchte lediglich, dass du glücklich bist«, brummte er.

Ich lehnte mich zurück, sodass ich zu seinem Gesicht aufschauen konnte. »Sag mir, dass du mich liebst!«, verlangte ich.

Seine wunderschönen silbernen Augen sprühten Feuer, als er meiner Aufforderung nachkam. »Ich liebe dich.«

Ich fuhr mit meiner Hand über die dunklen Stoppeln an seinem Kinn. »Mehr brauche ich nicht, um mich ekstatisch glücklich zu fühlen.«

Er nickte befriedigt und warf mir ein wollüstiges Grinsen zu. Sogleich schoss mir glühende Hitze zwischen die Schenkel.

Wenn Marcus lächelte, wurde meine Welt bis ins Mark erschüttert.

Er nahm meine Hand und zog mich Richtung Küche. »Ich bin froh, dass du so empfindest, Liebes, denn es gibt noch mehr.«

Verwirrt ließ ich mich von ihm führen. Ich war mir nicht sicher, wie viel mehr *Glück* ich noch verkraften konnte.

Abrupt blieb ich stehen, als wir die Küche betraten. »Was in aller Welt ...«

Der Küchentisch war beladen mit Gegenständen, doch das Erste, worauf mein Blick verweilte, waren die zwei herzförmigen Luftballons, die an das schönste Rosenbouquet gebunden waren, das ich je zu Gesicht bekommen hatte.

Auf dem einen Ballon stand »Heirate«, und auf dem zweiten stand »Mich«.

Ich hielt mir vor Überraschung die Hand vor den Mund, überwältigt von Gefühlen. »Ich habe doch bereits *Ja* gesagt«, erinnerte ich ihn mit tränenerstickter Stimme. »Wie hast du das denn vorbereiten können?«

»Ich verfüge über Assistentinnen«, sagte er. »Du hast sie bis jetzt noch nicht kennengelernt. Ich musste etwas Hilfe anfordern, um alles herzurichten, während wir außer Haus waren.«

Behutsam strich ich mit dem Finger über die Rosen, doch dann entdeckte ich, dass der Tisch beinahe vollkommen mit Schokolade bedeckt war.

»Du hast einen guten Geschmack«, stellte ich amüsiert fest. Die meisten der Namen auf den Schachteln und den Verpackungen erkannte ich. Alle Süßigkeiten auf dem Tisch waren das Beste vom Besten, was es an Schokoladennaschereien so gab, und ungeheuer teuer. Alles stammte von meisterhaften Schokoladenherstellern aus Frankreich bis in die Schweiz und eine von der amerikanischen Ostküste.

Bisher hatte ich meine Süßigkeiten mehr oder weniger aus der Süßwarenabteilung eines Tante Emma Ladens bezogen. Ich achtete nicht besonders darauf, wo ich meine Schokolade kaufte. Trotzdem war ich nicht abgeneigt, etwas von dem zu probieren, das Marcus besorgt hatte. Tatsächlich verspürte ich sogar eine ungeheure Gier, mich auf die Auswahl zu stürzen.

Er ging zum Tisch hinüber, nahm eine Flasche feinsten Champagners aus dem Kühler, entkorkte sie und füllte uns zwei wunderschöne Kristallkelche.

Ich nahm ein Glas von ihm entgegen. Mein Herz vollführte wilde Galoppsprünge angesichts der Mühe, die Marcus auf sich genommen hatte, nur um mir eine Freude zu bereiten. »Danke«, brachte ich mit bebender Stimme hervor.

»Es ist nicht mehr, als du verdienst«, erklärte Marcus und trank einen Schluck von seinem Champagner. »Ich hätte dich niemals im Schlafzimmer meines Flugzeugs um deine Hand bitten sollen. Du verdienst so viel mehr als das. Du bist mein Herz, Danica.«

Ich öffnete bereits den Mund, um ihm zu antworten, um ihm zu sagen, er sei mein Ein und Alles, als ich ein hohes Bellen hörte.

»Noch eine Sache ...« Seine Stimme brach ab, als er quer durch die große Küche ging, sich vornüberbeugte und sich an etwas zu schaffen machte, das so aussah wie eine Kiste.

Verblüfft sah ich ein Bündel Fell aus dem Karton platzen und direkt auf mich zu wackeln. »Oh mein Gott!«, kreischte ich und stellte eiligst mein Sektglas auf dem Tisch ab, sodass ich den kleinen Welpen einfangen konnte. »Was ist das denn?«

»Du hast dir doch einen Hund gewünscht. Na gut, dies ist ein Welpe. Doch mit der Zeit wird er zu einem Hund heranwachsen«, informierte er mich.

Ich schmiegte das winselnde, aufgeregte Hundebaby eng an mich. »Also ist es ein Männchen? Gehört er mir?«

Marcus nickte. »Er gehört dir.«

Ich strahlte ihn an. »Ich werde ihn mit dir teilen. Er sieht wie ein deutscher Schäferhund aus. Hat er schon einen Namen?«

»Noch nicht. Den musst du ihm geben. Und ja, er ist ein deutscher Schäferhund. Tate besitzt einen Rüden, der eine Hündin gedeckt hat, bevor er kastriert wurde. Dieser Welpe gehört zu Sheps Nachwuchs.«

»Er ist entzückend«, begeisterte ich mich und lachte amüsiert, als der Welpe von meinem Schoß herunter hüpfte, im Zimmer herumsprang und dann wieder zu mir zurückkehrte.

Einen Augenblick starrte ich auf sein Halsband, bevor ich die Hand ausstreckte und versuchte, den zierlichen, schimmernden Gegenstand zu erhaschen, der an dem blauen Halsband baumelte.

Ich brauchte einen Moment, bevor ich verstand, was ich da in der Hand hielt.

»Ist der auch für mich?«

Marcus trat zu mir und reichte mir seine Hand. Ich ergriff sie und erlaubte ihm, mir beim Aufstehen zu helfen. »Wenn du immer noch bereit bist, ihn anzunehmen und zugleich alles, was damit einhergeht, mit einem Mann wie mir verheiratet zu sein, gehört er dir.«

Ich betastete den wunderschönen Ring, meine Augen voller Tränen. Dann brach ich vollends in Tränen aus, als Marcus den Ring nahm, meine Hand ergriff und den unbeschreiblichen Diamanten an meinen Finger steckte und hinzufügte: »Falls du ihn nicht willst, jetzt ist es zu spät. Jetzt gehörst du mir.«

»Ich will ihn«, schrie ich auf, als er mich umarmte und durch die Luft wirbelte.

»Es tut mir leid, dass ich nicht vorbereitet war, als ich um deine Hand angehalten habe«, sagte er heiser. »Doch jetzt kannst du einen weiteren Punkt von deiner Wunschliste streichen. Du bist verlobt, auch wenn es nicht ganz so formell war.«

Gerade hatte er mir einen absolut hinreißenden Ring auf den Finger geschoben und er entschuldigte sich? »Das spielt keine Rolle.«

»Doch, es spielt eine Rolle«, widersprach er. »Ich will nicht, dass du jemals bereust, einen Mann geheiratet zu haben, der keinen Sinn für Romantik besitzt.«

Marcus mochte mich vielleicht nicht jeden Tag auf Rosen betten, doch ich bezweifelte keinen Augenblick, wie sehr er mich liebte. Die großartige Präsentation, die er arrangiert hatte, nur um sich mit einer Frau zu verloben, die eigentlich schon ihr *Jawort* gegeben hatte, bot das perfekte Beispiel, warum ich ihn niemals für unromantisch halten würde. »Ich werde es nie bereuen«, rief ich ungestüm aus. »Niemals.«

Sein Mund stieß so schnell auf meinen hinab, dass es mir den Atem nahm. Ich stöhnte gegen seine Lippen, voller Verlangen öffnete ich mich ihm bereitwillig und ließ ihn meinen Mund erobern.

Ich stand in Flammen und fragte mich, ob irgendetwas jemals den Brand löschen könnte.

Meine Arme fest um seinen Hals geschlungen presste ich mich an ihn und spürte seinen angeschwollenen Schwanz durch den Stoff seiner Jeans.

Obwohl er mich ständig in Versuchung geführt hatte, war ich bisher standhaft geblieben, denn ich hatte auf seine vollständige Genesung warten wollen. Doch heute waren ihm die Fäden gezogen worden und ich hatte das Gefühl, unserer Gier nach einander nicht länger widerstehen zu können.

»Marcus«, keuchte ich, als er den Kopf hob.

»Ich weiß, Baby. Halt durch!«, stöhnte er, während er den baumwollenen Rock meines Sommerkleides hob und mit seinen Fingern über mein durchnässtes Höschen fuhr.

Als mich die Hitze seiner Berührung zu verzehren begann, warf ich den Kopf in den Nacken. »Ja! Jetzt! Bitte!«

Nach all den Tagen der Selbstbeherrschung konnte ich es kaum erwarten, von ihm gefickt zu werden. Ich wollte ihn in mir spüren und er sollte mit seinen Hüften seinen Schwanz immer und immer wieder in mich hineinstoßen, bis wir beide gesättigt wären.

Er knüllte etwas Stoff von meinem Höschen in seiner Hand zusammen und riss es mit einem Ruck entzwei. »Kein Warten mehr«, verlangte er.

»Kein Warten mehr«, echote ich und spürte das zerrissene, seidige Stückchen Etwas an meinen Beinen hinab zu Boden gleiten.

Mein Unterleib zog sich heftig zusammen, als Marcus durch meine Falten fuhr und seine Finger in meine feuchte Hitze vorstießen.

Wieder stöhnte ich auf, als er meine Klitoris reizte, bereit, um Gnade zu betteln.

Schließlich umfasste er meinen Hintern mit beiden Händen, trug mich zum Tisch hinüber und setzte mich auf die Tischkante. Mit einer Bewegung seines muskulösen Arms wischte er die teuren Süßigkeiten beiseite, die zu Boden fielen, was mich im Moment nicht im Geringsten berührte.

War doch meine Gier nach Marcus so viel stärker als mein Verlangen nach jeder anderen Nascherei.

Ich stützte mich an seinen Armen ab und sah zu, wie er ungestüm seinen Schwanz aus der Jeans befreite.

»Kann. Nicht. Warten«, knurrte er. »Leg deine Beine um mich herum!«

»Warte nicht!«, flehte ich, während ich bereitwillig seinem Befehl nachkam. »Jetzt!«

Ich sog scharf die Luft ein, als er meinen Körper zu sich heranzog und sich mit einem kraftvollen Stoß in mir vergrub.

»Ja. So ist es gut. Halt dich nicht zurück!«, keuchte ich.

»Selbst wenn ich es wollte, könnte ich es nicht«, antwortete er mit tiefer, wollüstiger Stimme.

Es war hart und schnell. Wunderschön und verrückt. Marcus hämmerte mit einer Verzweiflung in mich hinein, die ein Echo meiner eigenen war.

»Mehr!«, schrie ich.

Er gab mir mehr und dann noch mehr.

Gnadenlos stieß er in einem sträflichen Rhythmus in mich hinein. Mein Körper begann zu beben. Mir blieb keine andere Wahl, als auf der Welle der Lust zu reiten, die mich überflutete und meinen Körper vollkommen in ihrer Gewalt hatte, bis ich nur noch an den Mann denken konnte, der so besessen schien, mich in den Wahnsinn zu treiben.

Sein Griff um meine Pobacken verstärkte sich. So hielt er mich in Position, während er wieder und wieder in mich hineinstieß.

»Ich muss kommen, Marcus«, wimmerte ich.

»Dann komm für mich!«, stieß er urtümlich wild hervor. Er löste eine Hand von meinem Hintern, um die Stelle aufzusuchen, an der ich seine Berührung so dringend brauchte.

»Ja! Ja! Ja!« Ich ließ mich vollkommen gehen und unterwarf mich meinem Orgasmus, der in weitem Bogen seinen Höhepunkt erreichte, während sich mein Körper vor lauter Wollust aufbäumte. Mein Unterleib begann, sich zusammenzuziehen, als die Muskeln in meiner Muschi versuchten, Marcus bis zum letzten Tropfen zu melken.

»Marcus! Ich liebe dich so sehr«, schrie ich auf, während mein ganzes Dasein von der Gewalt meiner Erlösung erschüttert wurde.

»Ich liebe dich«, antwortete er und stöhnte laut auf vor Erleichterung. Dann stieß er noch einige Male in mich hinein, bis er sich in mich ergoss.

Ich setzte mich aufrecht hin, schlang ihm die Arme um den Hals und küsste ihn.

Es wurde ein langer, gemächlicher Kuss. Ich fuhr ihm mit einer Hand durch das Haar auf seinem Hinterkopf und seufzte glücklich in seinen Mund, während er mich fest umschlungen hielt. »Marcus«, flüsterte ich, als ich meine Lippen von seinen löste.

Wir klammerten uns aneinander. Ich hätte nicht sagen können, wie lange wir in dieser Haltung verweilten, doch erst das verärgerte Bellen des kleinen Welpen riss uns aus unserer eigenen kleinen Welt. Lachend und gesättigt lösten wir uns voneinander.

Ich sammelte mein zerrissenes Höschen vom Boden auf und warf es in den Mülleimer, ohne auch nur das geringste Bedauern zu empfinden.

Marcus war reich. Ich war reich. Ich konnte mir neue Höschen kaufen. Doch nichts konnte jemals das ersetzen, was wir gerade erlebt hatten.

Mit Geld konnte man diese Art von Glück nicht kaufen.

Lächelnd beobachtete ich, wie Marcus unserem neuen Hundebaby die Aufmerksamkeit schenkte, um die es gebettelt hatte.

Da ich jetzt den Mann meiner Liebe mein Eigen nannte, würde es mir nicht schwerfallen, in Zukunft eine größere Menge an Unterwäsche zu kaufen.

Epilog

Marcus

Einige Monate später ...

»Harper ist wieder schwanger«, gab Blake unvermittelt bekannt und seine Stimme klang entsetzt.

Mein Zwillingsbruder und ich tätigten einige Einkäufe in Rocky Springs, bevor wir uns mit Harper und Dani zum Mittagessen treffen wollten.

Merkwürdigerweise befanden wir uns in einem Spezialitätengeschäft für Süßigkeiten und sahen uns beide neugierig um.

Es überraschte mich nicht wirklich, dass Blakes Frau wieder schwanger war, denn ich war mir sicher, dass er genügend übte. Da er seine Frau anbetete und ich wusste, dass er noch mehr Kinder haben wollte, erkundigte ich mich erstaunt: »Und du freust dich nicht darüber?«

Zerstreut nahm er eine Schachtel Schokolade in die Hand, legte sie aber sogleich wieder zurück. »Bereits beim ersten Mal war es nicht geplant und jetzt ist es schon wieder passiert. Sie kann keine Kinder bekommen. Das war mir bekannt, als ich sie geheiratet habe.«

Da sie bereits das zweite Mal schwanger war, nahm ich an, dass sie sehr wohl Kinder bekommen konnte. Sie bewies es ja bereits zum zweiten Mal. »Wie konnte sie dann wieder schwanger werden?« Ich unterstellte, dass sie auf normalem Weg empfangen hatte, so wie bereits das erste Mal, doch *das* wollte ich mit meinem Bruder nicht besprechen.

»Es ist einfach passiert. Ich denke, das ist möglich, sogar zweimal, wenn auch höchst unwahrscheinlich. Wir haben eigentlich an Adoption gedacht, da wir mit so etwas nicht gerechnet hatten.«

»Gratulation«, sagte ich und klopfte ihm auf die Schulter. »Aber du scheinst nicht glücklich zu sein.«

»Ich bin verdammt ängstlich«, gab Blake zu. »Bis jetzt verläuft alles normal, doch es könnte alles Mögliche passieren. Ich hatte beinahe einen Herzinfarkt, als sie meinen Sohn zur Welt gebracht hat.«

Blakes Sohn hatte noch nicht einmal das Laufen gelernt und ich erschauerte bei dem Gedanken, wie Blake eine zweite Schwangerschaft überstehen würde.

Mir war bewusst, dass jeden Tag Frauen Kinder gebaren, doch die speziellen Umstände erschienen auch mir ein bisschen beängstigend. Verdammt, ich wusste nicht, was ich empfinden würde, wenn Dani schwanger wäre. Eines Tages würde ich das wahrscheinlich herausfinden, doch im Augenblick war ich froh, nicht in Blakes Schuhen zu stecken.

»Es tut mir leid«, erklärte ich heiser. »Ich weiß, wie hart es das letzte Mal für dich gewesen ist.«

»Danke«, erwiderte er, doch seine Aufmerksamkeit wurde von einer überdimensionalen Süßigkeitentheke abgelenkt. »Ich weiß, dass ich mich freuen sollte, doch ich habe solche Angst, es könnte irgendetwas passieren.«

Das schien mir eine berechtigte Sorge. »Ist die Schwangerschaft als höchst riskant eingestuft? Das letzte Mal hat Harper ihren Zustand wie ein Soldat gemeistert.«

»Eigentlich nicht«, erklärte er. »Eigentlich verläuft die Schwangerschaft gut. Ich will Harper nicht wissen lassen, dass ich mich wie ein Wrack fühle. Beim letzten Mal haben wir uns gegenseitig versprochen, uns auf das Positive zu konzentrieren, und diesmal haben wir es auch so gehalten. Sie braucht das im Moment.«

Blake und ich waren uns während der letzten Monate wieder nähergekommen, daher war es nicht ungewöhnlich, dass ich ihm riet:»Dann halte dich an die Tatsache, dass du noch ein Baby haben wirst, und vergiss, was du sowieso nicht unter Kontrolle hast! Ich jedenfalls bin entzückt, noch einen Neffen zu bekommen.«

»Sie schwört darauf, dass es ein Mädchen wird. Mich macht der Gedanke vollkommen wahnsinnig. Ich würde einer Tochter nicht erlauben, sich zu verabreden, bevor sie nicht mindestens fünfzig Jahre alt ist.«

Für mich war es ein Leichtes, ihm zu raten, *Ruhe* zu bewahren, doch ich verstand durchaus, was es Männern antun konnte, ihre Frauen so zu lieben, wie Blake und ich es taten. Zu wissen, dass seine Frau so bald nach der Geburt meines Neffen wieder schwanger war, nachdem sie zu allem Überfluss vor Jahren eine Fehlgeburt hatte, konnte Blake sehr wohl innerlich verzehren.

»Ich *bin* glücklich«, stellte Blake in entschieden *unglücklichem* Tonfall fest. »Ich wünschte nur, die Schwangerschaft wäre bereits vorüber.«

Ich wählte eine Schachtel mit Danis Lieblingskonfekt aus und schleppte sie mit mir herum, während ich meinem Bruder auf seiner Runde durch den Laden folgte. »Wirst du nun etwas kaufen?«

Blake zuckte zusammen, als ob ich ihn soeben aufgeweckt hätte. »Ja«, erwiderte er abwesend. Dann raffte er einige unterschiedliche Schachteln zusammen und wir begaben uns auf den Weg zur Kasse.

»Wie lange dauert es noch bis dahin?«, erkundigte ich mich neugierig, während ich meinen Einkauf bezahlte.

»Sechs Monate, zwanzig Tage und ungefähr zwölf Stunden bis zum errechneten Geburtstermin«, erwiderte Blake prompt und trat vor, um ebenfalls zu bezahlen.

Armer Kerl. Er wird zusammenbrechen. Er wird das niemals schaffen.

Nachdem wir das Geschäft verlassen hatten, schlenderten wir zu dem Restaurant nebenan. Keiner von uns beiden hatte es eilig, denn wir hatten noch Zeit bis zu unserem Treffen mit unseren Frauen. Mir fehlten die Worte, um Blake aufzumuntern. Aus Erfahrung wusste ich, dass seine Ängste nicht vergehen würden, bis Harper ein gesundes Baby zur Welt gebracht hätte. »Alles wird gut gehen«, sagte ich schließlich und hoffte, meiner Stimme einen vernunftbetonten Tonfall gegeben zu haben. »Da es sich nicht um eine Risikoschwangerschaft handelt, stehen die Chancen gut, dass sie alles bestens übersteht.«

»Ich weiß. Aber ich werde mir trotzdem Sorgen machen, bis das Baby zur Welt gekommen ist«, erwiderte Blake, während er einen Blick auf seine Armbanduhr warf. »Was glaubst du, machen unsere Frauen gerade?«, fragte er.

»Wahrscheinlich sehen sie sich im Kinderladen um«, vermutete ich. Plötzlich musste Blake grinsen. »Das ist sehr wahrscheinlich«, stimmte er zu. »Harper kauft bereits jetzt eine Babyausstattung. Da sie davon überzeugt ist, dass es ein Mädchen wird, schafft sie alles neu an.«

Für einen Augenblick konnte ich sehen, wie sich Blakes innere Anspannung löste, als er sich auf die vergnüglichen Seiten konzentrierte, die ein weiteres Kind mit sich brachte.

Er wirkte ... glücklich.

Früher hatte ich sein Verlangen zu heiraten nicht verstanden, doch jetzt, da Dani meine Frau war, lebte ich in der gleichen »Glücksblase« wie meine Brüder und meine Schwester Chloe.

Ich hätte zwar nicht behaupten können, dass alles zwischen Dani und mir reibungslos verlief, doch wenn sich zwei dickköpfige Individuen auf Lebenszeit verbanden, rief das zwangsläufig gelegentlich Unstimmigkeiten hervor. Doch ich hatte bereits vor langer Zeit festgestellt, dass es mir sogar besser gefiel, mit ihr zu streiten, als mit einer anderen Frau zu schlafen.

Und außerdem gab es da ja noch den Versöhnungssex. Und *der* war gelegentlichen Streit wert.

Ehrlich, ich wusste, dass ich ein Arschloch war und sie immer noch mein Engel – selbst wenn wir nicht einer Meinung waren. Allein die Tatsache, dass sie bereit gewesen war, mich bis an ihr Lebensende zu ertragen, war mir ein Rätsel.

Kurz nachdem ich ihr den Ring an den Finger gesteckt hatte, hatte ich sie geheiratet. Die Tatsache, dass alle Mitglieder meiner großen Familie in der Nähe lebten, hatte uns geholfen, uns unser Jawort innerhalb weniger Wochen geben zu können. Meine Mutter und der Rest der Familie hatten Dani bei ihren Vorbereitungen unter die Arme gegriffen und ich hatte in Rekordzeit eine schöne Feier auf die Beine stellen können.

Als Blake und ich uns dem Restaurant näherten, wurden wir von dem Anblick unserer Frauen begrüßt, die uns auf dem Gehweg entgegenkamen.

Ich beobachtete, wie Dani über etwas lachte, das Harper gerade gesagt haben musste. Ihr Gesicht strahlte vor Glück, das sie hier im Kreise unserer Familien gefunden hatte. Sie stand ihrer Schwester äußerst nahe. Außerdem hatte sie ein enges freundschaftliches Band zu allen Colter-Frauen geknüpft.

Ich selbst traf mich regelmäßig mit meinen Brüdern. Blake und ich wuchsen wieder mehr zusammen und würden wahrscheinlich für immer diese gewisse Affinität füreinander empfinden, die Zwillinge normalerweise spürten, jetzt, da wir öfter zusammen sein konnten. Zwar pendelte er aufgrund seiner Pflichten als Senator ständig zwischen Washington, D.C. und Rocky Springs hin und her, doch wir sahen einander oft genug.

»Sie ist verdammt hübsch«, murmelte ich, als Dani und Harper näherkamen.

»Das sind sie *beide*«, verbesserte mich Blake.

Dani ließ sich zwar immer noch therapeutisch behandeln, doch ich wusste, dass sie täglich selbstsicherer und frecher wurde. Nicht dass sie nicht *schon immer* dreist gewesen wäre, doch ganz langsam sah ich den gehetzten Ausdruck mehr und mehr aus ihren Augen verschwinden.

Dani beschäftigte sich nach wie vor mit Schreiben und hatte sogar bereits einige Sondermeldungen in der Zeitung veröffentlicht. Falls es irgendetwas zu diskutieren galt, meine Frau tat es mit Vergnügen, ungeachtet dessen, ob es sich um ein regionales Problem oder eine Frage handelte, die die ganze Welt berührte. Egal wo einer ihrer Artikel veröffentlicht wurde, sie nahm sich mit ganzem Herzen jedes Themas an, über das sie schrieb.

Schließlich hob Dani den Kopf und sogleich wurden unsere Blicke voneinander angezogen. Zur Hölle, ich hätte schwören können, einen siebten Sinn zu besitzen, der mich immer direkt zu ihr führen würde.

Mein Herzschlag beschleunigte sich, als sie mich anlächelte und ihr Gesicht in einem glühenden Licht erstrahlte, das ich stets mit ihrem jubilierenden Lächeln verband.

Mein Gott! Wie glücklich konnte ich mich schätzen, eine Frau zu bekommen, die meine überschwängliche Liebe erwiderte!

Sie beschleunigte ihren Schritt und ich fing sie auf, als sie sich mir an die Brust warf. Ich drückte sie fest an mich und wie nicht anders zu erwarten, reagierte mein Schwanz entsprechend. Ich hatte keine Chance, ihren süßen Duft einzuatmen, ohne dass mein Schwanz nicht *volle Einsatzbereitschaft* signalisiert hätte.

»Ich liebe dich«, stieß Dani atemlos hervor, als sie sich zurücklehnte und mir einen kurzen, liebevollen Kuss gab.

»Ich liebe dich auch«, erwiderte ich heiser. Ich bezweifelte, dass es jemals eine Zeit geben würde, in der ich diese drei kleinen Worte von ihr hören würde, ohne mich zu fühlen, als hätte ich einen zehnpfündigen Kloß in meiner Kehle.

»Harper wird noch ein Baby bekommen. Sie glaubt, es wird ein Mädchen«, platzte es glücklich aus ihr heraus. »Ich bin so aufgeregt. Wir werden noch eine Nichte oder einen Neffen haben.«

Ich lächelte Blake und Harper an, die soeben ihre eigene intime Begrüßung beendet hatten. »Ich habe es gehört. Gratulation, Harper.«

Harper schenkte mir ein Lächeln. »Danke. Jetzt muss ich nur noch Blake soweit bringen, sich keine Sorgen mehr zu machen.«

»Das wird dir nicht gelingen«, erklärte ich meiner Schwägerin unverblümt.

»Ich werde die Hoffnung nicht aufgeben«, erwiderte Harper und gab ihrem Mann schnell einen Kuss auf die Wange. »Harper wird mir eine Babyparty geben.«

»Warum?«, erkundigte sich Blake. »Ich habe diese ganze Babyparty-Sache nie verstanden. Nicht einmal als Mom beim ersten Mal eine für dich ausgerichtet hat. Ich dachte, sie dienen dem Zweck, Geschenke zu bekommen. Wir sind reich. Du kannst kaufen, was immer du willst.«

Ich schüttelte den Kopf. Offensichtlich hatte mein Bruder noch nicht durchschaut, wie Frauen funktionierten. »Normalerweise wird bei dieser Gelegenheit Junkfood und Kuchen serviert«, erläuterte ich. »Und es bietet den Frauen die perfekte Gelegenheit, sich zu treffen und über uns Männer herzuziehen.«

Dani stieß mich spielerisch an. »Das ist nicht der *einzige* Grund. Schwanger zu sein ist eine bedeutende Angelegenheit und es wert, gefeiert zu werden.«

Wahrhaftig, Harpers Schwangerschaft *war* ein weiteres Wunder und sie hatte mehr Grund zu feiern als viele andere Frauen. Trotz meiner Neckereien freute ich mich aufrichtig für meinen Bruder und Harper.

»Dann richten wir eine richtige Party aus«, stimmte ich glücklich zu. »Mit Schokoladenkuchen?«

»Natürlich«, antworteten Dani und Harper wie aus einem Munde.

Grinsend überreichte ich meiner Frau die Tasche mit dem Schokoladenkonfekt. »Vielleicht hilft dir das über die Zeit hinweg, bis wir den Kuchen bestellen können.«

Sie schnappte sich die Tüte und drückte sie an ihre Brust. »Oh Gott, Marcus, dies ist einer der Gründe, warum ich dich so sehr liebe«, rief Dani aus.

Ich legte meinen Arm um ihre Taille und dann folgten wir eng umschlungen meinem Bruder und Harper, die bereits dem Restaurant zustrebten.

»Du liebst mich, weil ich dir Schokolade gekauft habe?«, erkundigte ich mich neckend.

»Nein. Ich liebe dich, weil du auch an mich denkst, wenn wir nicht zusammen sind. Es sind die kleinen Aufmerksamkeiten, die du dir einfallen lässt, wegen derer ich dich so sehr liebe.«

»Aber deiner Frau eine Schachtel Süßigkeiten zu kaufen, wenn du dich ohnehin im Süßwarenladen aufhältst, ist nicht sehr romantisch«, wandte ich ein.
»Da muss ich dir widersprechen«, antwortete sie ungestüm. »Es ist *sehr* romantisch.«
»Wenn du es sagst«, erwiderte ich skeptisch.
Sie äugte in die Tüte und gab einen Laut des Entzückens von sich.
»Oh, die Marke ist hervorragend«, stellte sie aufgeregt fest. »Dies hier schmeckt in geschmolzenem, warmem Zustand ganz wunderbar. Ich liebe es, das über mein Eis zu gießen, doch für heute Abend fällt mir eine bessere Verwendung dafür ein.«
Ich lachte überrascht auf. »Und wie lauten deine Pläne?«
»Ich will dich überraschen.«
In meiner Vorstellung hatte ich bereits Bilder vor Augen, wir beide nackt und Dani, die mir Schokolade von einem gewissen Körperteil leckte, der ihr ohnehin verfallen war. »Ich kann es nicht abwarten. Bist du wirklich hungrig?«
»Ich verhungere«, antwortete sie fröhlich.
Und ich bin verloren!
»Aber ich kann schnell essen«, fügte sie neckend hinzu.
»Lass dir Zeit!« Ich wollte nicht, dass sie ihre Mahlzeit hinunterschlang, nur weil ihr Ehemann gewisse Gelüste verspürte.
»Es ist das Warten wert, glaub mir«, erwiderte sie in dem verführerischen Tonfall, der mich stets zum Wahnsinn trieb.
Ich wusste, ihr lüsternes Versprechen war es wert, durch die Hölle zu gehen, doch gerade deshalb fiel es mir so schwer, auf die Erfüllung zu warten.
Wir beendeten unser Wortgeplänkel, als wir hinter meinem Bruder und Harper am Lokal eintrafen.
Tatsächlich beeilte sich Dani, die Mahlzeit schnell hinter sich zu bringen. Dass Harper und Blake ihr in nichts nachstanden, erweckte in mir die Frage, ob sie etwa ein ähnliches Arrangement wie Dani und ich getroffen hatten. Doch eigentlich war das wenig wahrscheinlich, da doch zu Hause ein Kleinkind auf sie wartete. Andererseits verhielten sie sich immer noch wie Frischverheiratete.

Ich verschlang mein eigenes Menü mit einer Geschwindigkeit, dass ich kaum etwas schmeckte. Zur Hölle, welcher Mann hätte das nicht getan, wenn er wusste, dass er den Abend in einem Zustand unvorstellbarer Lust verbringen würde?

Sobald wir alle unsere Teller geleert hatten, drängte ich Dani zum Aufbruch und entschuldigte uns mit einer weiteren Verabredung. Die Begleichung der Rechnung überließ ich meinem Bruder.

»Mit wem?«, erkundigte sich Blake argwöhnisch.

»Das geht dich nichts an«, knurrte ich.

Blake schnaufte, übernahm jedoch die Rechnung, sodass Dani und ich entkommen konnten.

Eines Tages würde ich ihn entschädigen, indem ich sie zu einem gemeinsamen Mittag- oder Abendessen einladen würde, doch im Augenblick war ich nur auf einen einzigen Menschen konzentriert.

Als wir endlich in meinem Wagen saßen und die Hauptstraße verließen, hörte ich Dani seufzen. »Bring mich nach Hause, Marcus!«

Verdammt, ich konnte nicht schnell genug fahren. Ihre Worte trafen mich wie ein Schlag in die Magengrube.

Mein Haus war tatsächlich für jeden von uns beiden zu einem *Zuhause* geworden, zu einer Mischung aus alt und neu, meinem und ihrem, und zu einem Ort, an dem ich mich am liebsten ständig aufgehalten hätte, nur weil Dani mit mir dort lebte.

Ich dachte an meine Brüder und an meine Schwester Chloe, jeder einzelne von uns hatte seine große Liebe gefunden – einer nach dem anderen. Da ich der Älteste war, wäre es an *mir* gewesen, sich als Erster häuslich niederzulassen. Doch ich konnte mich nicht beklagen. Es hatte einer besonderen Frau bedurft, die es mit meinem störrischen Wesen aufnehmen konnte, und es hatte sich wahrlich gelohnt, auf Danica zu warten!

~Ende~

Danksagung

Ein millionenfaches Dankeschön an meine Leserinnen und Leser! Die Serie »Ein Milliardär voller Leidenschaft« umfasst mittlerweile elf Bücher und mit jedem neuen Paar bereitet mir das Schreiben mehr Freude. Danke für die Liebe, die Sie meinen verschrobenen, energiegeladenen und gelegentlich auch sehr gebieterischen Milliardären entgegenbringen.

Ihnen allen verdanke ich, dass ich auch weiterhin hauptberuflich das machen kann, was mir so sehr am Herzen liegt.

xxx Jan

Biografie

J.S. Scott ist eine Bestsellerautorin pikanter Liebesromane. Sie ist eine begeisterte Leserin von Büchern und Literatur jeglicher Art. J.S. Scott schreibt, was sie selbst gern liest, und das sind zeitgenössische sowie paranormale erotische Liebesgeschichten. Sie handeln meistens von einem Alphamännchen und haben ein Happyend, denn so schreibt sie sie einfach am liebsten!

Besuchen Sie mich auf:
http://www.authorjsscott.com
https://www.facebook.com/J.S.ScottGermany/

Oder senden Sie eine E-Mail an:
JSScott_author@hotmail.com

Sie finden mich ebenfalls auf Twitter:
@AuthorJSScott

Bitte tragen Sie sich auf meiner E-Mail-Liste ein, um über Neuigkeiten, neue Veröffentlichungen und exklusive Textauszüge informiert zu werden: http://eepurl.com/b2DuYn

Bücher von T. A. Scott

Ein Milliardär voller Leidenschaft – Die Serie:

Entfesselte Leidenschaft (Buch 1)

Das Herz des Milliardärs:
Ein Milliardär voller Leidenschaft ~ Sam (Buch 2)

Die Erlösung des Milliardärs:
Ein Milliardär voller Leidenschaft ~ Max (Buch 3)

Der Milliardär und sein Spiel:
Ein Milliardär voller Leidenschaft ~ Kade (Buch 4)

Ein Milliardär außer Kontrolle:
Ein Milliardär voller Leidenschaft ~ Travis (Buch 5)

Ein Milliardär ohne Maske:
Ein Milliardär voller Leidenschaft ~ Jason (Buch 6)

Milliardenschwer und ungezähmt:
Ein Milliardär voller Leidenschaft ~ Tate (Buch 7)

Milliardenschwer und ungebunden:
Ein Milliardär voller Leidenschaft ~ Chloe (Buch 8)

Milliardenschwer und unerschrocken:
Ein Milliardär voller Leidenschaft ~ Zane (Buch 9)

Milliardenschwer und unerkannt:
Ein Milliardär voller Leidenschaft ~ Blake (Buch 10)

Milliardenschwer und unverhüllt:
Ein Milliardär voller Leidenschaft ~ Marcus (Buch 11)

Die Sinclairs – Die Serie:

Kein gewöhnlicher Milliardär ~ Dane (Die Sinclairs, Buch 1)

Der verbotene Milliardär ~Jared (Die Sinclairs, Buch 2)

Weihnachten mit dem Milliardär ~ Grady (Eine Sinclair-Novelle)

Der Milliardär mit dem gewissen Etwas ~ Evan (Buch 3)

Die Stimme des Milliardärs ~ Micah (Buch 4)
(ab Mitte Dezember 2017 erhältlich)

Die Walker-Brüder – Die Serie:

Lass los!: Eine Geschichte der Walker-Brüder
(Die Walker-Brüder, Buch 1)

Vertrau mir!: Eine Geschichte der Walker-Brüder
(Die Walker-Brüder, Buch 2)

Rette mich!: Eine Geschichte der Walker-Brüder
(Die Walker-Brüder, Buch 3) **(ab Ende Januar 2018 erhältlich)**

Obwohl die Serie »Die Walker-Brüder« zwanglos mit der Reihe »Ein Milliardär voller Leidenschaft« verbunden ist, stellt sie eine eigenständige Serie dar, die auch gelesen werden kann, ohne die Bücher von »Ein Milliardär voller Leidenschaft« zu kennen. Es handelt sich ebenfalls um eine heiße Liebesromanreihe mit Alpha-Milliardären.

Und auch die folgenden Bücher von J.S. Scott werden in Kürze auf Deutsch erhältlich sein:

Aus der Reihe »Ein Milliardär voller Leidenschaft«:

Billionaire Unloved ~ Jett (Buch 12)

Aus der Reihe »Die Sinclairs«:

The Billionaire Takes All (Buch 5)

The Billionaire's Secrets (Buch 6)